KB269467

大
法
王
대
법
왕
몽월 新무협 판타지 소설
FANTASTIC ORIENTAL HEROES

대법왕 3

몽월 新무협 판타지 소설

초판 1쇄 찍은 날 § 2008년 9월 1일
초판 1쇄 펴낸 날 § 2008년 9월 8일

지은이 § 몽월
펴낸이 § 서경석

편집장 § 문혜영
편집책임 § 이재권
편집 § 서지현 · 문정흠

펴낸곳 § 도서출판 청어람
등록번호 § 제1081-1-89호
등록일자 § 1999. 5. 31
어람번호 § 제2-1570호

주소 § 경기도 부천시 원미구 심곡1동 350-1 남성B/D 3F (우) 420-011
전화 § 032-656-4452 팩스 § 032-656-4453
http://www.chungeoram.com
E-mail § eoram99@chollian.net

ⓒ 몽월, 2008

ISBN 978-89-251-1458-3 04810
ISBN 978-89-251-1420-0 (세트)

※ 파본은 구입하신 서점에서 교환하여 드립니다.
※ 저자와 협의하여 인지를 붙이지 않습니다.
※ 이 책은 도서출판 청어람과 저작자의 계약에 의해 출판된 것이므로,
　무단 전재 및 유포 · 공유를 금합니다.

FANTASTIC ORIENTAL HEROES

몽월
新무협 판타지 소설

대법왕

大法王

3

기능상실

처음
람

第一章
반전

大대法법왕王

　이색기는 동천몽을 자금당(紫金堂)이라 쓰인 전각으로 데리고 갔는데 들어서던 동천몽은 깜짝 놀랐다. 방 안에 두 명의 시녀가 다소곳이 서 있었던 것이다.

"인사 올려라. 위대하신 대법왕님이시다."

이색기가 엄한 표정으로 말했다.

두 시녀가 나긋나긋한 자세로 고개를 숙이며 말했다.

"인월과 산향이 대법왕님을 뵈옵나이다."

이색기가 다시금 호통치듯 말했다.

"대법왕님께서는 지금 아주 먼 길을 오셔서 무척 피곤하시다. 곧바로 목욕을 시켜 드리고 원로에 쌓인 피로를 말끔히

풀어드리도록 하라.”

“염려 마시옵소서.”

“그럼 소인은 이만 물러가옵니다. 편히 쉬십시오, 대법왕
님.”

이색기가 포권의 예를 취한 후 물러 나가자 여인들이 다가
섰다.

“몸을 씻겨 드리겠사옵니다. 옷을 벗으시지요.”

동천몽의 눈이 커졌다.

“옷을 벗어?”

“목욕을 하시려면 옷을 벗어야 할 것 아니옵니까? 하지만
염려 마소서. 가만 계시면 소녀들이 벗겨 드리겠나이다.”

“아미타불! 하긴 옷을 입고 목욕을 할 수는 없지. 오냐, 그
냥 내가 벗겠느니라.”

동천몽은 훌러덩 옷을 벗었다.

옷이라고 해봤자 거의 걸레 조각이 된 법의와 가사가 전부
였다. 가운데 중요 부위만 가린 천 조각만 남기고 알몸으로
변한 동천몽을 보며 두 여인이 눈을 크게 떴다.

“왜… 왜 그러느냐? 뭐가 묻기라도?”

동천몽이 고개를 숙이다 말고 멈칫했다. 중요 부위를 가리
고 있는 속옷이 땟국으로 범벅이 되었다. 특히 앞부분은 누렇
게 물들어 있었다.

“아미타불! 너희들이 이해를 해야 하느니라. 먼 길을 오다

보면 왕왕 이럴 때가 있느니라. ”

“갈아입을 속옷을 안 갖고 다니시옵니까?”

동천몽이 눈을 크게 떴다.

“너희들이 너무 뭘 모르는구나. 중은 밥그릇 말고는 아무 것도 갖고 다니지 않는다.”

“하오시면 절을 떠나 다시 돌아올 때까지는 일체 속옷을 갈아입지 않는단 말씀이옵니까?”

“그… 그렇지.”

생각만 해도 더럽다는 듯 두 시녀의 인상이 찌푸렸다.

동천몽이 이해를 시키려는 듯 다정다감한 목소리로 말했다.

“역지사지라고 했느니라. 너희도 머리 깎고 중이 되면 내 속옷의 이런 현상을 충분히 이해할 것이다. 욕조는 어디에 있느냐?”

“이쪽으로.”

인월이 그를 안쪽으로 데려가자 또 하나의 방문이 가로막고 있었다. 뒤를 따르던 산향이 문을 열어주었고 안으로 들어갔다.

방 안에는 자욱한 수증기가 피어나는 거대한 욕조가 준비되어 있었다.

확!

동천몽이 속옷까지 벗어 던지고 욕탕 안으로 들어가자 두 여인이 고개를 돌렸다.

"아미타불! 세존께서 말씀하시길 내가 머무는 곳이 곧 집이라고 했는데, 정말 포근하고 좋구나."

"등을 밀어드리겠사옵니다."

"그래, 부탁한다."

두 여인이 동천몽의 등을 밀기 시작했다.

두어 번 밀었을 뿐인데 시커먼 때가 밀려 나오자 깜짝 놀란 표정을 지었다.

"세… 세상에."

"마… 말도 안 돼."

"왜 그러느냐? 뭐가 잘못되었느냐?"

산향이 더듬거렸다.

"이건 때라기보다는 떡고물입니다."

"너희도 출가를 하면 그런 현상을 이해하게 될 것이라고 말하지 않았느냐? 뭣들 하느냐? 속히 밀거라."

두 여인이 등을 밀었고 시커먼 때가 수북이 나왔다.

동천몽은 두 눈을 지그시 감고 행복한 표정을 지었다.

자추동의 입가에 흐뭇한 미소가 떠올랐다. 눈앞에 있는 아들이 생각할수록 영특하고 자랑스러웠다. 십만 냥을 보내면서 얼마나 가슴 아파했던가. 자신의 살점이 찢겨 나간 듯했고 며칠 잠을 제대로 이루지 못했다.

그런데 자청단이 십만 냥을 그대로 가져왔다고 하자 날아갈 것만 같았다.

"눈치를 채거나 하지는 않았겠지?"

"돈 얘기는 처음부터 꺼내지도 않았습니다. 아마 아버님께서 돈을 주신 줄은 꿈에도 모를 것입니다."

자추동이 고개를 끄덕였다.

"장사란 바로 그렇게 하는 것이다. 장하다, 내 아들."

황금 십만 냥이 굳었다고 생각하자 저절로 입이 벌어진다.

두 부자가 흐뭇한 표정으로 웃고 있을 때 동천몽이 들어섰다.

"아미타불! 무슨 즐거운 일이 있기에 두 분께서 그렇게 웃고 계시오?"

두 사람은 깜짝 놀라며 표정을 관리했다.

"대법왕님께서 외주신 은혜를 생각하자 너무 기뻐 웃음이 멈추질 않사옵니다. 목욕을 하신 기분이 어떠십니까?"

동천몽이 자리에 앉으며 말했다.

"아미타불! 남의 때를 민다는 것이 쉽지 않은 일인데 두 여인이 자신의 때를 밀듯 어찌나 열심히 밀어주는지 감격했소이다."

그때 이색기가 들어와 말했다.

"음식을 차려놨습니다."

그러자 자추동이 동천몽을 향해 말했다.

"대법왕님을 위해 이 늙은이가 간단한 음식을 준비했습니다. 아주 시장하실 텐데, 가시지요.”

“그러잖아도 언제 밥 주나 하고 기다렸소이다.”

자추동은 동천몽을 커다란 방으로 데려갔다.

방으로 들어선 동천몽의 눈이 커졌다. 자단목으로 된 커다란 상 위에는 화려하기 이를 데 없는 온갖 음식들이 빼곡 차려져 있었다. 가뜩이나 배가 고픈 마당에 코를 찌르는 음식 향기에 동천몽은 거의 제정신이 아니었다.

동천몽은 걸신들린 사람처럼 부지런히 음식을 먹기 시작했다. 나중에 들어온 백쾌섬 역시 무척 배가 고팠던 듯 군소리 않고 음식 먹는 데 열을 올렸다.

그 많던 음식들이 순식간에 다섯 사람의 뱃속으로 사라졌다. 동천몽이 만족스런 표정으로 불룩 솟아난 배를 어루만졌다. 시녀들이 들어와 빈 그릇을 깨끗하게 치우고 잠시 후 뜨거운 김이 나는 차를 내왔다.

모두 차를 마시는 데 열중했고 잠시 침묵이 흘렀다.

탁!

문득 자추동이 잔을 내리더니 차를 마시고 있는 동천몽을 쳐다보았다.

“대법왕님께 한 말씀 올리겠나이다.”

동천몽이 찻잔을 내리고 그를 쳐다보자 자추동이 말했다.

“먼저 본 가의 어려움을 해결하기 위해 그 먼 길을 달려와 주신 대법왕님의 자비에 이 늙은이는 진심으로 감복했사옵니다.”

“아미타불! 별것도 아닌 걸 가지고.”

“아이들에게 본 가가 처한 상황을 전해 들었으리라 생각하지만 이 늙은이가 다시 한 번 설명해 올리겠나이다.”

그러면서 흑수당이 처한 얘기를 소상히 설명했다. 자씨 남매로부터 들었던 내용과 큰 차이는 없었다.

“부디 자비를 베푸시어 본 가를 위협하는 암중 무리를 엄혹하게 처단해 주옵소서.”

동천몽이 차를 비우며 물었다.

“이게 무슨 차요? 혀에 착착 달라붙는 것이 범상치 않구려?”

“쌍금차라고 이 지역에서만 나는 차이온데 피부를 젊게 하고 특히 남자에게는 정력을…….”

정력이라는 말에 동천몽의 눈이 커졌다.

“한 잔 더 마셔도 괜찮겠소?”

“물론이옵니다. 여봐라, 당장 대법왕님께 차를 한 잔 더 올리거라.”

자추동이 밖을 향해 말했고 잠시 후 시녀가 찻주전자를 들고 들어와 잔을 채웠다.

동천몽이 흡족한 얼굴로 차를 마셨다.

후루룩!

동천몽이 소리 내어 서너 모금 연속으로 마시더니 잔을 내려놓았다.

그러자 모든 시선이 동천몽에게 멎었다.

"자 당주."

"말씀하소서."

"자 당주를 괴롭힌 적은 이미 궤멸되었소."

"네엣?"

자추동이 무슨 말인지 알아듣지 못하고 눈살을 찌푸리고 있자 자청단이 물었다.

"그게 무슨 얘기오? 적이 궤멸되다뇨?"

동천몽이 다시 차를 한 모금 마신 후 조용히 입을 열었다.

"다시 말하지. 적은 사라졌소이다. 더 이상 자 당주를 괴롭히지 않을 것이오."

자추동이 눈썹을 모으며 말했다.

"이 늙은이의 머리가 아둔하여 대법왕님의 말씀을 잘 헤아리지 못하겠나이다. 좀 자세히 설명을……."

"자 당주의 상단을 몰살하고 협박한 적은 뢰음사요."

순간 모든 사람들이 경악했다.

"뢰… 뢰음사라면?"

"그들이 설마?"

동천몽이 조용히 말했다.

"그들이 노린 표적은 자 당주가 아니었소. 실제 그들이 칼을 겨누고 있었던 적은 바로 여기 앉아 있는 본 왕이오."

사람들의 얼굴이 갈수록 찌푸려졌다.

동천몽의 말뜻을 여전히 이해하지 못하겠다는 듯 고개를 갸웃거리고 혀로 입술을 축였다.

"서장의 개인이나 집단은 누구든 억울한 일을 당하면 본궁을 찾아와 도움을 호소하오. 적은 그것을 노렸소. 그런데 자 당주가 꼼짝도 하지 않자 더욱 많은 수하들을 몰살시켜 기어코 본 궁에 도움을 요청하도록 유인한 것이오."

"저… 정말로 본 가를 해칠 목적이 아니라……."

"그렇소. 그들은 나를 죽이려고 흑수당을 공격했던 것이오. 그래서 보다시피 그들 뜻대로 내가 이렇게 움직였지 않소?"

그때 눈을 반짝이며 듣고 있던 자정경이 물었다.

"하오시면 혹시 오는 도중 기습을 받았던 것이 바로……."

동천몽이 웃으며 고개를 끄덕였다.

"확실히 자 낭자의 두뇌는 뛰어나구려. 무척 어려운 문제를 아주 간단히 알아맞히다니."

자정경이 부친에게 오는 도중 뢰음사 뢰음칠혈로부터 공격을 받았던 것과 같은 시간에 포달랍궁 또한 공격을 받은 것을 얘기해 주었다.

"하나, 중요한 것은 뢰음사 또한 본인들의 의지가 아니었다는 것이오. 여기 한 잔 더."

기다렸다는 듯 시녀가 들어와 잔을 채우고 나간다.

동천몽이 흐뭇한 얼굴로 차를 홀짝거렸다. 그런 동천몽을 자정경이 미소 띤 얼굴로 쳐다보고 있었다. 그러면서 순간적으로 세진 정력을 해소할 곳도 없는 대법왕이 어디에 쓰시려고 저렇게 열심히 마실까 하는 생각을 떠올렸다.

"뇌음사는 칠십 년 전 본 궁을 공격했다가 신물까지 빼앗기는 수난을 당했소. 비록 그동안 절치부심 복수의 기회를 노렸지만 지금의 전력으로는 본 궁의 상대가 되지 못하오. 그런데도 공격을 감행했던 것은 오로지 날 죽이기 위해서요. 그 증거가 바로 뇌음칠혈이오. 그들은 뇌음사 전력의 절반이라고 해도 과언이 아니오. 생각해 보시오. 본 궁을 노렸다면 그들도 본진과 합세를 해야 정석 아니오."

'그렇다면!'

백쾌섬의 머릿속으로 피어나는 의문 하나.

뇌음사는 왜 포달랍궁과 원한을 맺을 형편이 되지 않는데도 동천몽을 노렸을까 하는 것이었다. 그건 곧 뇌음사의 뜻이 아니라는 얘기가 되는 것이다.

"대법왕님께 한 가지 묻고 싶은 게 있습니다."

"물어보시오, 백 형."

"대법왕님의 말씀대로라면 뇌음사가 주범이 아니라는 얘기 아니옵니까?"

"맞소. 그들은 아니오."

"하면 대법왕님을 공격하도록 뇌음사를 움직인 배후가 누구이온지요?"

동천몽이 대답을 하지 않고 차를 마셨다.

모든 시선이 동천몽의 얼굴을 쳐다보았고 잔을 내리고 가벼운 미소를 지었다.

"글쎄, 그건 나도 모르지요. 물론 의심 가는 곳이 없지는 않지만."

"어디입니까?"

"증거도 없이 이 자리에서 말할 수는 없지요. 자칫했다간 큰 오해를 불러일으킬 수도 있고, 상대의 명예를 훼손할 위험도 있고."

다시 차를 마시는 동천몽을 쳐다보는 백쾌섬의 두 눈이 가늘게 좁혀졌다.

동천몽과 적지 않은 시간을 보냈다. 그것도 곁에서 지켜보았기 때문에 어느 정도 그에 대해서 파악을 끝냈다.

'알고 있다!'

백쾌섬은 확신했다.

결국 뇌음사 공격이 있기 전부터 자신을 노린 흑수당 공격이라는 것을 꿰뚫어 보았다는 뜻인데, 그런 능력이라면 뇌음사 뒤에 버티고 있는 흉수를 모를 리가 없었다.

그리고 또 한 가지 의문이 꼬리를 이었다.

뇌음칠혈이 죽었고 포달랍궁에 의해 뇌음사 사주가 생포되었다면 흑수당을 위협하던 적은 사라졌다. 그런데 왜 굳이 여기까지 왔을까 하는 의문이었다.

물론 자정경을 바라보는 동천몽의 시선이 예사롭지 않다는 것을 알고는 있었지만 단지 여인 하나 때문에 왔을 리는 절대 없었다.

'있다!'

이것이라고 꼬집어 말할 수는 없지만 의미없이 그 먼 길을 마다 않고 온 이유가 분명 있을 것이었다.

백쾌섬의 눈이 가늘어졌다. 동천몽은 자신이 지금까지 겪은 강호의 어떤 고수보다 뛰어났다. 무공도 뛰어났지만 그의 진정한 재능은 두뇌였다. 학문의 머리와 전략을 짜는 머리가 다르다지만 돌대가리라는 혹평을 들을 만큼 나쁜 머리가 어쩌면 자신을 감추기 위한 치밀한 연출일지 모른다는 생각이 갈수록 짙어진다.

여인의 눈썹 같은 초승달이 대설산 머리 위에 떠 있다. 사방이 어둠에 잠겨 있는데 한 곳의 창문에서만 불빛이 흘러나오고 있었다. 황초불이 실내를 환히 밝히고 있는 곳은 당주 자추동이 거처하는 벽상각이었다.

자추동은 자청단과 세 시진째 머리를 맞대고 한 가지 사안을 분석 중에 있었다. 그것은 동천몽이 무슨 일로 흑수당을 찾아왔느냐 하는 것이었다. 자신의 말처럼 뢰음사가 흉수이고 이미 궤멸되었다면 올 필요가 없는 일 아닌가.

자정경의 미모에 현혹되어 따라왔다고 생각할 수도 있지만 여러 가지 정황을 분석해 본 결과, 일부는 될지언정 전부는 아니라는 생각이 들었다.

"시간이 늦었다. 내일 다시 분석하기로 하고 그만 돌아가 쉬거라."

"그만 편히 주무십시오."

자청단이 방을 나갔다.

혼자 남은 자추동이 한참을 골똘히 생각하다 몸을 일으켰다. 도저히 잠이 올 것 같지 않았다.

문을 열고 밖으로 나오자 한기 실린 바람이 옷깃을 여미게 했다. 봄이 오고 있지만 한밤중의 바람에는 냉기가 담겨 있었다.

멈칫!

마당가를 살피던 자추동의 눈이 이채를 발했다.

마당가에 있는 오동나무 아래 한 사람이 서 있었다. 어둡지만 한눈에 동천몽임을 알 수 있었고 천천히 다가갔다.

발자국 소리에 동천몽이 몸을 돌렸다.

"아니, 아직 안 주무셨소?"

"그러시는 대법왕님이야말로 이 시간까지 여기서 무얼 하고 계십니까?"

"아미타불! 하도 저 달이 아름다워 잠을 이룰 수가 없지 뭐요?"

그 말에 자추동은 대설산 고봉 끝에 걸린 초승달을 바라보았다.

"저 달 속에 사람이 산다는데, 당주는 그 말을 믿으시오."

"안 믿습니다."

"하긴 장사꾼은 두 눈으로 보기 전에는 절대 믿지 않지요. 나 또한 그 말을 믿지 않소."

잠시 대화가 끊어졌고 두 사람은 오동나무 아래 나란히 서서 초승달을 바라보았다.

휘이이!

불어오는 바람에 아직 잎이 피어나지 않은 오동나무의 가지가 흔들거렸다.

"대법왕이시여."

"본왕에게 할 얘기 있소?"

"솔직히 대답해 주셨으면 하옵니다. 이 늙은이 같았으면 뢰음칠혈을 제거한 후 곧바로 환궁했을 것이옵니다."

"그런데 날더러 어떻게 여기까지 왔느냐고 묻는 것이로군. 별것 아니오."

"……."

"물론 당주 말씀처럼 흑수당을 위협하던 적은 중간에서 소멸되었소. 하지만 난 대법왕이오. 단순히 적이 사라졌다고 중간에서 그냥 돌아가는 것은 예의가 아니라고 생각하오. 비록 장애물은 제거되었지만 직접 한번 찾아와 장주도 뵙고 또 다

른 사연이나 요청할 도움은 없는지 살펴보는 것이 대법왕의
일 아니겠소."

자추동의 눈이 커졌다.

동천몽이 별빛 가득한 야천을 올려다보며 말했다.

"난 당주를 비롯해 사람들의 삶에 관여하고 싶지 않소. 다
만, 본왕의 손을 빌리고 싶어하는 사람이 있다면 망설이지 않
고 빌려주고 싶을 뿐이오."

"혹시 본 가에서 아직까지 단 한 푼도 포달랍궁에 금전적
인 도움을 주지 않았다는 사실을 아십니까?"

"들었소."

"기분이 어떠셨습니까? 그런 말을 듣고도 본 가를 돕고 싶
었습니까?"

"나도 인간이오. 어찌해도 너무한다는 생각이 들지 않았겠
소. 하지만 인간의 감정이란 스스로 움직이고 일어나야지 자
극이나 타의에 의해 강요된 움직임은 생명력이 짧을뿐더러
인간관계를 악화시키오."

"저에 대한 세간의 평은 들으셨는지요?"

동천몽이 고개를 끄덕였다.

"기계가 아니니 사람마다 사는 방식이 달라야 정상·아니
오? 난 당주를 나쁘다고 생각해 본 적이 없소. 단지, 다른 사
람보다 더 노력했고 악착같았다는 것이오. 돈은 신성한 것이
오. 그렇기 때문에 돈이 많다는 것은 존경받을 일이지, 비난

의 대상은 될 수 없소. 다만…….”

“다만 뭡니까?”

“더럽게 벌었더라도 쓰임새만큼은 깨끗하고 화려하며 감동적이었으면 더 신성한 돈이 될 것이라는 얘기요.”

퍽!

자추동이 그 자리에 무릎을 꿇자 동천몽이 놀라며 말했다.

“갑자기 무릎은 왜 꿇고 그러시오? 날씨도 추운데 어서 일어나시오.”

자추동이 머리를 조아렸다.

“이 늙은이를 벌해주십시오. 이 늙은이는 너무 많은 사람들의 가슴에 못질을 하며 돈을 벌었습니다. 그런데다 아직까지 단 한 번도 좋은 곳에 써보지를 못했습니다. 더구나 저는 대법왕님을 속였습니다.”

“날 속이다뇨?”

자추동이 자청단에게 준 십만 냥 얘기를 했다.

“자식의 흠은 곧 부모의 흠 아니겠사옵니까? 그런데 이 늙은이는 아주 잘했다고 격려까지 해주었지요.”

동천몽이 빙긋 웃었다.

“그게 어찌 나쁘단 말이오? 돈을 투자하지 않고 이익을 볼 수 있다면 그것보다 더 좋은 장사가 어디 있겠소? 역시 장사꾼 핏줄은 다르구려.”

"대… 대법왕이시여, 이 늙은이와 자식놈을 용서하소서."

자추동이 더욱 머리를 조아렸다.

동천몽이 자추동을 일으켜 세웠다.

자추동의 눈가에 눈물이 맺혀 있었다.

"당신, 지금 우는 것이오?"

"아, 아니옵니다. 그냥……."

그러면서 소매로 잽싸게 눈물을 닦았다.

"당주."

"말씀하소서."

"본 궁에 시주하지 않아도 되오. 대신 본 궁에 건네려고 했다는 그 돈을 어려운 이웃을 위해 쓰면 안 되겠소? 오면서 보니 흉년으로 끼니를 굶는 사람이 적지 않더구려. 사람은 더불어 살아야 재미난 것이오. 세상이 어떻게 돌아가든 말든 자기 배만 생각하는 사람이야말로 짐승이오. 가난은 게을러서도 아니고 무능력해서는 더욱 아니오. 그들도 나름대로 열심히 살았지만 그렇게 된 것이오."

"대법왕님의 뜻을 받들어 그렇게 하겠나이다."

"고맙소, 당주."

동천몽이 잔잔한 미소를 지었다.

그런데 자추동이 깜짝 놀랐다. 아무리 밤이라지만 지척이기 때문에 얼굴이 또렷하게 보인다. 그런데 착시인가. 자신 앞에 서 있는 사람은 동천몽이 아니라 부처였다.

"나… 나무관세음보살."

자추동은 자신도 모르게 합장하며 몸을 떨었다.

동천몽의 오른손이 자추동의 어깨를 어루만지자 한가닥 뜨거운 기운이 몸속을 파고들었다. 그것은 훈훈했고 온몸을 황홀하게 만드는 묘한 마력을 갖고 있었다.

어둠 속에서 두 사람을 보며 마른침을 삼키는 사람이 있었다. 둘이서 나눈 대화를 처음부터 끝까지 들었기에 백쾌섬의 눈은 더욱 굳어 있었다.

바늘로 찔러도 피 한 방울 나오지 않을 것이라는 자추동을 완전히 감화시켜 버린 동천몽의 능력에 충격을 받은 것이다. 동천몽이 수고를 마다 않고 이곳까지 온 목적이 밝혀진 것이었다.

강호인들은 사람을 힘으로 누르고 지배하려 든다. 하지만 그런 지배는 절대 충성심을 이끌어내지 못한다. 세상에서 가장 어려운 일이 사람을 지배하고 이끌어가는 것이다. 고금을 통틀어 반란은 항상 측근에 의해 저질러진다. 그건 곧 측근의 마음을 얻지 못한 채 억지 충성을 강요했다는 뜻이다.

그런데 동천몽은 사람의 마음을 움직이고 있었다. 천상각과 더불어 서장을 장악하고 있는 흑수당의 주인을 완전히 자기편으로 끌어들여 버린 것이다.

패권의 토대는 황금이다. 오늘날 무림맹이 강성기를 보내

고 있는 것 또한 천상각이란 막강한 자금줄이 있기 때문이었
다. 물론 그 덕에 천상각 또한 많은 시장을 독점하고 있지만.
　하지만 둘 사이는 순조롭지 못하다. 그것은 서로가 서로의
마음을 얻지 못했기 때문이다.
　그런데 동천몽은 자추동을 마음으로 끌어안고 있었다. 마
음으로 맺어진 인간관계를 힘으로 맺어진 것과는 달라서 절
대 끊어지지 않는다.
　콱!
　백쾌섬의 오른손이 불끈 쥐어졌다.
　두 눈 속에서 차가운 한기를 피어냈는데, 그것은 무정한 살
심이었다. 그것은 차가운 달빛보다 더 냉혹했다.

　자신은 두 번째이지만 여인은 처음이었다. 그래서 아주 화
려하게 가례를 올리고 싶었지만 여인은 가까운 친지와 자녀
들만 모아놓은 단출한 가례를 원했다.
　뿐만 아니라 여인은 혼인할 때 주고받는 예물도 조그만 옥
가락지 하나로 만족했다. 부부 관계에서 중요한 것은 신뢰이
지 화려한 보석 조각이 아니라고 했다.
　"차 식소."
　오랜만에 동오룡과 능씨가 마주 앉았다.
　능씨는 고개를 들어 동오룡을 똑바로 쳐다보지 못했다. 혼

인을 한 지 이십이 년이 지났는데도 여전히 처음 만났을 때처럼 동오룡 앞에만 서면 얼굴이 빨개진다.

"조금만 기다리시오."

찻잔을 내린 능씨를 보며 말했다.

"어떻게 해서라도 녀석을 반드시 찾아낼 것이오. 내 전 재산을 털어서라도 몽이 놈을 당신 앞에 데려다 주겠소."

"감사해요."

여전히 고개를 들지 못하고 조그만 소리로 대답했다.

"죄지었소? 고개 좀 들어보시오."

하지만 능씨는 섣불리 들지 않았고 거듭된 요구에 마지못해 고개를 들었는데 부끄러움으로 얼굴이 홍당무가 되어 있다.

흠칫!

목덜미까지 빨개진 능씨를 보자 갑자기 아랫도리가 뜨거워진다. 근래에 한 번도 없었던 신체의 반응이었다. 나이 탓인지 부부 생활은 순조롭지 못했고 근자에 이르러 무림맹과의 감정에 휘말리다 보니 더욱 움츠러들었다. 좋다는 약이란 약은 모조리 구해 먹었지만 사내의 기능은 회복되지 않았는데 느닷없이 욕망이 치솟는다. 동오룡이 찻잔을 놓았다.

"가까이 오시오."

능씨가 고개를 쳐들어 동오룡을 보았다.

멈칫!

자신을 바라보는 동오룡의 눈빛이 평소와 다르다. 분명히
욕망을 느낄 때 사내들에게 나타나는 혈안이었다.

능씨가 고개를 숙이며 엉덩이만을 움직여 다가가 상체를
기울였다.

와락!

동오룡이 능씨를 끌어안았다.

투툭!

동오룡의 오른손이 바빠졌다.

능씨의 옷고름을 풀어헤치고 분홍빛 저고리를 거칠게 벗
겨내었다.

저고리를 벗기자 희고 고운 속살이 동오룡의 욕망을 더욱
부채질했다.

치마가 벗겨져 나가고 속곳이 방바닥을 나뒹군다. 동오룡
은 가슴과 하체만을 가린 능씨를 능숙하게 조율해 갔다.

툭!

가슴을 묶은 천이 풀어지고 탐스런 가슴이 모습을 드러냈
다.

오십이 넘었는데도 능씨의 가슴은 탄력이 넘쳤다.

콱!

동오룡의 오른손이 능씨의 가슴을 세차게 거머쥐었다.

"아아!"

능씨의 입에서 짧은 신음이 흘러나왔고 동오룡의 얼굴이

가슴을 타고 아래로 내려가기 시작했다. 동오룡의 자극적인 애무에 능씨의 입에서는 뜨거운 신음이 연이어 터져 나왔다.

동오룡의 고개가 능씨의 허리 아래에 박혔다.

"우욱!"

능씨의 눈이 커졌다.

검은 눈동자가 작아진다. 쾌감이 달아오를 때 눈동자는 좁혀지고 대신 흰자위가 늘어난다. 동오룡의 얼굴이 쉴 사이 없이 능씨의 하체를 더듬어 갔고 급기야 엉덩이를 비틀었다.

"어서!"

능씨가 재촉했다.

동오룡의 얼굴이 들려졌다. 붉게 달아오른 두 눈이 극도의 흥분에 빠졌음을 말하고 있었는데 동오룡이 서서히 능씨의 몸 위로 자신의 체중을 실었다.

그리고 한순간 능씨의 입에서 비명에 가까운 소리가 터져 나왔다.

"아아! 여보!"

능씨의 눈썹이 파르르 떨렸고 입술이 반쯤 열리고 뜨거운 김이 피어 나온다.

저벅저벅!

능씨의 배 위에서 절정을 향해 치닫고 있던 동오룡의 두 눈이 빛났다. 귓가로 발자국 소리가 들려왔다. 복도로 다가오는 발자국 소리인데, 복도 끝에는 자신이 묵는 방뿐이었다.

‘오지 마라!’

동오룡은 속으로 외쳐 말했다.

실로 오랜만에 사내의 기능이 살아난 것이다. 그토록 좋은 약과 이름난 의원을 불러다 치료를 했지만 백약이 무효였다. 사내의 왕성한 기능이야말로 배포와 능력의 잣대라고 믿는 동오룡에게 정력 상실은 충격이었다.

그런데 생각지 않게 갑자기 오늘 포기하다시피 했던 기능이 살아난 것이다. 비록 대낮이었지만 이 얼마나 기다리던 순간이고 간절히 원했던 일이었는가.

‘돌아가라!’

발자국 소리는 더욱 가까워졌다.

속도가 조금 빠른 것이 적지 않게 급한 일인 듯싶었다. 하지만 힘들게 얻은 순간이었으므로 그 어떤 일도 이보다 중요할 수는 없었다.

척!

발자국 소리는 방문 앞에 멈춘다.

‘꺼지라니까, 이 새끼야!’

속으로 외쳐 말했다. 하지만 밖에 있는 자가 들을 리가 없었다.

“각주님!”

예상대로 다급한 목소리였다.

동오룡은 대답하지 않았고 끓어오르는 몸을 주체 못한 능씨가 고개를 좌우로 흔들며 연신 신음을 토했다.

"각주님! 오만상입니다."

자신의 오른팔이다. 수십 년을 같이했기에 눈빛만 봐도 무슨 생각을 하는지 알아챘다. 그런 오만상이 굳게 닫힌 방문을 보면서도 입을 연다는 것은 뭔가 아주 중요한 사건이 일어났음을 말해주고 있었다.

물론 평소라면 당연히 보고가 우선이다. 그러나 동오룡은 절대 일어나고 싶지 않았다.

평소 능씨의 성품을 보건대 밖에 누가 있으면 금세 옷매무새를 고쳤을 것이다. 남편이 아무리 요구해도 대낮이라면 결코 응하지 않는다. 하지만 그녀 역시 첫날밤을 맞은 여인네처럼 적극적이고 뜨겁게 몸을 비벼대고 있다.

"무림맹의 상관 총관께서 급히 각주님을 뵙고자 하옵니다."

뚝!

동오룡의 몸이 멈췄다.

무림맹이란 이름을 듣자 화산처럼 끓어올랐던 몸이 얼음벼락을 맞은 듯 일시에 식어든다. 저돌적으로 여인의 몸을 탐하던 남성 또한 순식간에 힘을 잃고 고개를 떨구어 버렸다.

능씨 또한 아쉬움과 안타까움이 가득한 시선으로 자신의 배 위에 올라 있는 동오룡을 쳐다보았다.

동오룡이 능씨의 배 위에서 내려와 옷을 걸쳤다. 능씨 또한 몸을 일으켜 벗겨진 옷으로 알몸을 가리고 이마에 묻은 땀을 수건으로 닦아 지운다. 그리고 한마디 말도 않고 뒷문을 통해 밖으로 사라졌다.

옷매무새를 고친 동오룡이 밖을 향해 말했다.

"뫼시거라."

오만상의 발자국이 다시 멀어져 간다.

동오룡의 시선이 조금 전 능씨가 누웠던 방바닥에 멎었다. 능씨의 등에서 흘러나온 땀이 바닥에 점점이 묻어 있다.

아쉬운 한숨을 내쉬고 근엄한 얼굴로 자리를 잡을 때 발자국 소리가 들리더니 문이 열리고 상관량이 들어섰다.

동오룡이 자리에서 일어나며 상관량을 맞았다.

"어서 오십시오, 총관님."

"핫핫! 기별도 없이 찾았는데 결례가 아닌지 모르겠소이다, 동 각주."

상관량이 특유의 너털웃음을 지으며 반갑다는 듯 손을 내밀자 동오룡이 마주 잡았다.

상관량의 손이 희다. 얼굴만 가린다면 여인의 손으로 착각할 만큼 고왔는데 손이 고우면 심성이 냉혹하다는 장사꾼들의 속담이 갑자기 떠오른다.

"앉으시지요."

책상 겸 탁자로 쓰는 조그만 상을 놓고 두 사람이 마주 앉았다. 동오룡이 밖을 향해 차를 가져오라고 말했고, 두 사람

은 잠시 그간의 안부를 주고받으며 항시 만나면 해왔던 인사
를 나누었다.

시녀가 차를 들여와 놓자 두 사람은 찻잔을 들어 마셨다.

돈을 가져간 지 두 달이 채 안 되었다. 평균 일 년에 많아야
세 차례 정도 방문하는데 아직 올 때가 안 되었다. 물론 요즘
잦은 방문의 변(辨)을 들으면 흑도무림이 급속히 발호하고 있
다고 했다. 그래서 여러 가지 준비를 하느라 자금 소요가 많
다고 했다.

하지만 자신도 강호의 정보에 대해서는 어느 정도 꿰고 있
다. 워낙 무림맹에서 가져간 돈이 많기 때문에 나름대로 알아
보고 있는데, 상관량의 말처럼 흑도무림이 강력하게 일어나
고 있는 것은 사실이었지만 구체적으로 돈 들어갈 일은 발생
하지 않고 있었다. 그런데 이렇게 두 달이 채 안 되어 또 찾아
왔다는 것은 필시 개인적인 부탁 때문일 것이다. 이미 그의
주머니로 상당한 돈이 조용히 빠져나가고 있다는 것을 동오
룡은 알고 있었다.

"각주!"

찻잔을 내린 상관량이 정색하고 쳐다보았다.

동오룡 역시 잔을 내리며 대답했다.

"말씀하십시오, 총관님."

자신보다 나이가 어리지만 항상 공대를 했고 상관량은 공
대를 했다가 평대를 했다가 그때그때 기분 내키는 대로였다.

상관량의 눈빛이 빛을 발했다. 날이 어두워지면 점점 그 밝기가 강해지는 별빛처럼 두 눈은 어느새 강렬한 신광으로 돌변해 있었다.

"각주!"

목소리가 조금 전 부를 때와 다르다.

동오룡은 순간적으로 분위기가 좋지 않다는 것을 느꼈다.

"예!"

동오룡도 마주 보았다.

상관량의 입술이 열렸다.

"이럴 것이오?"

"무슨?"

"이럴 것이냔 말이오!"

상관량의 음성은 더욱 낮았는데 차가웠다. 지금까지 경험에 비춰 강호의 고수들은 화가 많이 날수록 목소리를 낮추었다.

순간적으로 자신에게 어떤 서운한 점이 있다는 것을 간파하고 빠르게 머리를 회전시켰지만 이것이다 하고 떠오르는 것이 없었다.

쾅!

상관량이 탁자를 내려쳤다.

그러자 찻잔이 엎어지며 박살이 났다. 뜨거운 물이 자신의 무릎 위로 쏟아졌는데도 상관량은 아랑곳하지 않았다.

"올해로 몇 대째 장사를 해왔다고 했소?"

"그건 왜? 십오 대째이오만?"

"유구한 천상각의 역사도 이쯤에서 접어야 할 것 같구려."

동오룡의 눈이 커졌다.

"그… 그게……?"

"정말 끝까지 모른 체할 거요?"

"도무지 무슨 말씀을 하는지 본 각주는 모르겠소이다."

"사흘 전 본 맹의 무적검령대가 몰살을 당했소."

여전히 무슨 뜻인지 모르겠다는 듯 동오룡의 눈살은 찌푸려져 있었다.

"흐흐! 끝까지 그렇게 모른 체 시치미를 떼겠다는 것인데, 좋소이다. 계속 말해드리지요. 사흘 전 본 맹의 무적검령대가 소주 서쪽에 있는 미월관이라는 저택을 공격했소. 그런데 단 한 명도 살아 돌아오지 못했소."

"미월관이라면?"

소주에서 몇 대째 살아왔던 동오룡이 그곳을 모를 리가 없었다. 이백 년 전 황실 금위영반의 수장을 지냈던 사람의 별장으로, 반란에 연루되어 일가족이 참수되면서 주인만도 수차례 바뀌었다. 묘하게 그 집에 들어간 가문은 이상하게도 쇠락을 면치 못하였고 소문이 퍼지면서 누구도 구매하려 들지 않아 한 달 전부터는 비어 있는 것으로 알고 있었다.

"미월관에 누가 살고 있었단 말이오?"

"정말 이럴 것이오? 아니, 소주에 사는 당신이 모르면 누가 안단 말이오?"

동오룡의 얼굴이 굳어졌다.

당신이란 말이 거침없이 터져 나왔다. 상관량이 흥분하였다는 의미이다. 하지만 그는 함부로 감정을 폭발시키는 사람이 아니었다. 소름 끼칠 만큼 냉정하며 이성적인 사람이다. 그래서 더욱 조심하고 경계를 했는데 그의 입에서 당신이란 표현이 막히지 않고 나왔다는 것은 사태가 예상보다 심각하다는 뜻이었다.

상관량의 설명이 계속되었다. 자신의 수하 가개묵으로 하여금 미월관을 조사케 했는데 그가 겨우 목숨을 건져 돌아왔고 곧바로 무적검령대를 보냈는데 함정에 빠져 몰살당했다는 것이었다.

"이상하구려. 그 사건과 본인이 무슨 관련이 있단 말이오?"

"동 각주의 장남이 미월관에 있던 자들과 관련이 있소. 다시 말해 동천비와 그들이 어울리고 있었단 말이오."

동오룡은 그제야 상관량이 흥분한 이유를 알았다.

교활하긴 해도 함부로 헛소리를 할 상관량이 아니었다. 또한 근거없이 타인을 모략하거나 추궁하는 위인은 더욱 아니다. 철저히 증거와 사실을 들이대어 상대를 옴짝달싹 못하게 하는 것이 상관량의 무서운 점이었다.

사실 근자에 이르러 동천비의 움직임이 심상치 않다는 것을 알고 있었다. 자세한 이유와 속사정은 모르지만 오만상의 보고에 의하면, 강호인들과 자주 접촉하고 있다고 했다.

"무슨 말씀인지 알았소이다. 하지만 난 정녕 모르는 일이오. 어쨌든 당장 천비 그 아이를 불러 알아보겠으니 그만 진정하시고……."

상관량이 매서운 눈으로 노려보았다.

"하늘일지라도 본 맹의 눈은 벗어날 수 없소."

그것은 무자비한 보복을 암시하고 있었다. 지금 철저히 조사 중에 있고 만약 동천비가 연루된 사실이 확인되면 당사자는 물론, 천상각 또한 온전하지 못할 것이라는 피의 통첩이었다.

벌떡!

상관량이 자리에서 일어나 바람 소리가 나도록 몸을 돌렸다.

쾅!

그러더니 문을 세차게 닫고 사라졌다.

동오룡이 굳은 얼굴로 닫힌 문을 바라보았다. 한동안 넋이 나간 듯 문에서 시선을 떼지 못했다.

"무슨 일이에요?"

어지간하면 절대 남자들 일에 관여하지 않는 능씨가 뒷문을 열고 나타났다. 아마 부부 생활 중인 것을 눈치 챘을 텐데도 오만상이 보고를 하자 자신의 처소로 돌아가지 않고 문밖에서 안의 대화 내용을 모두 엿들은 모양이었다.

"부인은 돌아가시오."

동오룡이 차갑게 말했다.

뭐라고 한마디쯤 하려는 듯 입을 반쯤 벌리던 능씨가 그냥 문을 열고 사라졌다.

"만상이 있느냐?"

"부르셨사옵니까?"

오만상이 문을 열고 모습을 드러냈다.

그는 칼집 없는 녹슨 칼을 여전히 왼손으로 품에 끌어안고 있었다.

"천비를 불러라."

"대공자님께서는 지금 집에 계시지 않사옵니다."

"찾아 데려오거라."

"예, 주인!"

오만상이 서둘러 나갔다. 동오룡을 모신 지 수십 년이 되었지만 지금처럼 화난 모습은 처음이었다. 오만상은 발걸음을 재촉해 곤전을 찾아갔다.

곤전 입구에 이르자 경비 무사가 앞을 가로막았다가 오만상임을 확인하고 예를 취했다.

"파금대주를 불러오너라."

파금대는 곤전을 지키는 시위들이었다. 두 사내가 대답을 하고 사라지고 잠시 후 한 명의 사내가 다가왔다. 그는 옆구리에 자신처럼 집 없는 검 한 자루를 차고 하품을 하며 다가왔다. 나이는 대략 서른 중반쯤 되어 보였는데 백심도란 사내였다. 동천비가 새로 데려왔다는 것만 알 뿐, 정확한 정체에 대해서는 오만상도 모른다.

"부르셨습니까?"

고개를 끄덕였지만 시늉이다.

예의와는 거리가 아주 먼 행동을 보면 정통 무가 출신은 아닌 듯했다.

"대공자의 행선지를 아는가? 주인님께서 급히 찾으시네."

"모르오. 우리 따위가 어찌 대공자님의 행선지를 알겠소?"

오만상의 인상이 찌푸려졌다.

알고 있는데도 모른 척하고 있다. 자신의 예에 비춰 동오룡은 어딜 가면 자신에게만큼은 귀띔을 한다.

"주인어른께서 급히 찾는다고 했네. 화급을 다투는 일일세. 어디 가셨는가?"

백심도가 인상을 썼다.

"모른다고 하잖습니까. 정말 모른다니까요?"

오만상의 머리털이 일어섰다.

마치 사자 갈기를 방불케 했다. 그 모습에 백심도가 흠칫하며 귀찮다는 듯 서 있던 자세를 똑바로 했다. 본능적으로 위기를 느낀 것이다.

"마지막으로 묻는다. 대공자님은 어디 계신가?"

또다시 모른다고 하면 칼을 뽑을 태세였다. 백심도가 마른 침을 삼켰다. 이미 동천비로부터 오만상에 대한 얘긴 들었다. 한때 비록 조그맣지만 나름대로 전설을 갖고 있는 도객이라고 했다.

처억!

오만상의 오른손이 왼손으로 품고 있는 칼의 손잡이를 슬며시 쥐었다.

바로 그때 발자국 소리가 들리더니 음성이 들려왔다.

"무슨 일이냐?"

오만상이 칼 손잡이에서 손을 떼고 몸을 돌렸다. 동천비가 여추량과 나란히 걸어오고 있었다.

"대공자님을 뵈옵니다."

오만상이 예를 차렸다.

"네가 여긴 무슨 일이냐?"

"주인님께서 찾으십니다. 어서 가보소서."

"아버지께서?"

"조금 전 상관량이 다녀가셨사온데 언성이 아주 높아졌습니다."

동천비가 여추량을 쳐다보았다.

여추량 또한 놀란 표정을 짓더니 오만상을 바라보았다.

"자세히 말해보아라."

"속하는 밖에 있어서 자세히 듣지는 못했습니다만 두 분께서 그렇게 언성을 높이는 것은 처음 보았습니다.”

뭔가를 생각하는 듯 잠시 굳은 얼굴로 서 있던 동천비가 몸을 돌렸다.

“가자!”

오만상이 동천비를 시위해 갔다.

걸어가는 동천비를 바라보는 여추량의 입술이 나직이 열리며 혼잣말이 흘러나왔다.

“어차피 닥쳐올 일!”

여추량이 입술을 지그시 물었다.

第二章
좁혀지는 숨통

大대法법왕王

동천비가 문을 열고 들어서자 동오룡은 뒷짐을 지고서 창
밖을 쳐다보고 있었다. 동천비가 기척을 했지만 동오룡은 돌
아보지 않았다. 동천비는 방문 입구에 우뚝 서서 동오룡이 돌
아서기를 기다렸다.

동오룡은 돌아보지 않았고 동천비는 기다렸다. 아마 창밖
의 풍경을 구경하고 있지는 않을 것이다. 상관량의 방문 목적
과 자신의 연관 관계를 나름대로 분석하고 있을 것이다.

방에 들어선 지 일다경이 넘어서야 동오룡이 몸을 돌렸다.

흠칫!

동천비는 깜짝 놀랐다.

　동오룡의 얼굴이 딱딱해 있었는데 이마에 주름살이 보였다. 그것은 무척 화가 나 있다는 뜻이었다.

　"긴말 않겠다. 너, 요즘 무엇 하고 있느냐? 사실대로 숨기지 말고 말해라."

　"무엇 하다뇨?"

　"사실대로 털어놓지 못하겠느냐!"

　동오룡이 버럭 소릴 질렀다.

　"네 이노옴!"

　"아버님!"

　동천비도 마주 소릴 높였다.

　동오룡의 안색이 붉게 달아올랐다.

　"당장 집어치워라. 그건 미친 짓거리다. 가능성이 있었으면 이미 옛날에 이 아비가 했다."

　"뭔가 오해를……?"

　"오해는 무슨 개 같은 오해. 어차피 돈은 권력을 이기지 못하게 되어 있다. 그야말로 계란으로 바위 치기다. 사백 년 본가의 역사를 잿더미로 만들고 싶지 않다면 당장 그만두거라."

　"이미 늦었습니다."

　"뭣이?"

　"판이 너무 커져 버렸습니다. 이제 소자가 멈추고 싶어도 멈출 수가 없습니다. 이 판에 관계된 사람들이 너무 많습니다. 그들이 멈추려 하지 않을 것이란 말입니다."

동오룡의 눈이 커졌다.

"그래서 기어코 그들과 한판 벌려보겠다는 말이냐?"

"못할 것도 없지요."

동천비가 다부지게 대답했다.

"죽는다."

"송구합니다. 칼은 이미 화살은 시위를 떠났습니다. 날아가는 화살을 되돌릴 수는 없습니다."

동오룡이 깊은 시선으로 동천비를 쳐다보았다.

동천비 역시 동오룡의 눈빛을 피하지 않았다. 두 부자의 시선은 한동안 바늘처럼 서로를 찔러갔다. 하지만 누구도 쉽게 물러설 기미를 보이지 않았다.

"무림맹이 얼마나 큰 단체인 줄 아느냐?"

"압니다."

"지난 수백 년 동안 수많은 조직이 그들에게 항거했지만 모두 실패했다. 하물며 우리 같은 장사꾼 따위가 그들의 상대가 되리라고 여기느냐?"

"안 될 것입니다."

"그런데도 싸우려든 단 말이냐?"

"안 되도 싸워봐야지요."

"이제 보니 너……."

"그렇습니다. 부인 않겠습니다. 아버지처럼 장사꾼으로 평생을 살고 싶지는 않습니다.”

휙!

동오룡이 바로 아래 있던 탁자 위의 찻잔을 집어 던졌다.

동천비가 고개를 숙이자 찻잔은 맞은편 벽에 격중되어 산산이 깨졌다.

“죄송합니다.”

동천비가 몸을 돌려 나가자 동오룡의 두 눈이 활활 타올랐다.

한동안 닫힌 문을 노려보던 동오룡이 밖을 향해 소리쳤다.

“술상을 봐오너라!”

“네!”

시녀의 대답이 있고 얼마 되지 않아 조촐한 술상이 들어왔다.

동오룡이 잔에 따르려 하자 술병을 뺏는 사람이 있어 고개를 돌렸다. 어느새 부인 능씨가 다가와 술병을 쥐고 잔을 채웠다.

쭈욱!

동오룡이 아무 소리 없이 잔을 비우자 능씨가 다시 잔을 채웠고, 그렇게 연거푸 세 잔을 비운 동오룡이 길게 한숨을 내쉬었다.

능씨는 술병을 놓고 맞은편에 다소곳이 앉아 있었다.

“지난 사백 년이 넘는 세월 동안 본 가에서 무림맹에 가져다 바친 돈을 모두 합치면 아마 중원을 열 번은 사고도 남을 거요. 나뿐만 아니라 수많은 선조들이 그들의 착취를 견디다 못해 도전을 꿈꿨지만 방법을 찾지 못했소. 물론 소규모의 저항은 있었지만 그때마다 처절한 응징을 당했소. 나 또한 몇 번 그러했고."

주르륵!

능씨가 두 손으로 술을 따랐다.

동오룡이 찰랑거리는 술잔을 보며 말을 이었다.

"힘이라는 것이 얼마나 무서운 것인지 난 뼈저리게 느꼈소. 그리고 찾아낸 방법이 공존공영이었소. 땅이 하늘이 되지 않는 한 결코 힘의 권력은 무한하고 무적이오."

여전히 능씨는 듣고만 있다.

"밖에 만상이 있느냐?"

"예, 주인."

"조사를 해라. 녀석의 뒤를 밟든지 캐든지 놈이 무슨 짓을 하고 누구와 손을 잡고 있는지 소상히 밝혀라. 막아야 한다. 그렇지 못하면 본 가는 돌이킬 수 없는 화를 당할 것이다. 놈은 아직 어려 세상의 무서움을 모른다."

"존명."

오만상의 발자국 소리가 멀어지자 동오룡은 재차 술잔을 비웠다.

"당신도 한잔하려오?"

동오룡이 불쑥 잔을 내밀자 능씨가 가볍게 웃었다.

"당신도 참."

"아니오. 한잔해 보시오. 술이라는 게 때로는 쓸 만할 때도 있소. 말은 않지만 당신 또한 천몽이 놈 때문에 요즘 무척 괴롭다는 것을 내가 아오. 자자."

"그럼 조금만 주세요."

"잔은 채워야 맛인 법이오."

동오룡이 잔을 가득 채워주었다.

능씨가 가득 찬 잔을 보며 말했다.

"어휴, 너무 많아요."

"그냥 단숨에 마시구려. 한 잔쯤은 약이오."

마른침을 두어 번 삼키더니 능씨가 단숨에 잔을 비웠다.

"어떻소?"

"너무 써요."

그러면서 얼른 안주로 나온 전병 한 조각을 입에 집어넣었다.

그런 능씨를 사랑스런 얼굴로 쳐다보던 동오룡의 표정이 다시 굳었다.

"그놈, 그놈이 있어야 해."

동오룡이 혼잣말처럼 중얼거렸다. 하지만 그가 그토록 원하던 그는 곁에 없다. 생사가 불분명한 것이다.

마차들이 들락거렸다. 흑수당을 위협했던 정체불명의 괴

한들이 대법왕에 의해 일망타진되었다는 소문이 퍼지면서 몸을 사렸던 중상들의 마차가 다시 끓기 시작한 것이다. 하루 종일 수많은 모피를 싣고 들락거리는 마차 바퀴 소리에 귀가 먹먹할 지경이었다. 또 대법왕이 흑수당에 머물고 있다는 소문이 퍼지면서 사람들까지 몰려들어 얼굴 보기를 청하자 어쩔 수 없이 동천몽이 모습을 드러냈다.

동천몽을 발견한 수많은 사람들이 환호를 했고 일부는 땅바닥에 오체복지하고 장수무운을 빌고 강녕을 기원했다. 동천몽 또한 많은 사람들에게 부처님의 자비와 평화가 가득 넘치기를 축원했다.

"도대체 여기서 무얼 하시옵니까?"

수십 대의 마차에서 내리는 모피를 창고에 쌓고 있던 자추동이 그 모습을 지켜보고 있는 동천몽을 발견하고 달려왔다. 약 이백여 명이 넘는 인부들이 마차에 실린 호피를 창고 안에 차곡차곡 쌓고 있었다.

"구경거리도 아닌데 뭘 그렇게 열심히 보시옵니까?"

자추동이 조심스럽게 물었다.

"당주."

"말씀하소서, 대법왕이시여."

동천몽의 깊은 배려에 완전히 감복한 자추동은 온갖 정성을 다해 그를 받들고 모셨다. 차갑고 독선적이며 이기적인 자추동에게 동천몽은 말 그대로 활불이었다. 어느 누구도 자신

을 좋아하지 않았고 기피하며 손가락질했는데 동천몽만이 감
싸고 이해하며 따뜻하게 대해준 것이었다.

"저 모피들은 모두 어디에서 생산된 것들이오?"

"구 할가량이 대설산에서 나오는 것입니다."

"대설산?"

"대설산은 천하에서 가장 추우면서도 가장 큰 산이지요.
하나 사람들이 한 가지 모르는 게 있사옵니다."

"그게 무엇이오?"

"모피이옵니다. 대설산에서 나는 모피는 다른 지역의 모피
와 다르옵니다. 추운 곳에서 살아가는 짐승들이기 때문에 털
이 촘촘하고 짧으며 무척 부드럽습니다. 그래서 다른 지역에
서 나는 모피보다 세 배는 비싸게 거래되옵니다."

"어디로 거래되오?"

"천상각이옵니다. 워낙 양이 많기 때문에 천상각 정도의
대상가가 아니면 소화를 못 시키지요. 천상각 자체에서도 적
지 않은 양의 모피를 생산하지만 본 당의 모피가 그들이 거래
하는 거래액의 칠 할 이상을 차지할 것입니다."

동천몽의 눈이 가늘어졌다.

사실 그가 중간에서 돌아가지 않고 일부러 먼 길을 찾아온
것은 한 가지 열쇠 때문이었다. 물론 그 열쇠는 자추동이 갖
고 있었다. 그런데 다행히 자추동이 자신에게 완전히 감화되
었으므로 이제 원래의 목적을 드러내야 할 때였다.

“만약 거래선을 돌리면 어떻게 되오?”

“거래선을 돌린다는 게 무슨 말씀이시온지?”

“천상각으로 보내지 않고 다른 곳과 모피 거래를 하는 것 말이오.”

자추동이 놀란 표정을 지었다.

그에 동천몽이 물었다.

“왜 놀라시오?”

“글쎄, 한 번도 천상각과 거래를 단절한다는 생각은 해보지 않았사옵니다. 또한 천상각이 아니면 저 많은 모피를 소화시켜 줄 상가도 없구요.”

“그 정도로 많소?”

“본 가에서 한 달에 천상각으로 들어가는 모피를 금화로 환산하면 백만 관 정도 될 것이옵니다.”

동천몽의 눈이 커졌다.

황금 백만 관이면 천상각의 한 달 매출의 사 할이다. 천상각 총매출의 사 할이라면 얘기는 달라진다.

“천하에 천상각 말고 흑수당의 모피를 소화해 낼 수 있는 상가는 없소?”

“전혀 없지는 않사옵니다. 저 멀리 북방의 원국과 동영의 덕천상가가 있지요.”

“그들과는 왜 거래를 하지 않소?”

“거리상으로 일단 멀지요. 길이 멀면 운송비가 많이 듭니

다. 특히 동영의 덕천상가 같은 경우에는 배로 운반해야 하는
데 자칫 풍랑이라도 만나면 위험하지요."

"나는 북방의 원국과의 거리나 여기서 절강성까지의 거리
나 큰 차이는 없는 것으로 알고 있소."

"그렇긴 합니다만, 도대체 왜 그런 말씀을 하시는지요?"

동천몽의 시선이 다시 모피를 하역하는 인부들을 바라보
았다. 울긋불긋 한 호피의 줄무늬가 선명하다.

"호피에 윤기가 나는구려?"

"추운 지방에 사는 범[虎]일수록 무늬가 선명하고 광택이
납니다."

"가만, 저건 백호피(白虎皮) 아니오?"

동천몽의 눈이 커졌다.

흰 털에 검은 줄무늬가 있는 커다란 호피를 인부들이 운반
하고 있었다.

"하나에 황금으로 천 냥이나 가지요. 가장 고가입니다."

"만약 모피 거래를 중단하면 어찌 되오?"

"아마 가장 먼저 자금 부족에 시달리겠지요. 가게의 규모
는 큰데 매출이 줄어들면 당연히 혼란이 오고 자칫 도부(渡
不)가 날 위험이 크지요.

동천몽의 눈이 가늘어졌다.

잠시 그런 동천몽을 바라보던 자추동은 조용히 자리를 비
켰다. 동천몽이 뭔가 깊은 계산에 빠졌음을 읽고 방해하려 하

지 않는 것이었다.

　밤이 늦었는데도 이따금씩 마차 바퀴 소리가 들린다. 모피라는 것이 짐승을 잡아 가죽을 벗긴 후 대략 사흘 정도 말린 후 중상에게로 넘기고 중상은 대상에게 보내는데, 모피의 값을 결정하는 것이 바로 거래되는 시간의 소요였다. 시간이 많이 소모되어 바짝 마르면 값이 떨어지고 습기가 너무 많아도 제값을 못 받는다. 그래서 중상은 흑수당으로 넘어가는 시간을 정확히 계산하여 수송하기 때문에 밤이 되어도 멈추지 않는다.
　'사 할!'
　동천몽이 자신의 처소 앞마당에서 뒷짐을 지고 생각에 잠겨 있었다. 얼마 전까지 초승달이었는데 어느새 달은 불룩하게 솟은 임산부 배처럼 커졌다.
　동천몽이 긴 그림자를 드리우며 이마를 잔뜩 찡그리고 있었다.
　사불각의 무미 선사가 보고해 온 바에 의하면, 동천비는 지금 무림의 집단들과 활발한 접촉을 벌이고 있었다. 물론 막강한 자금력을 이용해 무림까지 지배해 보겠다는 계산이다.
　천상각의 자금 능력이라면 결코 무리한 꿈이 아니었다. 하지만 금전의 갖고 있는 취약성이 한 가지 있었다. 그것은 신뢰와 충성심이었다. 그 두 가지는 수백 년, 최소한 수십 년은 함께 피땀을 흘려야만이 생성되고 만들어지는 끈끈한 인간관

계다. 그 두 가지가 제대로 갖춰진 집단일수록 강하며 명문이
었다. 그런데 돈으로 급조한 힘이란 결코 그 두 가지를 지닐
수 없다. 조금이라도 불리하다 싶으면 약속이고 뭐고 헌신짝
처럼 내팽개치는 것이 인간의 본성이다.

팟!

동천몽의 눈이 섬광을 발했다.

'흑수당에서 모피 거래선을 틀어버리면!'

동천비는 지금 엄청난 자금을 쏟아 붓고 있다고 했다.

그런데 만약 흑수당이 거래선을 바꿔 버린다면 곧바로 자
금 압박에 시달릴 것이다.

"일목!"

한 무리 어둠이 뭉쳐지더니 일목이 나타났다.

"하명하소서."

"자 당주가 침소에 들었는지 알아보거라."

"지금이 몇 시인데 아직도 잠자리에 안 들었……."

안 들었겠느냐고 말하려다 동천몽의 인상이 찡그려지자
잽싸게 허리를 구부리고 사라졌다.

"훗훗! 아무리 뒤에 숨어 있어도 내 눈을 빠져나가지는 못
합니다."

상식적으로 칠십 년 전에 신물까지 빼앗긴 뢰음사의 능력
으로 현재의 포달랍궁을 공격한다는 것은 아무리 복수 차원
이라 이해해도 무리였다. 물론 대법왕이 바뀌며 어수선하기

때문에 기회가 전혀 없는 것은 아니었지만 그래도 과욕임은 틀림없었다.

결국 뢰음사 공격은 누군가 배후가 있었다. 그리고 그 배후가 될 만한 사내는 천하에서 한 명뿐이었다.

유난히 흰 백포를 즐겨 입고 삼각형의 작은 눈에 파묻힌 동공은 쳐다보는 사람으로 하여금 소름을 끼치게 할 만큼 냉혹하다. 장사꾼의 기질에다 사나운 피의 섭취력까지 갖고 있는 사내.

그 사내는 복수를 위해 전력 증강을 꾀하는 뢰음사의 사정을 간파하고 은밀한 거래를 튼 것이 분명했다.

장부가 야망을 키우는 것은 결코 나쁘다고 할 수 없다. 그러나 어머니를 향한 그들의 행동은 결코 잊을 수가 없었다.

그들이 자신을 죽이려고 했던 것은 어제오늘 일이 아니었다. 이미 수차례 죽이려 했었고, 그래서 살기 위해 스스로 망나니가 되어 다행히 그들의 칼날을 피했다.

자신을 향한 그들의 어떤 훼방과 음모도 인내하고 넘어갈 수 있었지만 어머니를 향한 그들의 모욕만큼은 잊을 수가 없다.

그들은 노골적으로 어머니를 무시했을 뿐 아니라 미친년이라는 표현을 서슴지 않았다. 감수성 예민한 나이 때여서인지 어머니를 향한 그들의 가혹한 조롱과 모독은 가슴의 못이 되었다.

셋째 동천완을 제외하고는 모두가 어머니를 하녀 취급했을 뿐 아니라 특히 동천화는 돈에 팔려온 창녀라고까지 말했다.

한 배에서 태어난 건 아니지만 형제임은 부인할 수 없고, 특히 어머니라는 사실은 더욱 바뀔 수 없었다. 하지만 누구도 그녀를 어머니라고 부르지 않았다.

'아미타불! 내가 아니면 누가 지옥에 가느냐고 달마 대사가 말했다던가.'

동천몽의 입가에 미소가 떠올랐다.

그때 다급한 발자국 소리가 들려왔다. 자추동이 옷매무새도 제대로 갖추지 못한 채 달려왔다.

"부… 부르셨나이까, 대법왕님?"

의관도 제대로 갖추지 못한 것을 보면 자다 온 것이다. 거기다 급히 나오느라 맨발이었다. 자신에게 완전히 감복하지 않고서는 보여줄 수 없는 행색이었다.

"잠을 깨워 미안하오."

"아… 아니옵니다. 오히려 대법왕님보다 제가 일찍 잠이 들어 송구할 뿐이옵니다."

"자 당주."

자추동이 옷매무새를 가다듬으며 허릴 숙였다.

"명을 받습니다."

"부탁이 있소."

"부… 부탁이라니 당치 않사옵니다. 무조건 명령만 내리소서. 그럼 저는 무조건 따르겠나이다."

"그렇게 말해주니 고맙구려. 자 당주, 천상각으로 들어가는 모피의 거래선을 돌려야겠소."

훽!

자추동이 고개를 번쩍 쳐들었다.

"어려운 거요?"

"그… 그렇지는… 알겠사옵니다. 당장 분부를 따르겠나이다. 여봐라, 이 총관 있느냐!"

자추동이 그 자리에서 소릴 질렀다.

잠시 후 어둠 속에서 이색기가 부리나케 뛰어왔는데 그 역시 자다 불려온 듯 맨발에 옷을 반도 채 걸치지 못하고 있었다.

"부르셨습니까, 당주님?"

"내일부터 천상각과의 모피 거래를 단절한다. 모든 거래선을 원국으로 돌린다."

"으헉!"

이색기가 기겁할 듯 놀랐다.

"뭘 그렇게 멍청히 서 있느냐? 어서 간부 회의를 소집해라. 지금 당장 말이다."

"가… 갑자기 왜?"

"네 이놈! 시키는 대로 할 것이지, 무슨 질문이냐? 썩 물러

가거라!"

"존명!"

이색기가 올 때처럼 황급히 맨발로 사라졌다.

"대법왕이시여, 또 분부하실 일은 없사온지요."

"정말 고맙소, 자 당주. 내 이 은혜는 잊지 않겠소."

자추동이 더욱 허리를 숙였다.

"으… 은혜라뇨. 당치 않사옵니다. 저는 오로지 대법왕님을 믿고 따를 뿐이옵니다."

동천몽이 자추동의 손을 잡았다.

순간 자추동이 전신을 떨었다.

"자 당주는 참 좋은 사람이오."

"대… 대법왕이시여……."

너무 감격하여 자추동은 말을 제대로 잇지 못했다.

동천몽이 자추동의 두 손을 꼬옥 감싸 쥐고 입가에 자상한 미소를 듬뿍 머금었다.

잠이 확 달아났다. 잠옷 바람으로 침대를 내려온 자청단은 다시 물었지만 이색기는 여전히 고개를 끄덕인다. 너무 어이가 없다는 듯 눈을 크게 뜨고 한참 동안 이색기를 바라보던 자청단이 잠옷 바람 채로 문을 열고 사라졌다.

부친의 처소에 들어서자 이미 간부들이 모여 앉아 있었다. 모두들 자다 불려와 눈이 부스스 했고 비몽사몽인 듯 자추동의 말뜻을 제대로 이해 못하는 것 같았다.

"무슨 말씀인지?"

"자다 날벼락이라더니 갑자기 천상각과 거래를 끊겠다는
건 도무지……."

여기저기서 쑥덕거렸다.

자추동이 버럭 소릴 질렀다.

"복잡하게 생각할 것 없다! 그냥 천상각과 거래를 안 한다
는 얘기다! 알겠느냐?"

"왜 느닷없이 그런 결정을?"

"느닷없이든 뭐든 이제 천상각과 거래를 끊기로 했으니 그
렇게 알고 준비들 해."

"하오면 그 많은 양의 모피를 누구와 거래하신단 말이옵니
까?"

"거래할 곳은 많아. 걱정 마라. 이상, 가서 잠들 계속 자도
록."

하지만 너무나 돌발적이고 충격적인 일에 아무도 자리에
서 일어날 생각을 하지 않았다.

자추동이 버럭 소릴 질렀다.

"그만 가서 자라니까?!"

간부들이 투덜거리며 일어나 사라졌다. 모두가 떠난 방 안
에 잠옷 바람의 자청단만이 홀로 서 있었다.

"넌 왜 거기 서 있어? 너도 가서 자. 그리고 넌 부르지도 않

았는데 왜 왔어?”

“왜 갑자기 천상각과 거래를 중단하자는 것입니까?”

“가서 자라니까?”

“제정신입니까? 새로운 거래처를 뚫는 데 얼마만한 노력이 필요한지 몰라서 그러십니까? 뿐만 아니라 저 많은 모피를 천상각이 아니면 누가 소화한단 말입니까?”

“자라니까?”

“대법왕입니까? 그가 지시한 것이지요?”

“감히 어디서 함부로 대법왕님의 신성한 용명을 담는 것이냐! 어서 가 자.”

“뭔가 있습니다. 대법왕도 사람이란 말입니다. 필시 본 가에 어떤 흑심을 품고 있을 것입니다.”

“네, 이놈!”

“아버님.”

“빨리 가서 안 자!”

노려보는 부친을 마주 노려보다 자청단이 몸을 돌렸다.

자신의 거처로 걸어가는 자청단의 표정은 굳어 있었다.

‘미쳤다!

자신이 보기에 부친은 제정신이 아니었다. 도대체 무엇 때문인지는 알 수 없지만 예전의 부친이 아니었다. 완전히 딴사람이 되어 있었다. 보나마나 대법왕의 세 치 혀에 완전히 놀아나고 있음이 분명했다.

척!

씩씩거리며 처소로 걸어가던 자청단이 걸음을 세웠다.

어둠 속에 눈처럼 흰 백의를 걸친 한 사내가 서 있었다.

“아… 아니, 백 대협 아니시오?”

백의사내는 백쾌섬이었다.

자청단이 다가서며 말했다.

“주무시지 않고 여긴 왜 나와 있는 게요?”

백쾌섬이 말했다.

“그러는 자 형은 잠옷 바람으로 이 밤에 어딜 다녀오시는 게요. 더구나 표정을 보아하니 몹시 불쾌한 일이라도 생긴 모양이구려.”

순간 자청단의 표정이 더욱 우그러졌다.

그리고 부친의 결정에 대해 불만을 쏟아내었다. 침까지 튕겨가며 불만을 토해내는 자청단을 바라보는 백쾌섬의 두 눈 깊숙한 곳에서 날카로운 섬광이 피었다가 사라졌다.

“그… 그게 정말이오?”

“내가 이 밤에 헛소리할 일 있소? 제기랄, 그 인간 때문에 아버님이 완전히 이상해졌소.”

“그 인간이라면?”

“누군 누구겠소. 대법왕인지 대밥왕인지 하는 작자이지. 카악!”

신경질적으로 가래침을 뱉으며 자청단이 지나갔다.

구시렁대며 지나가는 자청단을 바라보는 백쾌섬의 두 눈이 어둠 속에서 더욱 형형해졌다.

복도를 들어선 동천몽은 깜짝 놀랐다. 분명 방을 나올 때 불을 껐는데 켜져 있었기 때문이다. 누군가가 자신의 방에 들어왔음을 직감하고 일목을 부르려 할 때 그가 먼저 나타나 입을 열었다.

"자 낭자께서 와 계시옵니다."

"자 낭자?"

동천몽의 눈이 커졌다.

자시가 넘은 시간에 양해도 없이 불쑥 찾아왔다는 것이 선뜻 이해가 되지 않는다.

동천몽이 문을 열고 들어서자 일목의 보고대로 자정경이 창밖을 보고 서 있다가 돌아섰다.

"놀라셨죠?"

"아미타불! 놀랐다기보다는 의외구려? 무슨 일로 이 밤에 본왕을 찾아온 게요?"

자정경이 눈을 빛내며 말했다.

"앉으라는 말씀도 없으세요. 얼마나 오랫동안 서서 기다렸는데요."

자정경이 웃었다. 사내의 혼을 빼고도 남을 만큼 뇌쇄적이다. 일부러 꾸민 것도 아닌 자연스럽게 배인 미소이어서 더욱 가슴을 두근거리게 만들었다.

'아미타불!'

마음이 울렁거리자 동천몽은 또다시 불호를 중얼거렸다. 불호에는 큰 힘이 있다고 죽은 천장금왕이 말했다. 사악한 생각과 기운을 물리친다고 했다. 처음에는 콧방귀를 뀌었는데 시간이 흐르면서 그의 말이 사실이라는 것을 깨닫기 시작하고 있었다.

동천몽이 권한 자리에 앉은 자정경이 그를 똑바로 쳐다보았다.

별빛 같은 시선이 정면으로 날아오자 동천몽은 순간 당황했다. 하지만 이내 또다시 아미타불을 중얼거리며 근엄한 표정을 지었다.

"자, 말해보시오. 이 밤에 본왕을 이렇게 조용히 찾아온 데는 필시 중요한 사정이 있을 것 같소만?"

"시간도 늦었으니 본론만 말하겠어요. 대법왕님께서는 소녀를 어떻게 생각하세요?"

동천몽의 눈이 좁혀졌다.

"어… 어떻게 생각하다뇨?"

"그냥 어떻게 생각하냐니까요? 대법왕님이 아닌 남자로서 말예요."

화악!

동천몽의 눈이 커졌다.

“나… 난 대법왕이오.”

“그걸 누가 몰라요. 하지만 대법왕님도 남자잖아요. 아님 여자예요?”

“아미타불! 그건 아니지만.”

“그러니까 남자로서 여자인 날 어떻게 보는지 말씀해 주세요.”

그러면서 자정경이 얼굴을 더욱 앞으로 들이밀었다.

동천몽이 헛기침을 두어 번 하고 대답했다.

“그렇다면 나 또한 솔직히 말하겠소.”

“네, 말해보세요.”

“자 낭자야말로 아름답고, 총명하고 예의 바르고 옷 잘 입고 똑똑하고 듣자 하니 효녀이기도 하더구려.”

자정경의 입가에 흐뭇한 미소가 떠오른다.

동천몽은 계속 말했다.

“피부도 곱고, 여자로서는 완벽하오.”

진심이었다. 대법왕의 신분만 아니었다면 무슨 잔머리를 굴려서라도 이미 넘어뜨리고 말았을 것이다.

“그런 것 말구요. 예를 들면…….”

“예를 들면?”

“곁에 두고 가르치고 싶다거나 남 주기 아까운 재능이니 대법왕님께서 제자로 삼고 싶다는 그런 마음 들지 않느냔 말씀이죠.”

동천몽의 눈이 커졌다.

"제… 제자?"

"말이 나왔으니까 까놓고 말하겠어요. 저를 제자로 삼아주세요."

"……."

"왜 그런 눈으로 보시죠? 제자 몰라요? 무예를 대법왕님께 배우고 싶다는 얘기예요. 설마 제가 마음에 들지 않는 건 아니시겠죠?"

"천만에, 들지 않다니, 전혀! 하지만 갑자기 제자로 거둬달라니 약간 당황스럽군. 그러니까 한마디로… 예……."

동천몽이 더듬거리자 자정경이 환하게 웃었다.

"그럼 허락으로 알고 인사 올리겠어요."

그러더니 다짜고짜 자리에서 일어나 뒤로 서너 걸음 물러나 양손을 포개어 이마에 대었다.

동천몽이 놀란 얼굴로 말했다.

"지… 지금 뭐 하는 거요?"

자정경이 이마에 양손을 대고 말했다.

"보면 모르세요. 사제지연을 맺으려면 구배지례를 올려야 하잖아요. 절 받으세요, 사부님."

"자… 자 낭자."

"말리지 마세요."

동천몽이 말려도 소용이 없었다.

쿵! 소리가 나도록 무릎을 꿇고 큰절을 올리기 시작했다. 동천몽은 망연한 표정으로 열심히 절을 올리는 자정경을 내려다보기만 할 뿐이었다.

정성을 다해 구 배를 끝낸 자정경이 진중한 얼굴로 말했다.

"이제 대법왕님은 제 사부님이세요. 전 제자구요."

"여인의 몸으로 불가의 제자가 된다는 것은……."

"속가자제라는 것도 있다면서요?"

"웃!"

동천몽이 얼른 입을 다물었다. 자정경은 이미 사전에 치밀한 조사를 한 듯했다.

"아미타불!"

"오늘부터 이 방 청소는 제자인 소녀가 하겠어요. 물론 사부님의 옷 빨래 또한 당연히 제자인 제가 할 거구요. 뿐만 아니라 밥상도 이 제자가 차릴 것이고……."

동천몽의 눈이 커졌다.

자정경은 빠르게 말을 이었다.

"하나부터 열까지 이 제자가 모든 것을 책임지겠어요. 그러니 사부님은 아무것도 하지 마시고 오로지 저에게 무공만 가르쳐 주세요. 어차피 인생이라는 게 서로 돕고 사는 것 아니겠어요, 사부님."

자정경이 씩 웃었다.

치아가 눈처럼 희고 곱다. 양볼에 생기는 조그마한 보조개가 그녀의 미소를 더욱 화려하게 만들었는데 동천몽은 눈을 감아버렸다.

'아미타불! 완전 죽이는구나.'

쉽게 떨어질 것 같지 않았다.

가만 하는 것을 보아하니 사전에 치밀하게 준비를 한 듯했다.

"뭐… 뭐 하는 것이오?"

갑자기 자정경이 빗자루를 들더니 바닥을 쓸기 시작했다.

"보면 몰라요? 이렇게 불결한 방에서 사부님께서 주무신다는 것은 말이 안 돼요. 그리고 제자에게 공대를 하는 사부님이 어디 있어요? 앞으로 말씀 놓으셔요. 알았죠?"

"그… 글쎄 말… 이오야."

"푸훗! 글쎄 말이오야, 그게 무슨 말이죠?"

"아무래도."

"아무래도 너무 일방적이지 않냐고 말씀하려고 그러시죠? 하지만 이걸 아세요. 전 이미 구배지례로 하늘과 땅에 스승과 제자가 되었음을 선포했다는 것을요."

다다익선이라고 했고, 열 여자 싫어할 남자 없다고 했다. 더구나 천하쌍미 중 한 명을 제자로 두었으니 싫어할 이유는 죽어도 없었다. 오히려 내심 좋아 죽을 것만 같았다. 그러잖아도 어떻게 하면 자정경과 계속 인연을 만들어갈까 고민을 했었다. 그런데 스스로 제자 되길 자청했으니 이거야말로 기연이랄 수 있었다. 하지만 대법왕의 체면이 있으니 당연히 겉으로는 난감한 척하는 것이다.

"아미타불!"

대낮도 아닌 오밤중에 청소를 하는 자정경을 보며 동천몽은 부지런히 불호를 되뇌였는데 입가에는 미소가 떠나질 않는다.

세속의 시절과 가장 달라진 것이라면 일어나는 시간일 것이다. 세속에서는 거의가 늦게 자고 늦게 일어났다. 물론 술을 마시며 밤새 기녀들과 딩구느라 떠오르는 아침 해를 본 기억이 별로 없었다. 하지만 대법왕이 되면서부터는 하루도 늦잠을 자본 적이 없었다. 늦게 잠자리에 들어도 일어나는 시간은 항상 일정했다. 어젯밤 역시 축시가 다 되어 누웠는데 정확히 묘시에 눈이 뜨였다.

그런데 눈을 뜨자마가 기다렸다는 듯 한줄기 옥음이 귓가를 파고들었다.

"사부님, 기침하셨어요?"

깜짝 놀라며 상체를 일으켰다.

침대 끝에 자정경이 다소곳이 서 있었다. 동천몽이 눈을 크게 뜨고 보다 고개를 세차게 좌우로 흔들었다. 한참을 쳐다보고 나서야 어젯밤 사건이 일목요연하게 잡혔다.

"아미타불! 그래, 잘 잤느냐?"

"너무 잘 잤어요. 사부님도 편히 주무셨죠? 잠시만 기다리세요. 지금 찻물 끓이고 있거든요.”

자정경이 가벼운 미소를 지어 보였다.

잠자리에 일어나자마자 꽃보다 예쁜 제자가 웃어주니 기분은 상쾌하다. 하지만 한편으로는 마음 한구석이 뜨거워진다. 자신도 모르게 아랫도리가 꿈틀거렸다. 슬며시 이불을 당겨 하체를 덮자 자정경이 찻물이 다 끓여졌을 것 같다면서 방을 나갔다.

동천몽은 길게 한숨을 내쉬었다. 미인이 제자가 되어 기쁘기도 하지만 이럴 때는 고통이다. 삶이 고통이라는 말이 불현듯 머리를 스쳤고, 자정경이 방을 나가자 잽싸게 몸을 일으켰다.

아랫도리가 예리한 각도로 불쑥 서 있다. 얼른 풍성한 가사를 걸쳐 아랫도리를 가렸다.

동천몽은 잠시 한쪽 벽에 걸린 동경 앞으로 다가가 옷매무새를 가다듬고 근엄한 얼굴로 의자에 앉았다. 좀체 수그러들 줄 모르는 성난 아랫도리가 자꾸 신경 쓰였다.

드르륵!

문이 열리고 자정경이 다기를 들고 들어섰다.

그리고는 탁자 위에 찻잔을 놓고 주전자에 들어 있는 찻물을 조심스럽게 따랐다.

또르르!

“무슨 차인지 알아맞혀 보세요, 사부님.”

차를 한 모금 마시자 자정경이 생글거리며 물었다.

동천몽이 머뭇거렸다. 차를 자주 마시긴 했지만 좋아서 마신 건 절대 아니었다. 차를 마시면 뭔지 모르지만 대법왕으로서의 품위가 설 것 같아서 마셨을 뿐이니 당연히 차의 종류에 대해 알 리가 없었다.

"아미타불!"

일단 불호를 크게 되뇌이며 잔뜩 무게를 잡았다.

그리고 아무리 코를 벌름거리며 입맛을 쩝쩝 다셨지만 쌉쌀한 맛 말고는 느껴지는 것이 없었다. 그렇다고 제자 앞에서 망신을 살 수는 없는 노릇이다.

문득 흑수당에 온 첫날 마셨던 차 이름이 떠올랐다. 생각해 보니 그때 마셨던 차와 맛이 같았다.

"쌍금차로구나."

"어멋! 맞추셨어요. 차에 일가를 이루었다더니 정말 귀신 같으세요."

차에 관해 몇 마디 나누던 중 뭔가 있는 척해 보이기 위해 해박한 척 되지도 않는 소리를 지껄였는데 그 얘기를 두고 하는 소리였다.

동천몽은 더욱 근엄한 표정으로 차를 마시며 잔을 비우자 기다렸다는 듯 다시 잔을 채웠다.

"저어, 죄송하지만 사부님 올해 세수가?"

멈칫!

막 차를 마시려던 동천몽의 안색이 급변했다.

어려운 말이 마침내 나오고 만 것이었다. 고개를 쳐들면 당황하는 표정이 노출된다. 그래서 동천몽은 느릿하게 차를 마시며 부지런히 머리를 굴렸다.

분명 어디선가 많이 들어온 말임에는 분명했다.

'세수!'

절대 물로 얼굴을 씻는 그 세수가 아니라는 것 하나만큼은 확실히 알고 있었다.

찻잔에서 입을 떼면 대답을 해야 하므로 악착같이 대고 있었다. 그러면서 조금씩 차를 마시며 부지런히 머리를 굴렸다. 그런 동천몽을 자정경의 두 눈이 감시하듯 쳐다보았다.

팟!

동천몽의 두 눈이 이채를 발했다. 마침내 생각이 나고야 만 것이었다. 생각이 났다고 해서 얼른 대답하면 촐싹 맞다. 동천몽은 천천히 차 맛을 음미하듯 잔을 떼어내고 자신을 바라보는 자정경을 쳐다보았다.

세수는 윗사람의 나이를 물을 때 표현하는 말이었다. 한데 문제는 자정경이 갑자기 나이를 왜 물었는지 그 의중을 알아야 했다. 그러다 한 가지 생각이 머리를 스쳤다.

"왜 제자를 그렇게 보셔요? 빤히 쳐다보니까 조금 부끄러워지려고 그러잖아요."

자정경의 볼이 약간 불그레해졌다. 순간 아랫도리가 또다

시 불끈 일어난다. 말씨 하나 행동 하나가 남자의 넋을 흔들
어놓기에 부족함이 없는 여인이었다.

"올해로 스물둘이니라."

두 살을 올려 말했다. 그 이유는 며칠 전 우연히 자추동을
통해 자정경의 나이가 스물하나라는 것을 알았기 때문이다.
제자보다 나이가 적을 수는 없는 노릇이었다.

"어머? 그래요. 우휴… 다행이네."

자정경이 안도의 한숨을 내쉬었다.

"배고프시죠. 금방 식사를 올릴 테니 조금만 기다려 주세
요."

찻주전자를 탁자 위에 올려놓고 방을 나갔다.

멈칫!

방문을 열고 밖으로 나간 자정경이 걸음을 멈춰 세웠다. 문
앞에 일목이 차가운 표정으로 서 있었기 때문이다. 봐도 봐도
일목의 하나뿐인 눈은 섬뜩했다.

"왜… 왜 그런 시선으로 소녀를 보시나요?"

아무리 어깨를 펴려고 해도 일목 앞에서만은 자꾸 위축되
었다.

일목이 매서운 눈으로 말했다.

"정말로 대법왕님을 사부님으로 모실 생각이오?"

"네!"

"본 궁은 여자 제자를 받지 않는다는 것을 모르오?"

“그래서 속가제자로 하기로 했어요.”

“이보시오, 낭자. 지금 제정신이오? 낭자가 사부로 모시고자 하는 분은 평범한 분이 아니란 말이오. 만인의 어버이자 살아 계시는 부처이신 대법왕이란 말이오.”

“알아요.”

자정경이 지지 않고 대답하자 일목의 하나뿐인 눈이 더욱 섬뜩한 광채를 발했다.

“낭자, 바보요? 아직도 본 대법위의 말을 못 알아듣겠소?”

“네!”

반항에 가까운 대답이었다.

아닌 게 아니라 자정경이 불쾌하다는 듯 눈을 내리깔았다.

“다시 말하겠소. 대법왕님은 개인적으로 제자를 둘 수 없소이다. 그렇게 알고 포기하시오.”

“누구 맘대루요?”

자정경이 눈을 치켜떴다.

쉽게 물러날 기세가 아니다. 때에 따라서는 일전불사도 마다 않을 표정이었다.

사실 그가 궁을 출발하기에 앞서 천장금왕이 자신을 조용히 불렀다. 동천몽의 관상에 여난이 끼었으니 자신더러 각별히 신경을 쓰라고 당부를 했다. 혹시라도 제자들 귀에 여난으로 대법왕이 고생한다는 말이 들어가기라도 하면 체통이 안 선다는 것이다. 각별히 신경 쓰라는 말이 무슨 뜻이겠는가.

여자가 달라붙으면 수단과 방법을 가리지 말고 잘라 버리라
는 의미 아니겠는가.

"내 맘대로요. 내가 안 된다고 하면 안 되는 것이오."

"흥!"

자정경이 가소롭다는 듯 코방귀를 뀌며 복도를 걸어갔다.

일목이 걸어가는 자정경의 등에 대고 쐐기를 박듯 엄포를
놓았다.

"분명히 경고했소. 다시 한 번 대법왕님께 사부님 운운했
다가는 가만 안 두겠소."

자정경의 발걸음이 더욱 빨라졌다. 맘대로 하라는 의미였
기에 일목의 눈이 좁혀졌다. 만만치 않을 것 같다는 예감이
들었다.

배교의 율법에 의하면, 어떤 이유로도 여자와 어린아이와
노인에게는 함부로 힘 자랑을 해서는 안 된다고 했다. 여자와
어린아이와 노약자에게 힘 자랑을 하는 인간이야말로 가장
추잡하고 더럽다고 했다.

'으음!'

일목의 입술이 물렸다.

여자에게 검을 뽑을 수도 없다. 그렇다고 수수방관할 수는
더욱 없었으므로 이마가 찡그려졌다.

드르륵!

일목이 갑자기 문을 소리 나게 열고 들어섰다.

차를 마시고 있다가 고개를 돌린 동천몽은 일목이 비장한 표정으로 다가가자 눈살을 찌푸렸다.

"아침부터 왜 인상을 쓰고 그러느냐?"

일목이 심호흡을 하며 목소리를 가다듬었다.

"존경하는 대법왕님, 지금부터 소승이 하는 말은 순전히 존경하는 대법왕님을 위해 드리는 충언임을 알아주십시오."

일목이 엄숙하게 입을 열자 동천몽의 이마가 좁혀졌다.

"뭔데?"

일목이 혀로 입술을 축였다.

"존경하는 대법왕님, 자 낭자를 조심하십시오. 그녀를 멀리 하시는 것이 신상에 좋을 것이옵니다."

그 말에 동천몽의 이마에서 얼굴까지 찡그려졌다.

일목이 계속 말했다.

"대법왕님은 만인의 어버이십니다. 일개 여자 따위와 놀아나서는 안 된다고 생각합니다. 자고로 배교의 속담에 여자는 요물이라고 했습니다. 자정경 낭자는 소승이 보기에도 너무 아름답습니다. 어쩔 때는 저 여자가 사람인가 싶을 때도 있습니다. 저같이 여자를 돌같이 보는 사람도 가슴이 울렁이는데 여인을 아낄 줄 아시는 대법왕님께서는 오죽하겠사옵니까?"

"계속해."

"사제의 연은 안 됩니다. 당장 자르십시오. 득보다는 실이 많을 여자이옵니다."

"드… 득보다는 실?"

"이익보다는 손해가 많을 것이라는 뜻이옵… 으악!"

일목의 말은 끝을 맺지 못했다. 동천몽이 앉은 자세에서 그대로 이단 옆차기를 날려왔기 때문이다.

"다시 떠들어봐라. 뭐가 어쩌고 어째? 이런 호로새끼가 그동안 눈이 하나뿐이라고 봐줬더니, 이제 날 가르치는구만."

퍼퍽!

막 일어나는 일목의 앞가슴과 얼굴에 또다시 옆차기가 틀어박혔다.

꽈당!

일목이 다시 고꾸라졌고 일어나는 일목의 가슴으로 연속해서 두 번의 옆차기가 더 박혔다.

주르르!

일목의 코에서 쌍코피가 흘러내렸다.

"아이고, 살려주십시오. 잘못했사옵니다."

일목이 그 자리에서 무릎을 꿇고 싹싹 빌기 시작했다.

"대법왕님, 자비를 베푸시어……"

"고개 들어."

동천몽이 의자를 끌어당겨 거꾸로 앉았다.

무릎을 꿇은 일목이 겁에 잔뜩 질린 눈으로 의자에 앉은 동천몽을 보았다.

일목의 코에서는 계속 피가 흘러내렸다.

“다시 말해봐. 조금 전에 내게 했던 말.”

“아… 아니옵니다. 제가 미쳤습니다. 잘못했습니다.”

“제자를 받고 안 받고는 내 맘이다. 그런데 네놈이 뭔데 감히 감 놔라 배 놔라 하는 거야? 이런 싸가지없는 새끼가.”

“주… 죽여주십시오. 예전에는 안 그랬는데 제가 요즘 이상해진 것 같사옵니다. 대법왕이시여, 자비를 풍성히 내려주소서.”

“일목!”

“하명하소서, 대법왕님이시여.”

“한 번만 더 내가 하는 일을 간섭하려 들었다간 그땐 그 하나뿐인 눈 없어진다. 알았느냐?”

“명심하겠사옵니다. 절대 간섭 않겠사옵니다.”

“나가봐.”

“옛!”

“닦거라.”

동천몽이 흰 수건 한 장을 던져 주자 일목이 굽실거리며 받았다.

동천몽이 비틀거리며 걸어나가는 일목을 노려보았다.

그때 밖으로부터 자정경의 꾀꼬리 같은 음성이 들려왔다.

“사부님, 식사 가져왔어요.”

“오, 그래!”

문이 열리고 상을 들고 들어서는 자정경이 흰 수건을 콧구멍에 박고 나가는 일목을 보며 기겁했다.

쾅!

일목이 문을 닫고 나가고 자정경이 밥상을 한쪽에 놓고 물었다.

"사부님, 일목 선사께서……?"

"까불기에 손 좀 보았느니라. 넌 신경 쓸 것 없다."

자정경이 문 쪽을 보고 쌤통이라는 듯 야릇한 웃음을 지었다.

동천몽이 화려한 밥상을 보며 눈을 크게 떴다.

"이 모든 것을 네가 다 준비했단 말이냐?"

"그럼요."

자정경이 시선을 피했다. 부잣집에서 곱게 자란 그녀가 이토록 능숙하게 요리를 한다는 것은 사실 믿어지지도 않을뿐더러 설득력이 부족했다. 필시 아랫사람에게 시켜 만들어왔겠지만 동천몽은 모른 체하기로 했다.

"맛이 어때요?"

"아미타불! 가히 꿀이로고."

동천몽이 칭찬을 하자 자정경의 표정이 환해졌다.

동천몽이 본격적으로 숟가락을 들 때 밖으로부터 발자국 소리가 다급하게 들려왔다.

자정경이 고개를 들어 입구를 쳐다보았다.

"대법왕님, 자추동이옵니다."

'아버지께서!'

자정경의 눈이 커졌고 동천몽이 큰 소리로 말했다.

"들어오시오."

문이 열리고 자추동이 들어섰다. 그런데 자정경이 동천몽의 밥상 앞에 앉아 있자 순간적으로 눈빛이 미묘하게 변했다.

"아버님, 어쩐 일이세요, 여긴?"

자정경이 어색하게 웃었다.

잠시 자정경을 쳐다보던 자추동이 동천몽을 향해 빠르게 입을 열었다.

"조금 전 중파에서 온 본 가의 중상들로부터 한 가지 놀라운 소식을 들었사옵니다. 안다(安多)에서 큰 난리가 났다고 하옵니다."

"난리라면?"

자추동이 얼른 입을 열지 않았다.

그때까지 밥 먹는 데 정신을 팔고 있던 동천몽이 뭔가 불길함을 감지한 듯 고개를 돌렸다.

"꾸울꺽!"

입 안에 들어 있는 음식을 그대로 집어삼키며 말했다.

"왜 말을 하다 마는 거요?"

자추동이 더듬거렸다.

"무공방(無空房) 스님들께서 모두 살해되었다 하옵니다."

동천몽의 눈썹이 찌푸려졌다.

자추동이 마른침을 삼키며 말했다.

"산적들 짓으로 판단하고 관부에서 조사를 하고는 있지만 별 소득이 없나 봅니다."

"무공방이라고 하면 천축으로 경전을 얻으러 다니는 학승들 아닌가요?"

무공방은 철저히 공부만 하는 선승들로, 자주 천축을 들어가 세존의 발자취를 더듬고 그가 남긴 말씀을 기리는 순례자들이었다. 오로지 말씀만을 얻고 깨우치기 때문에 무공과는 담을 쌓은 승려들인 것이다.

第三章
함정

무미 선사의 말에 의하면, 이번에 건너간 무공방은 지금까지 규모 중 가장 큰 팔십오 명이며 한 가지 중요한 물건을 가져오는 중이라고 했다.

"중파에서 온 중상들을 만나볼 수 있겠소?"

"그러잖아도 붙잡아두었습니다. 가시지요."

동천몽은 곧바로 자추동을 따라 방을 나섰다.

중파에서 온 중상들은 모두 열아홉 명으로, 열두 대의 마차를 끌고 있었다. 모두가 모피를 싣고 왔는데 동천몽이 나타나자 일제히 바닥에 무릎을 꿇고 머리를 숙여 예를 취했다.

"모두들 일어나시오."

"아니옵니다. 소인들이 어찌 감히……."

"괜찮소. 어서 일어들 나시오. 그리고 자리에 앉읍시다."

동천몽의 거듭된 요청에 상인들이 일어나 자리에 앉았는데, 모두들 제대로 고개를 들지 못했다.

"다시 말해보시오. 본 궁의 무공방 승려들이 모두 죽었단 말이오?"

"네."

가장 늙은 상인이 조심스럽게 입을 열었다. 육십이 넘어 보였는데 그는 동천몽의 얼굴을 제대로 보지 못했다.

"자세히 좀 말해보겠소?"

"저희도 자세한 소식은 모릅니다. 다만 안다의 주루에 들어갔다가 점소이로부터 얘길 들었습니다. 그러니까 소인들이 안다에서 점심을 먹을 때가 사흘 전이지요. 점소이 말로는 이틀 전에 모조리 살해당했다고 했으니 닷새 정도 된 것 같사옵니다."

동천몽의 표정이 굳었다. 무공방 승려는 세상과 완전히 담을 쌓고 오로지 깨달음에만 매달리며 하루에 한 끼밖에 식사도 하지 않을 뿐 아니라 평생 옷 한 벌로 지내면서 죽음이 다가오면 스스로 홍산의 골짜기로 걸어가 눕는다.

천축까지의 원로에도 오직 풀뿌리와 야생 과일 등으로 끼니를 해결할 뿐, 절대 백성들에게 손을 벌리거나 얻어먹는 폐를 끼치지 않는다. 호랑이까지 그들의 청빈한 불심에 감복하여 길을 비켜주었다는 일화는 너무나도 유명하다.

짐승들까지 그들을 우러러볼 만큼 그들의 삶은 깨끗하고 소박하며, 말이 아닌 몸으로 세존의 가르침을 전달하기에 수많은 사람들로부터 경외의 대상이었다.

"틀림없소?"

"가… 감히 뉘 앞이라고 이 늙은이가 허언을 늘어놓겠나이까?"

동천몽이 고개를 떨구고 앉아 있는 상인들을 훑어보았다. 모두가 황송해 어쩔 줄 몰라 한다.

"그만들 가보시오. 고맙소이다."

"강녕하소서."

"오래오래 소인들의 어버이가 되어주시옵소서."

상인들이 큰절을 하며 물러났다.

동천몽은 한동안 말이 없었다. 그토록 명랑하던 자정경도 눈치만 살폈고, 자추동은 더 이상 보고 있기가 안타까운 듯 슬그머니 밖으로 나가 버렸다.

금화는 동양강(東陽江)과 영강강(永康江)이 만나는 지점에 있는 수륙 교통의 요지였다. 수산업과 목재업이 활발하여 일찍이 기간 시설이 잘 갖추어져 있었고 천하절경 북산(北山)까지 근처에 있어 관광지로도 유명하다.

검은 포장을 씌운 화물 마차 한 대가 금화의 대로를 소리

내어 달리고 있었다. 마부석에는 죽립을 눌러쓴 흑의사내가 연신 채찍을 휘둘렀고 말은 거품을 물며 땅을 박찼다.

마차와 십여 장 떨어져 한 사내가 따르고 있었다. 삿갓에 흑의를 걸쳤고 왼손으로 한 자루 칼을 가슴에 끌어안고 있었는데 어찌나 몸놀림이 부드럽고 민첩한지 바람 같았다.

마차는 복잡한 금화를 벗어나 북산이 있는 곳으로 달렸다.

일각쯤 달리자 멀리 북산이 모습을 드러냈다. 북산은 그다지 크지 않지만 산세가 수려하고 경치가 빼어나 유람객들의 발길이 사시사철 끊이지 않는다.

마차는 북산 초입에 있는 어룡장원으로 빨리듯 사라졌다.

어룡장원은 동양강과 영강강의 어업권을 독점하고 있는 북산제일 수산가(水産家)이다. 마차가 장원 안으로 사라지자 정문이 보이는 소나무 아래 몸을 감추고 있던 흑의인이 숲 속으로 뛰어들어 몸을 날렸다. 그리고 잠시 후 그의 눈앞으로 어룡장원 동쪽 담장이 나타났다. 흑의인은 망설이지 않고 담장을 넘어 안으로 뛰어들었다.

휙!

깃털처럼 가볍게 담장을 넘어 내려선 흑의사내가 흠칫했다.

다섯 명의 사내가 자신을 기다리고 있던 듯 우뚝 서 있었던 것이다.

예상치 못한 일에 흑의사내의 몸이 가벼운 진동을 했다. 무척 당황해하는 모습이다.

"순순히 포박을 받을 셈인가, 아니면 피를 보겠는가?"

삿갓 아래 흑의사내의 눈이 섬광을 발했다.

전통적으로 뱃일을 하는 사람들은 거칠다. 그래서 일반 상가와 달리 수산가 사람들은 가혹하기조차 하다. 하지만 눈앞의 다섯 사내에게서는 뱃사람 특유의 거친 기색과는 다른 기운이 풍겨 나왔다.

'뱃놈들이 아니다!'

가벼운 경장 차림이나 옆구리에 매여진 검의 각도가 안정되어 있다. 그것은 오랫동안 검과 같이 살아왔다는 징표이다.

'역시!'

짐작이 확신으로 변하는 순간이었다.

하나, 소득은 있지만 반대로 잃은 것도 있었다. 자신이 미행을 하고 있었다는 것이 사전에 알려졌다는 것이고, 그것은 곧 자신의 움직임을 이들이 지켜보고 있었다는 뜻이었다.

"합격 대형으로."

우두머리인 듯 한가운데 사내가 나직이 명령을 하자 좌우 사내들이 삿갓의 흑의사내를 에워쌌다.

"마지막 경고다. 조용히 따라올 텐가, 저항하다 죽겠는가?"

"훗훗훗!"

삿갓 아래로부터 냉소가 흘러나왔다.

어이가 없다는 비아냥이었다.

“놈!”

우두머리 입에서 짧은 노호가 터지며 그의 검이 일직선으로 찔러 들어왔다.

삿갓의 흑의사내가 왼손으로 끌어안고 있던 칼을 뽑아 뻗는다.

짜앙!

검과 칼이 부딪치고 삿갓의 사내가 뒤로 물러나자 기다렸다는 듯 좌우의 사내들이 파고들었다.

네 개의 칼이 좌우에서 들어온다.

촤라락!

삿갓의 사내가 뒤로 한 걸음 빠져 후퇴하며 칼을 좌우로 힘껏 휘둘렀다.

퍼퍼퍼!

강력한 도기에 찔러오던 검기들이 튕겨 나갔다.

슉!

우두머리 검이 다시 온다.

좌우에서 파고드는 검들을 막느라 시간적으로 정면에서 파고드는 우두머리 사내의 검을 막기가 쉽지 않았다. 더구나 네 사내의 검과 부딪쳐 몸속 기혈이 흔들린 악조건이다.

“후웁!”

짧게 진기를 끌어올렸다. 진기를 완전히 끌어올릴 시간적 여유가 없기 때문이다.

퍽!

검과 칼이 부딪치며 삿갓사내가 뒤로 밀렸다.

"우후!"

삿갓사내의 입에서 뜨거운 숨결이 터져 나왔다. 상대의 힘을 받아내기 버거울 때 내뱉는 신음인데 그건 곧 다섯 사람 모두 자신보다 아래가 아니라는 의미였다.

사사사!

사내들이 천천히 좌측으로 걸음을 옮겼다.

콱!

칼을 쥔 삿갓사내의 손등이 불거졌다. 수많은 위험을 넘고 헤쳐 나왔지만 어쩌면 오늘이야말로 생애 최고의 위기라는 생각이 머리를 채웠다.

콰아아아!

세 사내가 달려든다.

삿갓사내가 검을 한 바퀴 돌리며 세 사내의 검을 맞받아치려는데 놀랍게도 눈앞에서 꺼지듯 사라졌다.

'허초다!'

아차 하는 순간 우두머리와 다른 사내의 검이 좌우에서 찔러왔다.

이미 늦었다. 전혀 허초를 펼치리라 생각하지 못하고 전력을 다해 검을 휘둘렀기 때문에 회수하여 좌우 공세를 막아내기란 현실적으로 불가능했다.

피식!

자신도 모르게 웃음이 터져 나왔고 그와 동시에 좌우 옆구리가 뜨거워졌다. 물기가 빠르게 엉덩이 쪽으로 내려가는 것이, 피가 무척 많이 흘러내리고 있음을 알 수 있었다.

삿갓사내의 칼이 다시 곧추섰다. 상처는 어디까지 상처일 뿐이다. 무사는 살아 있으면 싸우는 것이다.

촤촤촤촤!

칼이 포효했다.

거침없이 뭐든지 베고 나아가기에 부족함이 없는 용맹이 이글거리는 도기가 우두머리를 겨눈다.

우두머리의 눈이 커졌다. 중상을 입고서도 뻗어오는 도기가 부상 전과 차이가 없을 뿐 아니라 피를 보자 더욱 투쟁력을 높이고 있었다.

'이자, 지옥을 한두 번 다녀온 게 아니구나!'

자신들도 지옥이라면 신물나게 다녀왔다. 그렇지만 양쪽 옆구리에 구멍이 났다면 저토록 용맹을 뿜어내지 못한다. 분명히 자신들보다 승부욕에서 앞섰기에 장부로서 경외심까지 일어난다.

"부상을 입었다고 방심하지 마라. 놈은 승부사다."

우두머리는 혹시라도 긴장을 늦출까 봐 부하들에게 나직한 경고를 했다.

카카카카캉!

조용한 장원 위로 격렬한 폭음이 메아리쳤다.

"크훅!"

삿갓사내가 더욱 뒷걸음을 쳤다. 이제는 입가에서도 피가 흘러내리기 시작했다.

"크윽!"

피를 보자 삿갓사내의 칼이 더욱 난폭해졌고 그 순간 좌측 사내의 목이 땅바닥을 나뒹굴었다.

파곽!

"후욱!"

삿갓사내의 허리가 휘청거렸다.

넘어질 듯 좌측 무릎이 굽혀졌다가 대나무처럼 다시 일어섰다.

하지만 무릎 있는 데에서 피가 흐르는 것이 치명적인 타격을 입었음이 분명했다. 상체와 달리 다리에 상처를 입으면 싸움을 하는 데 불리하다. 움직임이 둔해진다는 것은 이쪽은 걷잡을 수 없는 손해이고 상대에게는 절호의 기회이다.

슈아아아!

네 개의 검이 질서를 깼다. 더 이상 신중하지 않아도 충분히 잡을 수 있다는 자신감이 생긴 탓이다.

카캉!

삿갓사내의 칼이 다시 섬광을 뿌리며 맨 좌측 사내의 허리를 싹뚝 잘랐다. 그러나 방어를 무시한 공격은 치명상을 부른다.

푸푹!

"커헉!"

삿갓사내가 비명을 흘리며 왼쪽 무릎을 땅에 구부렸다. 하지만 이를 악물고 일어서려다 멈칫했다. 어느새 턱 밑에 한 개의 파란 검날이 들이대어져 있었다.

우두머리의 서릿발 같은 시선이 삿갓사내를 내려다보더니 툭, 검으로 마혈을 쳤다.

풀썩!

삿갓사내가 힘없이 바닥을 나뒹굴었다.

"데려가라!"

두 부하가 삿갓사내의 양팔을 잡고 질질 끌고 갔다. 사라지는 삿갓사내를 쳐다보던 우두머리가 가벼운 신음을 흘리며 옆구리를 살폈다.

핏물이 배어 있었다. 피하는 동작이 조금만 늦었거나 삿갓사내의 칼에 힘이 약간만 더 실려 있었다면 허리가 잘려졌을 것이다. 적이지만 실로 놀라운 투쟁력이며 승부욕이었다.

여추량의 걸음이 빨라졌다. 평생 상인으로 살았지만 나름대로 한 솜씨 갖고 있었다. 하지만 상인들 사이에서나 강할 뿐, 강호인들에 비하면 그리 넉넉한 수준은 아니었다.

가파르긴 하지만 그다지 먼 길을 올라오지도 않았는데 숨이 턱에 찼다. 하지만 워낙 다급한 일이기 때문에 숨 돌릴 틈이 없었다.

파팍!

땅을 박찰 때마다 오륙 장씩 날아갔고 두 개의 봉우리를 넘어서자 한 개의 분지가 모습을 보였다. 호리병 같아서 입구는 좁았지만 안으로 들어서자 광활하다 싶을 만큼 넓은 초원이 나타났다.

뚝!

분지 안으로 들어서던 여추량의 발걸음이 세워졌다.

분지는 수직 절벽으로 둘러싸여 있었는데, 한가운데 둥근 공 모양의 먹물덩이가 허공에 떠 있었다. 그것은 육중한 바위를 연상케 했는데 그 보습에 여추량이 입을 떠억 벌렸다.

'설마 묵곤혈참기(墨梱血斬氣)를 완성하셨단 말인가!'

묵곤혈참기가 완성되면 온몸이 검게 변한다.

"꿀꺽!"

여추량은 자신도 모르게 침을 삼키며 양손을 거머쥐었다.

허공 오 장 높이에 공처럼 떠 있는 검은 덩어리에서 손이 빠져나왔다.

숯덩이처럼 시커먼 손은 그대로 멀리 백여 장 밖에 있는 절벽을 향해 날아갔다. 단단한 기가 결집된 장력이었다.

뻐어억!

검은 장력이 절벽을 때렸다.

하지만 절벽에서는 아무런 변화도 나타나지 않아 여추량의 얼굴에 다소 실망의 기색이 나타났다.

여추량이 실망의 기색을 거두지 못하고 서너 걸음 나아갔을 때 구르릉 하는 소리가 들렸다. 걸음을 멈추고 고개를 쳐든 여추량의 두 눈이 화둥잔만 해졌다.

수백 장 높이의 절벽이 무너지고 있었다. 단단하기가 무쇠에 가깝다는 금강화석으로 된 절벽이 지진을 만난 듯 엄청난 굉음과 함께 주저앉았다.

'오오! 저럴 수가!'

여추량이 몸을 떨었다.

무공에 대해서 조금은 안다. 개나 소나 금강화석으로 된 수백 장 높이의 절벽을 무너뜨릴 수는 없다는 것은 알고 있었다. 어지간한 검도 고수도 흠집조차 낼 수 없다는 금강화석을 무너뜨린 검은 덩어리가 거칠게 회오리바람을 일으키더니 사람 형태의 몸속으로 사라지기 시작했다.

이윽고 분지 한가운데 백의청년 한 명이 우뚝 서 있었다.

두 눈은 자신의 손으로 무너뜨린 절벽을 바라보고 있었는데, 무척 만족스러운 표정이었다.

"대… 대공 완성을 축하드리옵니다."

동천비의 시선은 여전히 무너진 백여 장 밖의 절벽에 머물러 있었다.

"믿을 수가 없사옵니다."

"아직 부족하오. 십이성 극성에 이르면 절벽이 무너지는 것이 아니라 한 줌 재로 녹아 사라지오."

"으허헉!"

기겁하는 여추량을 동천비가 재밌다는 듯 돌아보며 웃었다.

"아마 그 수준에 이르면 천하에서 내 상대가 될 만한 사람은 거의 없을 것이오. 한데, 무슨 일이오? 수련 중에는 누구도 얼씬하지 말라고 했는데?"

환하던 여추량의 얼굴이 굳어졌다.

동천비는 좋지 않은 일이 벌어졌음을 직감했다.

자신의 신분을 밝혔는데도 사내들의 몽둥이질은 멈추지 않았다. 의식을 잃으면 찬물을 부어 일깨웠고 다시 몽둥이질을 했다. 기절하면 깨우고 기절하면 깨우기를 벌써 이십여 번이다.

온몸이 피에 절고 피부도 찢겨져 걸레 조각처럼 너덜거린 채 삿갓사내는 거꾸로 매달려 있었다.

"천상각의 인물이면 당당하게 찾아올 일이지 그럼 왜 마차는 미행하고 지난 사흘 동안 본 장원을 염탐했어? 말이 안 되잖아. 얼렁뚱땅 속일 생각 말고 정확히 불어. 너, 어디서 왔어?"

두 명의 거한이 몽둥이를 들고 삿갓사내의 복부를 쿡쿡 찔

렸다. 그때마다 거꾸로 매달린 삿갓사내는 입으로 피를 토했
다.

"이 자식 봐라? 이젠 아예 말도 하기 싫다는 거야?"

빠악!

그대로 옆구리를 한 대 갈겼다.

"크왁!"

삿갓사내의 입이 벌려지고 검붉은 핏덩이가 토해졌다.

"이게 아직 뜨거운 맛을 덜 봤나?"

빡!

바바바— 빡!

두 사람이 좌우에서 미친 듯이 삿갓사내를 두들기자 피와
살점이 사방으로 튀었다. 삿갓사내는 비명을 지를 힘도 없는
지 몽둥이질에 흔들렸다.

"그만 하거라."

두 거한이 부지런히 몽둥이질을 할 때 냉엄한 음성이 들려
왔다. 지하실 입구가 열리고 동천비를 앞세운 여추량이 들어
서고 있었다. 두 거한이 잽싸게 한쪽으로 비켜나 부동자세를
취했다.

저벅저벅!

동천비가 천천히 매달린 삿갓사내 앞으로 다가갔다. 삿갓
사내는 본래 모습을 알아볼 수 없을 만큼 처참하게 우그러져
있었다.

　동천비가 쭈그리고 앉더니 품에서 흰 손수건 한 장을 꺼내 삿갓사내의 얼굴에 묻은 피를 닦아주었다.

　"스윽! 슥!"

　피를 닦아내자 대략의 얼굴 모습이 드러났다.

　붉은 털이 얼굴을 덮고 있는 사내의 모습에 동천비가 나직이 신음을 흘렸다. 핏방울 하나까지 세심하게 닦아낸 동천비가 조용히 입을 열었다.

　"만상, 날 알아보겠느냐?"

　스르르!

　오만상의 눈꺼풀이 경련을 일으켰다.

　눈을 뜨기 위해 안간힘을 다했지만 부어오른 눈은 떴는지 감았는지 구분이 가지 않았다.

　"대… 대공자님."

　목소리로 알아들었다.

　"그래, 나다. 많이 다쳤구나."

　"소… 송구하옵니다. 속하를 용서해 주십시오."

　"아니다. 네가 무슨 잘못이 있느냐? 너는 아버지가 시킨 대로 날 감시했을 뿐인데."

　"대… 대공자님."

　"괜찮다. 그럴 수도 있지."

　동천비가 고개를 끄덕이며 일어났다.

　손수건에 묻은 피를 빤히 바라보았다.

"피는 언제 봐도 붉군."

혼잣말처럼 중얼거리더니 부동자세로 서 있는 거한들 곁으로 다가갔다. 동천비가 다가오자 두 거한의 눈은 더욱 정면을 응시했고 몸은 굳어졌다.

콱!

동천비는 좌측 거한이 차고 있는 검의 손잡이를 거세게 움켜쥐더니 뽑아 들었다.

파르르!

거한은 몸을 떨었다. 동천비가 자신을 보며 검을 살피고 있었는데 금방이라도 내려칠 듯한 기세였다. 그는 동천비가 역천의 마공을 익히고 있다고 들었다. 그 마공은 속성이 가능하지만 화후가 깊어갈수록 본신의 정기를 잃는다던데 벌써 그 마기가 나타난 것일까. 그래서 지금 날 죽이려는 것일까? 거한의 머릿속으로 온갖 생각들이 회오리바람처럼 휘돈다.

"후우!"

거한이 안도의 한숨을 쉬었다.

동천비가 검을 들고 오만상 쪽으로 가고 있었다. 동천비가 거꾸로 매달린 오만상을 내려다보며 입을 열었다.

"만상아."

"마… 말씀하소서, 대공자님."

"그동안 고생 많았다."

"네에?"

촤악!

동천비가 검을 휘둘렀다.

팍!

검은 오만상의 목을 지나갔고 머리가 땅에 떨어졌다.

콸콸콸!

잘린 목에서 피가 흥건히 쏟아져 나왔다. 머리는 잘렸지만 육체는 아직 죽지 않아 버둥거리며 떨고 있었다. 하지만 잠시 후 육체까지 잠잠해지고 목에서 쏟아지던 피도 더 이상 흘러 나오지 않았다.

툭!

동천비가 검을 바닥에 집어 던졌다.

잠시 목 잃은 오만상의 시신을 보더니 조용히 말했다.

"시신을 곱게 묻어주어라."

"존명!"

두 거한이 잽싸게 오만상의 시신을 끌어내려 밖으로 가져 갔다.

동천비가 뒷짐을 지고 한참 그 자리에 우뚝 서 있었고 여추 량은 침묵으로 바라보았다.

'이로써 주군과는 돌아올 수 없는 강을 건넜다!'

바로 그때였다. 지하실에 한 중년인이 나타났다.

"총관님, 서장으로부터 급보가 날아들었나이다."

"급보라니? 말해보게."

부총관 가석구였다. 부총관 또한 이미 동천비의 수족이 되었고 무슨 일이 생기면 동오룡보다는 이쪽으로 먼저 보고를 했다.

"흑수당에서 본 각과 모피 거래를 더 이상 지속할 수 없다는 통첩이 왔사옵니다."

획!

그때까지 천장을 보며 무거운 얼굴로 있던 동천비가 매서운 눈으로 돌아보았다.

"지금 뭐라고 했느냐?"

"보소서."

가석구가 품에서 서찰 한 장을 건네주었다. 서찰을 받아 살피던 동천비의 손이 바르르 떨렸다.

"이… 이런!"

"공자님."

여추량이 슬며시 서찰을 가져가 읽더니 경악했다.

"지… 지금이 어떤 시기인데."

여추량이 놀란 얼굴로 동천비를 쳐다보았다. 동천비의 얼굴은 바위덩이가 되었다.

"다시 알아봐라. 아니, 정확한 사유를 당장 알아봐라. 당장!"

소리친 여추량의 말에 가석구가 허겁지겁 달려나갈 때 동천비가 물었다.

"아버님께는 보고했느냐?"

가석구가 돌아서서 말했다.

"아직······."

"잘했다."

가석구가 고개를 굽실하고 사라졌다.

여추량이 다시 서찰을 보며 중얼거렸다.

"이런 쳐 죽일 늙은이가 노망을 했나?"

동천비는 아무 말도 하지 않았고 여추량은 쉴 사이 없이 서찰을 보며 자추동을 욕했다. 자추동은 몇 번을 죽일 놈이 되었고 신의없는 인간이 되었으며, 여추량의 입을 통해 벼락을 일곱 번이나 맞아야 했다.

"여 총관."

한참을 침묵하던 동천비가 입을 열었다.

"지금이야말로 내가 하는 일이 고비에 와 있소. 다시 말해 가장 많은 자금이 들어갈 때란 말이오. 지금 자금이 제대로 회전하지 않으면 지금까지 쌓아놓은 공든 탑이 무너질 위험이 있소."

"그러하옵니다. 이달 말일에 당장 황금 백만 냥이 지출되어야 하고 다음달 중순에는 십만 관이 집행되어야 합니다."

동천비가 여추량을 돌아보았다.

"하는 수 없소. 당신이 흑수당에 한번 다녀와야겠소."

"알겠사옵니다. 당장 떠날 채비를 하겠사옵니다."

"어떻게 된 사정인지 자세히 알아보고 정말로 그런 결정을 내렸다면 자 당주의 마음을 돌려야 하오. 무슨 수를 써서라도 말이오."

동천비의 눈동자가 검게 변했다.

묵곤혈참기를 배운 사람에게 나타나는 전형적인 증상이었다.

"제갈 채주."

휘이이!

천장에서 제갈팽이 떨어져 내렸다.

"대령했사옵니다, 주공."

처음 만났을 때와는 달랐다. 제갈팽은 최대한의 예의를 갖춰 허리를 숙였다.

"가장 빠른 아이 백 명만 골라 여 총관을 수행케 하라."

"존명!"

제갈팽이 나타날 때와 같이 감쪽같이 사라졌다.

동천비의 입술이 지그시 물렸다. 이젠 물러설 곳도 없다. 오로지 앞만 보고 달려야 할 때였다. 설혹 앞에 태산이 있다면 그것도 치워야 한다.

안개가 자욱했다. 전각의 용마루만 희미하게 드러나 보일 뿐 안개는 모든 것을 덮어버렸다. 안개가 짙으면 비가 온다.

먼 거리를 떠나는데 비가 내리면 좋지 않다. 소주에서 서장까지 마차로 달려도 보름은 걸린다.

출발을 앞둔 시위 무사들은 바빴다. 마차를 다시 한 번 점검하고 객점을 찾지 못할 경우를 대비해 건포와 비상식량을 챙겨 마차 한 켠에 싣느라 부산했다.

"허험!"

안개 속에서 느닷없는 기침 소리가 들려오자 마차에 짐을 싣던 무사들이 고개를 돌렸다. 안개가 걷히고 한 사람이 나타나자 무사들이 화들짝 놀라며 일제히 허리를 구부렸다.

"각주님을 뵈옵니다."

무사들이 일제히 허리를 굽혔다.

동오룡은 무사들의 예에는 관심없다는 듯 그대로 스쳐 전각 안으로 들어갔다. 동오룡이 지나가자 무사들은 다시 각자 할 일을 하기 시작했다.

전각 안으로 들어가자 짧은 복도가 나왔고 좌우로는 격자 창으로 이뤄진 문이 있었다. 동오룡은 천천히 복도 끝으로 다가가 마지막 방문을 열어 젖혔다.

드르륵!

동오룡이 방 안으로 들어서자 여추량이 혼자 의관을 갖춘 채 한 잔의 차를 마시고 있었다.

"주… 주군!"

여추량이 소스라칠 듯 놀라며 찻잔을 놓고 일어섰다.

"소… 속하의 처소에는 어인 일이시옵니까?"

지난 수십 년 동안 동오룡을 그림자처럼 수행하고 받들었지만 그는 단 한 번도 자신의 처소를 찾아온 적이 없었다.

여추량의 물음에는 아랑곳하지 않고 동오룡이 실내를 한 번 스윽 훑어보았다. 방 안은 매우 단출했다. 한쪽 서가에 꽂여 있는 백여 권 가까운 책과 우측 벽으로 걸린 매화도 한 점과 구석진 곳에 놓인 백자 한 점이 장식물의 전부였다. 누가 봐도 대상가의 살림을 총괄하는 총관의 거처치고는 초라하다 싶을 정도였다.

동오룡이 여추량이 앉았던 방석 위에 자리를 잡았다.

"뭐 하는가? 어서 마시게. 차는 식으면 맛없는 것 아니던가."

여추량은 아무런 말도 못하고 맞은편에 조심스럽게 앉았다. 두 사람은 찻상을 놓고 마주 앉은 꼴이 되었다.

"용정을 마시고 있었군."

동오룡이 찻잔을 보며 말했다.

"자네가 예전부터 용정을 좋아했지. 천비 녀석도 유독 용정을 좋아했고. 따르는 주군과 취향이 같다는 것은 매우 바람직한 일이지."

멈칫!

여추량의 고개가 들려졌다. 동오룡이 뱉은 말속에 적지 않은 가시가 있음을 알아차린 것이다.

"이보거라. 주군께도 차를 내오너라!"

여추량이 밖을 향해 소리치자 동오룡이 손을 저었다.

"아냐, 난 마시고 왔네. 필요없어."

그리고 다시 한 번 방 안을 휘둘러보더니 나직한 목소리로 말했다.

"어디 먼 길을 가는 것 같더군. 아이들 준비가 바쁘던데 말일세."

여추량이 조심스럽게 고개 들어 말했다.

"잠깐 다녀올 곳이 있사옵니다."

"헛헛! 언제부터 자네가 내게 목적지를 말하지 않았던가."

흠칫!

여추량이 허리를 바짝 세웠다.

"사… 사실은……."

"아닐세. 됐네. 내가 이렇게 자네를 찾아온 것은 한 가지 물어볼 것이 있어서네."

"……."

"자네 혹시 만상이 봤는가? 요즘 그 아이가 보이지 않아서 말일세."

수행무사 오만상을 찾는 것이었다.

여추량의 눈빛이 가볍게 흔들렸다. 하지만 이내 담담하게 표정을 바꾸며 말했다.

"글쎄, 속하도 도통 못 봤사옵니다."

"사실 내가 그 아이에게 일 한 가지를 시켰네."

"무슨?"

"별것 아닐세. 천비 녀석이 뭔가 옳지 않은 일을 꾸미는 것 같아서 뒤를 조금 밟아보라고 했네. 그런데 그 일을 시작한 지 며칠 되지 않아 이렇게 보이지 않는구먼."

여추량의 눈이 가늘어졌다.

"대공자께서 옳지 않은 일을 꾸미신다 하오시면?"

"자네, 정말로 만상을 못 봤는가?"

동오룡의 두 눈이 강렬해졌다.

돌변한 동오룡의 시선에 여추량이 순간적으로 당황한 표정을 지었다.

"요즘 천비 녀석과 같이 지내는 시간이 많더구만?"

"공자님의 일을 조금 도와드리고 있지요."

"좋은 일이네. 뜨는 해를 섬겨야지. 지는 석양을 섬겨서 무슨 득을 보겠는가?"

"주… 주군."

"마저 차를 마시게. 그만 가보겠네."

동오룡이 자리에서 일어나자 여추량이 따라 일어나며 말했다.

"그냥 가시옵니까? 속하가 대접하는 차라도 한잔 드시고 가시지요."

"아니야. 자네도 바쁜 몸 아닌가? 나중에 또 보세. 그런데… 이제 내가 자네를 보러 찾아와야 하는군. 헛헛.”

탁!

동오룡이 문을 닫고 사라지자 여추량의 표정이 굳어졌다.

한참 동안 닫힌 문을 바라보던 여추량이 혼잣말로 중얼거
렸다.

“그렇습니다. 주군의 시대는 지났지요.”

여추량이 다시 자리에 앉아 식어버린 찻잔을 들어 올렸다.

여추량의 처소를 나온 동오룡은 안개를 헤치며 자신의 처
소 녹풍원을 향해 천천히 걸어 올라갔다. 해가 떠오르며 안개
가 조금씩 사라졌고 녹풍원이 점차 그 모습을 드러내고 있었
다.

멈칫!

녹풍원을 향해 걸어가던 동오룡의 발길이 멈췄다.

정원 한쪽의 꽃가지들이 움직이고 있었다. 바람도 불지 않
는데 꽃가지들이 움직이고 있었으므로 동오룡은 눈을 빛내며
천천히 다가갔다. 가까이 다가간 동오룡의 눈이 커졌다.

꽃밭 사이에서 능씨가 호미로 잡초를 매고 있었다.

머리에 수건을 쓰고 흰 무명 치마를 걸친 채 열심히 잡초를
매고 있는 능씨를 바라보는 동오룡의 두 눈이 흔들렸다. 호미
가 잡초를 캐면 왼손으로 잡초에 묻은 흙을 털어냈다. 그리고
잡초는 잡초대로 모았고 흙은 호미로 다시 고른다.

"허험!"

동오룡이 기침을 하자 능씨가 깜짝 놀라 일어났다.

"여보."

"뭘 그렇게 열심히 매시오? 잡초도 생명을 갖고 있거늘, 그냥 내버려 두시오."

"그렇지 않아요. 같은 생명을 갖고 있어도 주위에 도움을 주는 생명이 되어야지, 해만 끼치면 오히려 없는만 못해요. 오히려 다른 생명의 성장을 방해하므로 뽑아 없애줘야 해요."

능씨가 베시시 웃었다.

자기 말에 너무 주제넘었다고 생각하는 듯한 웃음이었다.

'다른 생명의 성장을 방해한다.'

동오룡이 능씨의 말을 마음속으로 되뇌였다.

"헛헛!"

동오룡이 가벼운 미소를 지으며 길을 올라갔다.

하지만 걸음을 옮길수록 미소는 걷히고 표정은 굳어졌다.

'맞아, 그놈들 모두가 그 아이의 성장을 방해했지. 아니, 죽이려고까지 했었지. 그놈들 모두는 그 아이에게는 최소한 잡초야, 성장을 가로막았던.'

동오룡이 굳은 표정으로 녹풍원 안으로 들어갔다.

자신의 방으로 들어간 동오룡은 깜짝 놀랐다. 그곳엔 한 명의 흑의사내가 우뚝 서 있었다.

“넌 천완이 아니냐?”

혹의사내가 돌아섰다.

약간 창백한 안색에 마른 체형의 사내는 동오룡의 세째 아들 동천완이었다. 그는 장사보다는 학문에 뜻을 두었으나 동오룡의 강권에 하는 수 없이 자신의 길을 포기했다.

“네가 아침 일찍 아비를 찾아오다니 무슨 일이냐?”

동오룡이 자리에 앉으며 물었다.

동천완이 가벼운 웃음을 지었다. 그런데 동오룡의 눈썹이 찡그러졌다. 동천완의 웃음이 한겨울의 삭풍처럼 차갑고 메말라 있었기 때문이다.

“늙으셨네요.”

느닷없는 말에 동오룡이 눈을 치켜떴다.

“난 아버지는 안 늙을 줄 알았는데.”

동오룡의 눈이 커졌다.

설마 그 말을 하기 위해 자신을 찾아오지는 않았을 것이다. 또한 제대로 농담도 잘 하지 않는 아이다. 꼭 해야 할 말이 아니면 입을 함부로 열지 않은 과묵한 아이다.

“앉아서 말해라. 아비 고개 아프다.”

하지만 동천완은 앉지 않았다.

천천히 서재 쪽으로 걸어가더니 꽂힌 책을 한 권 뽑아 들어 책장을 넘겼다. 동오룡은 그런 동천완의 일거수일투족을 가만히 쳐다보았다.

'으음!'

불현듯 가슴이 아려왔다. 유난히 유약하고 섬세했던 아이였다. 계집보다 더 감성이 예민하고 부드러웠으며 남과 다투기를 죽기보다 싫어했다. 오로지 좋아하는 것이라고는 자기 방에 틀어박혀 책을 읽는 것이었다.

하지만 동오룡은 그런 아들의 모습이 꼴도 보기 싫었다.

대상인의 아들로서는 도저히 있을 수 없는 성향이자 행동이었기에 하나부터 열까지 모두가 마음에 들지 않았다. 그래서 더욱 호되게 일을 시켰고 단 한 번도 칭찬을 해본 적이 없으며, 오로지 자신이 배우고 터득한 상술을 주입하기에 여념이 없었다. 눈물을 흘리며 상인이 되기 싫다고 울던 모습이 눈에 선했다.

"천완아."

"예, 아버지."

동천완이 책을 든 채 돌아섰는데 환히 웃고 있었다.

"난 오늘 지난 수십 년 동안 단 한 번도 찾아가 보지 않았던 여 총관의 처소를 내 발로 들어가 봤다. 그런데 너 또한 지난 삼십 년간 단 한 번도 찾지 않던 아비 방을 찾아왔구나."

"용건이 있어서 찾아왔을 것이라는 말씀이군요. 그런데 어떡해요. 그냥 불쑥 아버지가 보고 싶어 왔는데."

흠칫!

동오룡이 당황한 표정을 지었다.

"진짜입니다. 아버지가 갑자기 보고 싶더라구요. 그래서 일어나자마자 왔는데 안 계시지 뭐예요. 그런데 여 총관을 만나러 가셨군요."

동천완이 천진난만한 미소를 지었다.

"안 믿는 눈치군요. 사실인데."

그러면서 다시 등을 돌려 손에 들린 책을 꽂아 놓고 다른 책을 뽑아 들었다.

동오룡은 책을 펼쳐 봤다가 다시 꽂아놓고 다시 펼쳐 보기를 반복하는 동천완을 뚫어져라 쳐다보았다.

"미안하구나."

동오룡이 길게 한숨을 내쉬었다.

"정말 면목이 없구나. 이 아비가 아니었다면 지금쯤 천하를 뒤흔드는 석학이 되어 있을 텐데."

진심이었다. 사람에게는 자신이 갖고 태어난 그릇이 있다. 그런데 자신은 동천완이 갖고 태어난 그릇을 무시하고 자신의 그릇을 들이밀어 채우려 했었다.

끝없는 욕망과 야망으로 만들어진 자신의 원대한 그릇에 동천완을 담아버린 것이다.

"지금이라도……."

"아버지."

동천완이 돌아서며 말을 잘랐다.

늦었지만 지금이라도 원하면 네 갈 길을 가라고 하려던 참이었다.

"재밌어요. 장사 말이에요. 해볼수록 홍미롭고 신이 납니다. 내가 물건을 팔아 이익을 남겼다는 사실이 그렇게 기쁠 수가 없습니다."

"처… 천완아."

동천완의 얼굴에는 정말로 재미있다는 미소가 떠올라 있었다.

"진심입니다. 거짓 아닙니다. 보고받으셨겠지만 요즘 면화와 약재의 매출이 작년에 비해 두 배로 늘었습니다."

이미 보고를 받아 알고 있었다. 자식들에게 가업을 물려준 이후 유일하게 매출이 증가한 분야였다.

"소자를 좀 더 엄하게 다루었다면 지금보다 훨씬 능력이 키워졌을 텐데 조금 아쉬워요. 죄송합니다. 아버지의 마음을 헤아리지 못하고 자꾸 벗어나려 했던 것을 용서해 주십시오."

자신이 사과를 해야 하는데 오히려 동천완이 하고 있다.

표정이 진지한 것이 절대 비아냥이 아니었다.

"아버지 걱정 마세요. 본 가는 영원히 푸르를 것입니다."

"천완아?"

동오룡이 크게 놀랐다.

동천완이 말했다.

"위기는 위깁니다. 어쩌면 사백 년 천상각 역사가 종지부를 찍을지도 모르겠네요. 하지만 소자는 절대 가만있지 않을 것입니다. 어떻게 해서라도 살려낼 것입니다."

동오룡의 표정이 굳어졌다.

왜 이렇게 가슴이 아픈가. 자식은 진정으로 얘기를 하고 있으므로 의당 기뻐야 하거늘, 가슴이 찢어지는 것 같았다. 싫다는 아이를 두들겨 패가면서 상술을 가르쳤고 그가 보던 책을 모조리 불태워 버렸다. 자신을 증오의 시선으로 바라보던 아들의 입에서 이제 본격적인 상인의 길을 가겠다는 말이 흘러나왔으므로 기뻐해야 하는데 서글픈 생각이 드는 것은 왜인가.

"아버지, 지금 구대문파 수장 회의가 열리고 있대요."

"구… 구대문파."

"아마 본 가 문제를 논의하려는 건가 봐요. 듣자 하니 얼마 전 무림맹의 한 기관이 집단으로 몰살당하는 사건이 있었는데, 그 사건에 형님이 개입되어 있다고 그들은 생각하고 있답니다."

"천비는 관련없다고 했다."

"그 말을 믿겠어요? 아마 회의 결과에 따라 본 가의 생사가 결정되겠죠. 만약 형님의 짓으로 판단이 되면 곧바로 본 가를 응징하려 들 테니까요. 하지만 최선을 다해 소자가 막아볼 테니까 너무 걱정하지 마세요."

슥!

동천완이 들고 있던 책을 꽂아놓고 방을 나갔다.

"천완아."

동오룡이 방을 빠져나가는 동천완을 불렀다.

등을 돌리고 서 있는 동천완을 향해 말했다.

"고맙구나. 그리고 미안하다."

동천완이 문밖으로 사라졌다.

동오룡은 한동안 문 쪽에서 시선을 거두지 못했다.

第四章
모자지간

大법왕
대
法
왕
王

　동천완이 녹풍원을 벗어나다 말고 발걸음을 멈췄다. 고개
를 돌렸는데 능씨가 여전히 꽃밭에서 잡초를 매고 있었다. 자
신이 올 때는 없었다.

　"뭐 하세요, 어머니?"

　능씨가 허리를 펴고 돌아서다 동천완을 발견하고 깜짝 놀
라며 꽃밭 밖으로 뛰어나왔다. 그리고 허리를 반쯤 구부리며
말했다.

　"처… 천완이구나."

　"지금 뭐 하는 거예요? 아들에게 굽실거리는 거예요? 소자
가 뭐라고 그랬어요? 당당해져야 한다고 했잖아요. 그러지

말라니까요?”

동천완이 언성을 높였다.

“아들한테 굽실거리는 엄마가 어디 있어요? 저는 어머니 아들이란 말입니다.”

능씨가 빤히 바라보았다.

“그… 그래.”

“한 번만 더 소자에게 굽실거리면 그땐 정말 화낼 것입니다. 소자가 마음에 들지 않으면 불러다 꾸중도 하고 그러시란 말예요.”

“그… 그래.”

여전히 능씨는 긴장을 풀지 않았다.

동천완이 길게 한숨을 내쉬었다. 깊숙한 시선으로 능씨를 쳐다보던 동천완이 조용히 말했다.

“사랑해요, 어머니.”

깜짝 놀라는 능씨를 보며 동천완이 베시시 웃으며 등을 돌렸다.

사라지는 동천완을 쳐다보는 능씨의 눈빛이 흔들리고 있었다. 유난히 살갑고 정이 많은 아이였다. 동천비를 비롯한 다른 아들들로부터 행패를 당할 때마다 달려와 막아주었다. 그리고 항상 형들을 대신해서 자신이 용서를 구했고 섭섭하게 생각하지 말라고 했다. 작년에는 어떻게 생일을 알았는지 자신이 가장 좋아하는 설연화 한 다발을 선물해 주었다.

설연화는 말 그대로 눈 속에서 핀다. 그래서 좀체 찾기도 어려운데 어디서 구했는지 양팔로 가득 가져와 주었다. 눈이 자주 오지 않는 지역적 특성을 감안한다면 아마 설연화를 얻기 위해 높은 산을 이 잡듯 뒤졌을 것이라는 것을 생각하자 너무 가슴이 뜨거워졌고 결국 밤새도록 울었다

"천완아."

저만치 가던 동천완이 걸음을 멈추고 빙글 돌아섰다.

"그렇게, 지금처럼 그렇게 부르는 거예요. 네, 어머니?"

"힘내거라."

동천완이 웃으며 말했다.

"감사합니다. 너무 걱정 마세요. 또 봬요."

동천완이 손을 흔들며 사라졌다.

능씨의 볼에 한 줄기 눈물이 흘러내리고 있었다.

자신의 처소 수산당(水山堂)으로 돌아오자 두 명의 무사가 경장 차림으로 서 있었다.

"떠날 준비는 되었느냐?"

"네, 공자님. 지시대로 건포와 은자만 챙겼습니다."

"잘했다. 괜히 이것저것 챙겨봤자 먼 길에는 고생만 재촉한다. 그럼 어서 가자."

동천완이 무사 한 명이 내주는 봇짐을 짊어졌다.

이윽고 세 사람은 수산당을 벗어나기 시작했다. 정문을 나

서자 경계 근무를 서고 있던 위사 조장이 어딜 가느냐고 목적지를 물었지만 동천완은 잠깐 다녀올 곳이 있다며 얼버무렸다.

천상각의 영역을 벗어난 세 사람은 관도로 접어들었다.

관도는 텅 비었고 따뜻한 바람이 불어왔다.

"공자님."

"말하거라."

왼쪽의 무사가 입을 열었다.

"본 가가 위기를 벗어나는 것은 이 길뿐이온지요?"

"이 수밖에 없다."

동천완이 단호히 말했다.

"구대문파의 힘을 아느냐? 무림맹에는 그들뿐만 아니라 구대문파와 어깨를 나란히 견줄 만한 사대가문과 수백 개의 군소 문파가 가입되어 있다. 원래 무림맹의 창건 목표는 권선징악이었다. 세월이 흐르면서 원래의 창건 목표에서 조금씩 벗어나 지금은 많이 부패하긴 했지만 그들은 여전히 천하의 중심이다. 그들이 칼을 뽑으면 본 가쯤은 하루도 채 걸리지 않고 짓밟힌다."

"속하가 듣기에 대공자님께서도 상당한 힘을 지녔다고 합니다."

"나도 들었다. 하지만 그 정도로는 상대가 되지 않는다. 형님은 지금 뭔가 큰 착각을 하고 있다. 난 천하에서 아버지보다 더 계산이 빠른 분은 없다고 자부한다. 그런 아버지가 포기한 상대를 형님이 달려들고 있다. 이건 무모한 짓이 아니라 자살 행위지.”

동천완의 얼굴에 언뜻 그늘이 내려앉았다.

“형님도 지금 엄청난 자금을 투입해 많은 힘들을 긁어모으고 있음을 알고 있다. 하지만 금전을 이용해 모은 힘과 수백 년 동안 혈맹처럼 다져 온 무림맹의 힘은 비교될 수가 없지. 넉넉잡고 한 달이면 무림맹은 본 가를 징계하기 위한 절차에 들어갈 것이다. 그전에 포달랍궁에 도착해야 한다. 본 가가 사는 것은 서둘러 포달랍궁을 찾아가 도움을 요청하는 것뿐이다.”

“과연 소문대로 포달랍궁의 대법왕이 막내 도련님일까요?”

동천완은 아무런 대답도 하지 않았다.

다만 마음속으로 소문이 사실이기만을 간절히 바랐다. 동천몽이 아니면 천상각은 절대 살아남을 수가 없었다.

동천완이 포달랍궁을 향해 떠나는 그 시각 동오룡 또한 깨끗한 백의로 옷을 갈아입고 집을 나섰다. 능씨가 녹풍원 입구까지 따라 나왔는데 얼굴에 염려가 가득했다.

“그만 들어가시오.”

누차 그만 따라 나오라고 말렸지만 능씨는 한 걸음 한 걸음 계속 따랐다.

"정문까지 따라올 생각이오?"

몇 걸음 앞서 가던 동오룡이 다시 걸음을 멈추고 뒤를 슬금슬금 따르는 능씨를 보며 언성을 높였다.

"어서 가요!"

"여보."

능씨의 눈이 깊이 잠겨 있었다. 지금 남편이 어딜 가는 길인지 알고 있었다. 그 길은 무척 험하고 힘들 뿐 아니라 위험하기도 했다. 만약 남편이 헛걸음을 하게 되면 그날로 천상각은 이 땅에서 사라져야 한다.

"걱정하지 마시오. 나 동오룡, 세상 헛살아오지 않았소. 아무 일 없을 테니 맘 푹 놓고 들어가 쉬어요."

동오룡이 가벼운 미소를 지어 보이며 다시 몸을 올렸다.

능씨는 걸어가는 동오룡의 뒷모습에서 시선을 떼지 못했다. 동오룡이 보이지 않는데도 능씨는 움직일 줄 몰랐다.

일다경이 넘도록 목석이 된 듯 서 있던 능씨가 긴 한숨과 함께 몸을 돌렸다.

그런데 녹풍원으로 걸어가지 않고 다른 길로 들어섰다.

녹풍원을 지나자 본격적으로 산길이 나타났다. 천상각의 배산(背山)은 화룡산이다. 그 옛날 화룡이 승천했다는 전설이 전해오는데 그 흔적이라 하여 정상에 거대한 구덩이가 용 모양으로 패어 있었다. 산길은 조용했고 풀잎을 스치는 능씨의 치맛자락 소리만이 고요한 숲 속을 울렸다.

산길은 갈수록 경사가 심해졌고 능씨의 입에서도 거친 호흡이 흘러나왔다. 이마에 맺힌 땀방울을 왼손으로 연신 닦아내며 두 개의 봉우리를 넘어서자 아담한 골짜기가 눈앞에 나타나며 십여 채의 고풍스런 전각이 보였다.

이따금 마음이 편치 않을 때 찾던 여풍사였다.

능씨는 우선 개울가로 가서 땀으로 범벅이 된 얼굴을 씻었다. 산길을 올라오느라 잠시 흐트러진 옷매무새를 다듬은 능씨는 곧바로 대웅전을 안으로 들어갔다. 석가세존이 입가에 환한 미소를 머금고 능씨를 내려다보고 있었다.

능씨는 곧바로 절을 올리기 시작했다.

방석도 없는 마루에 무릎을 꿇고 석가세존을 향해 절을 올리며 모든 것이 형통할 수 있도록 해달라고 전심을 쏟아 소원했다.

상도의 몸이 지저분한 골목으로 들어섰다. 바깥은 시끄러웠지만 골목 안은 조용했다. 상도는 좌우를 조심스럽게 살피며 앞으로 나아갔다. 쥐새끼 두 마리가 인기척에 놀라 찍소리를 내며 도망친다.

척!

골목 깊숙이 들어선 상도의 걸음이 멈췄다.

좌측으로 이층 목조건물이 있다. 무척 오래된 듯 건물은 곧

쓰러질 듯 보였다. 작은 대문은 굳게 닫혀 있고 안으로부터는 불빛 하나 흘러나오지 않았다. 아직 술시밖에 되지 않았으므로 잠을 자고 있지는 않을 것이다.

스윽!

상도는 가볍게 담장을 넘어 마당에 내려섰다. 좌우를 한 번 휘둘러본 후 내력을 끌어올렸다.

두런두런 애길 나누는 소리가 들려온다. 불을 끄고 얘기를 나눈다는 것은 보나마나 불온한 작당을 하고 있을 가능성이 컸다.

상도는 의미심장한 미소를 지으며 안채를 향해 조심조심 걸었다.

마당에서 안채까지는 십여 장쯤의 거리였다. 가까이 다가가자 문이 반쯤 열려 있고 댓돌 위에는 가죽으로 된 두 개의 낡은 신발이 놓여 있었다.

상도는 열린 문틈을 이용해 소리없이 들어섰다.

캄캄한 마루에 두 쌍의 눈이 반짝거리며 마주 앉아 애길 나누고 있었다.

"여기 있소."

등을 지고 앉은 사내가 탁자 위에 뭔가를 내려놓았다. 빛도 없는데 반짝거리는 것이 진귀한 구슬인 듯했는데 모두 다섯 개였다.

맞은편 사내가 그중 한 개를 들어 올렸는데 구슬에서 쏟아지는 광채에 의해 그자의 생김새가 대략 드러났다.

한쪽 눈이 애꾸인 중년인이었다.

"진품이군요. 좋습니다. 이로써 우리의 거래는 완성되었소."

그러더니 탁자 아래서 사내가 보따리 한 개를 올려놓았다 .

"이 안에 모든 것이 들어 있소. 저쪽 방으로 들어가 갈아입고 나오시오."

등을 지고 있는 사내가 보따리를 들고 좌측 방 안으로 들어갔다가 잠시 후에 나오자 상도는 순간 흠칫했다.

들어갈 때는 속인 복장이었는데 나올 때는 한 명의 승려였던 것이다.

"흐흐! 아주 잘 어울리는구려. 지금까지 이 장사를 십 년 했지만 가장 보기 좋소이다."

염주까지 목에 걸고 서 있는 사내를 보며 맞은편 사내가 웃음을 지었다.

사내가 다시 한 번 자신의 차림새를 보며 흡족한 얼굴로 말했다.

"고맙소. 그럼 난 이만 가보겠소."

그러면서 가볍게 합장을 하고 돌아섰다.

"흐흐흐! 합장도 완벽하군."

사내가 사라진 문 쪽을 보며 맞은편 사내는 한동안 웃음을 그칠 줄 몰랐다.

잠시 후 사내는 탁자 위에 올려진 구슬을 만지며 흡족한 웃음을 떨치지 못했다. 이윽고 구슬을 손에 쥐고 일어서려는데 상도가 조용히 말했다.

"그대로 앉아 있거라."

지척에서 들려온 음성에 사내는 소스라치게 놀랐다.

상도가 주위를 둘러보더니 초를 발견하고 말했다.

"우선 불부터 켜야지 도깨비 놀음도 아니고 말이야."

그러더니 화섭자를 꺼내 불을 붙였다. 촛불이 켜지고 실내가 환히 드러났는데 예상대로 애꾸의 중년인은 경악의 표정을 감추지 못했다.

"누… 누구시오?"

애꾸사내가 더듬거리며 묻더니 자신의 손에 들린 구슬을 잽싸게 품속에 감추어 넣었다.

"앉자고, 다리 아픈데."

그러면서 상도가 맞은편 의자에 털썩 앉았다.

하지만 애꾸사내는 너무 놀란 듯 앉을 생각을 않고 상도를 내려다보았다.

상도가 버럭 인상을 썼다.

"앉아. 고개 아퍼."

그러자 사내가 주춤거리며 다시 주저앉았다.

애꾸사내가 상도를 빠르게 훑었다. 왼쪽 옆구리에 검이 보인다. 무림인과 신물나게 거래를 했다. 그래서 대충 보면 상

대가 어느 정도인지 짐작을 하는데 상도는 결코 평범해 보이
지 않았다. 일부러 꾸민 것이 아닌 자연스런 여유가 그것을
말해주고 있었다.

　"뭐, 말 길게 하면 서로 입만 아플 것이고."

　상도가 품속에서 주머니 한 개를 꺼내더니 탁자 위에 힘차
게 올렸다.

　탁!

　애꾸가 뭐냐는 듯 주머니를 보자 상도가 말했다.

　"보면 알 것 아뇨?"

　애꾸사내가 잠시 주머니를 노려보더니 조심스럽게 쥐고
안을 살폈다.

　"허헉!"

　애꾸사내가 소스라쳤다.

　"이… 이건 취와주."

　한 개의 구슬을 꺼냈는데 은은한 푸른색이 실내를 휘어잡
는다.

　이리저리 살피던 애꾸가 다시 더듬거렸다.

　"지… 진품."

　"우린 가짜 따위는 갖고 다니지 않지."

　상도가 다리를 척 꼬더니 말했다.

　"나 당신이 뭐 하는 사람인지 다 알고 왔소. 백면자로 불리
며 사람 얼굴 바꿔주는 것을 업으로 먹고산다는 것까지."

백면자가 흠칫 놀랐다.

"나도 얼굴 좀 바꾸러 왔소. 조금 전 나간 사람 아주 근사하던데, 나도 그렇게 좀 안 되겠소?"

백면자가 눈을 크게 떴다.

"서… 설마 포달랍궁을 들어가려고?"

"몰래 잠입해 보려고 했는데 쉽지 않더군. 들어가긴 해야겠고, 그래서 찾아온 거요. 그 취와주면 평소 거래 값의 두 배는 될 텐데?"

상도의 말은 분명했다. 신분을 바꿔주고 자신이 받는 평소 가격의 두 배이다.

백면자가 아까와 다른 시선으로 상도를 살폈다. 포달랍궁은 서장제일의 사찰이기도 하지만 최강의 무문이었다. 만약 허락없이 외부인이 들어오거나 변장 잠입할 경우 붙잡히면 죄의 크기에 따라 처벌의 강도가 다르지만 일단 수라옥에 갇힌다. 한번 들어가면 좀체 살아서는 나올 수 없다는 수라옥은 적지 않은 공포일 수밖에 없다. 그래도 적지 않은 사람들이 포달랍궁을 몰래 잠입하려는 것에는 여러 가지 목적이 있지만 가장 큰 이유는 그곳의 무공을 훔쳐 배우기 위해서이다.

번쩍!

돌연 상도의 검이 허공에 빛을 뿌렸다.

"학!"

애꾸가 기겁했다.

투툭!

갑자기 애꾸의 얼굴이 열십자로 갈라지더니 껍질이 바닥으로 떨어졌다. 그는 아주 얇고 얼굴 표정까지 드러나는 인피면구를 쓰고 있었지만 상도의 눈은 속이지 못했다.

드러난 얼굴은 애꾸도 아닌 지극히 정상적인 육십 초반가량의 노인이었다. 하지만 백면자가 놀란 것은 아직까지 자신의 인피면구를 알아본 손님이 없었다는 것이었다.

상도가 인피면구를 벗긴 것은 적당히 자신의 실력을 흘림으로써 상대가 어떤 꼬투리를 잡거나 엉뚱한 장난을 하지 못하도록 막기 위함이었다.

"잠깐 기다리시오."

백면자가 자리에서 일어나 방 안으로 들어갔다. 하지만 상도는 신경 쓰지 않았다. 백면자는 이미 자신의 솜씨에 완전히 빠져 있었다. 도망 따위나 허튼짓은 하지 않을 것이라는 것을 확신했다.

백면자는 보따리 한 개를 들고 나왔다.

툭!

탁자 위에 놓았고 상도가 풀어 헤쳤다.

안에는 가사와 승려로서 갖추어야 할 여러 가지 물건이 준비되어 있었다.

스륵!

그리고 서랍을 열더니 부엌칼 절반 정도 되는 날이 시퍼런 칼을 꺼냈다.

상도가 경계의 빛을 띠자 백면자가 웃었다.

"다 감춰도 머리는 방법이 없소."

"여기서 밀어야 한다는 거군. 좋소. 어서 미시오."

상도가 고개를 탁자 위로 들이밀었다.

스스럼없이 들이밀자 오히려 백면자가 깜짝 놀랐다. 자신의 손에 쥐어진 칼은 그 어떤 것보다 예리하다. 자신이 마음만 먹으면 목구멍에 쑤셔 넣기는 식은 죽 먹기였다. 그걸 모르지 않을 텐데도 상도는 아무런 경계도 없이 고개를 숙였다.

'으음!'

백면자 표정이 굳어졌다.

보통 인물이 아니라는 것을 직감했다. 이런 사람에게는 최선을 다해 원하는 대로 해주는 것만이 장수에 지름길이다. 괜히 서툰 짓 했다가는 죽는다.

싸악!

백면자는 상도의 머리를 밀기 시작했다. 긴 머리카락이 탁자 위로 수북히 쌓였고 채 반 다경도 걸리지 않아 상도는 까까머리가 되었다. 맞은편 구석에 있는 동경에 자신의 모습을 비춰본 상도가 피식 웃음을 지었다.

이윽고 상도는 가사로 갈아입었다.

백면자가 말했다.

"이건 장명각(葬冥閣) 승려의 신분을 나타내는 명패이오."

백면자가 조그만 묵빛 목패를 주었다. 목패 중앙에는 장(葬)이란 글씨가 선명하게 쓰여져 있었다.

상도가 생각나는 것이 있어 백면자를 쳐다보았다.

그러자 백면자가 고개를 끄덕이며 말했다.

"맞소이다. 장명각은 포달랍궁의 승려들이 죽으면 장사를 치러주는 기관이오."

"한마디로 장의사란 말 아닌가?"

"그렇지요. 장명각의 승려는 장명각주의 재량에 의해 선발되오. 그가 어디서 데려오든지 제자로 받아들이든지 자기 마음이라는 것이오."

"그 말은 당신과 장명각주가 서로 통하고 있다는 말이로군."

백면자가 가볍게 웃었다.

"당신에게 받은 취와주 중 절반은 그분 수중으로 들어갈 것이오."

상도가 이해한다는 듯 마주 웃었다.

"법명은?"

백면자의 말을 상도가 말을 잘랐다.

"상도로 합시다. 내 이름인데."

"좋을 대로 하시오. 장명각주가 법명을 묻거든 그리 대답하시오."

상도가 웃으며 말했다.

“수고했소. 당신을 잊지 않지.”

그리고 몸을 돌려 밖으로 사라져 버렸다.

상도가 사라지자마자 백면자는 품속에 넣어둔 취와주를 꺼내 살폈다. 장명각주에게는 두 배를 받았다고 해서는 안 된다. 그냥 다른 사람에게서 받듯 제값을 받았다고 하면 자신에게 훨씬 많은 양이 떨어진다. 어젯밤 꿈자리가 좋더니 이런 횡재수가 생긴다. 역시 꿈은 잘 꾸고 볼 일이라고 생각하며 방 안으로 들어갔다.

존불사(存佛寺)는 원래 약초를 캐서 생계를 이어가는 오씨라는 사람의 초막이었다. 그런데 석가가 하룻밤 쉬어 가면서 존불사란 이름이 붙었고 이후 제대로 터를 닦고 절을 지어 오늘에 이르고 있었다. 특히 석가가 묵었다는 방은 오늘날까지 보존이 되어 많은 유람객들이 몰려든다.

그런데 산문의 문턱이 닳아 없어질 만큼 찾아오던 유람객의 모습이 요 며칠 사이 그림자도 찾아보기 힘들었다. 관부에서 나온 무사들이 산문 입구에 서서 누구도 들여보내지 않았기 때문이다.

아무도 찾아오지 않은 존불사 입구에 동천몽이 나타났다. 붉은 가사를 걸치고 손에 염주를 든 모습이 영락없는 승려다. 동천몽이 나타나자 입구를 지키고 있던 두 명의 관부 무사가 앞을 가로막았다.

"어느 절에서 오신 스님인지 모르나 이곳은 당분간 누구도 출입할 수 없으니 돌아가시오."

동천몽이 눈살을 찌푸리자 무사가 빠르게 설명을 더했다.

"열흘 전 천축을 다녀오던 포달랍궁의 승려 일행이 이곳 존불사에서 정체불명의 인물들에게 살해당했소이다. 그래서 지금 조사가 끝날 때까지는 누구도 들여보내지 말라는 엄명이오."

동천몽이 품에서 한 가지 패를 꺼내 보여주었다.

작은 코끼리 한 마리가 새겨져 있었는데, 포달랍궁의 승려라는 것을 증명하는 일반패였다.

"포달랍궁에서 오셨구려. 들어가시오."

동천몽이 패를 품에 넣고 존불사 안으로 들어섰다. 천 년 고찰답게 주위 나무들부터가 달랐다. 해와 달의 빛을 덮을 만큼 높게 뻗어 있었고 기둥이 서너 아름은 되어 보였다. 특히 노송들은 장사가 결박된 듯 두꺼운 껍질을 입고 있었으며, 바람이 불 때마다 신령스런 소리가 들려왔다.

존불사는 조용했다. 워낙 큰 사건이어서 존불사 승려들도 침통한 표정으로 말이 없었다.

몇 명의 존불사 승려를 만났지만 서로 합장만 하고 지나쳤다. 대법왕 신분을 나타내는 법의와 가사를 걸치면 움직이는 데 불편할 것 같아서 평범한 복장으로 왔고, 그래서 입구에서도 신분을 밝히지 않고 일반 승려들이 지닌 패를 보였다.

동천몽은 곧바로 본전을 지나 요사채로 향했다. 요사채는 본전에서 이백여 장 떨어진 북서쪽에 지어져 있었는데, 입구에 도착한 동천몽이 걸음을 멈췄다.

아직까지도 그곳에선 비릿한 피 냄새가 흘러나오고 있었다.

끼이익!

요사채로 들어가는 대문을 밀었다.

요사채는 정면 일곱 칸짜리 전각이었는데 조용했다. 댓돌 위에 때묻은 목혜(木鞋)가 가득 있었는데 필시 무공방 승려들이 신었던 신발들일 것이다.

덜컹!

동천몽은 방문을 열었다.

"우욱!"

막 들어서던 동천몽이 구역질을 했다. 비린내와 시신 썩는 냄새가 코를 찔렀다.

넓은 방 안에 시신들이 즐비했다. 모두 자다가 당했다는 것을 증명하듯 모두 편히 누워 있었다.

팟!

동천몽의 눈이 빛을 뿌렸다. 엄청난 인원이 죽었으므로 당연히 방바닥은 피로 홍건해야 한다. 그런데 시신 한 구당 핏방울 몇 개씩밖에 흘러나오지 않았다.

동천몽의 눈빛이 강렬해졌다. 피를 흘러나오지 않게 죽이는 방법은 쉽지 않다. 무공방 승려들은 모두 검에 당했다. 그런데 피가 몇 방울 정도밖에 몸밖으로 흘러나오지 않았다는 것은 흉수의 검법이 초절정에 이르렀다는 뜻이었다.

짧은 순간 검이 급소를 베고 지나가 버리면 피가 몇 방울 흘러나오기도 전에 상처가 다시 아물어 버리는 것이다. 소문은 산적에 당했다고 했는데 사실이 아니다. 물론 산적이 거듭된 흉년으로 인해 절간을 턴다는 소문은 심심찮게 들렸다. 하지만 산적이 식량을 털기 위해 존불사를 기습했다면 존불사 승려들까지 죽여야 말이 된다.

시신을 둘러보던 동천몽이 방 한가운데 누워 있는 키 큰 시신으로 다가갔다. 다른 승려들과 달리 허리에 흰 코끼리가 새겨진 낡은 은빛 요대를 했다. 무공방의 우두머리인 방주 극천선사였다. 한 번도 만난 적은 없지만 무공방 우두머리는 허리에 은빛 요대를 찬다는 것을 보고받았다.

동천몽이 시신 곁에 쭈그리고 앉았다.

팟!

은빛 요대 아래를 살피던 동천몽이 시선을 빛냈다. 조그만 고서 한 권이 삐져나와 있었기 때문이다. 아마 이번 길에 가져온 경전일 것이다. 고서는 요대와 가사 사이에 끼어 쉽게 빠지지 않았다. 잃지 않으려고 요대를 힘껏 졸라 맨 탓이었다. 동천몽이 힘을 주자 고서가 빠져나왔다.

툭!

콰아앙!

고서를 빼내자마자 엄청난 굉음과 함께 시신이 폭발하며 동천몽의 몸이 허공으로 붕 떴다. 극천 선사의 시신이 폭발하면서 주위의 시신들이 연쇄적으로 폭발하기 시작했다.

콰콰콰쾅!

요사채 건물이 통째 날아갔고 동천몽의 몸으로 엄청난 쇳조각들이 들이닥쳤다. 가공할 폭발력에 날아가며 한 가지 생각이 머릿속을 스친다.

'무상탄독(無上彈毒)!'

사실 무상탄독을 본 적도 없고 맞아본 적은 더욱 없다. 그런데 본능적으로 무상탄독을 떠올린 것은 코를 파고드는 그윽한 향기 때문이었다. 대법왕의 무예를 배우면서 강호의 특이한 신공과 병기와 독을 비롯한 화탄에 대해 배웠다. 그중 가장 무서운 다섯 개의 화탄을 고금오대사탄(古今五大死彈)이라 부르며 흑수당에 올 때 뢰음칠혈이 사용했던 뇌정탄이 두 번째 강하고 맨 첫 번째가 바로 무상탄독이라고 했다.

무상탄독은 절밀철주(折密鐵珠)라는 쇠로 만든다. 절밀철주는 쇠붙이지만 조그만 충격을 가하면 유리처럼 파편으로 쪼개지는 특성을 갖고 있다. 그 절밀철주에 강력한 염백탄화라는 화약을 넣고 폭발시키는데 보통 주먹만 한 무상탄독에는 손톱 크기의 절밀철주 일천여 개가 박혀 있다. 그래서 폭발 순간 일천여 개가 비상하는데 절밀철주에는 극독까지 묻어 있어 한 개만 인체에 박혀도 죽음을 면치 못한다.

워낙 폭발력이 강해 만년한철로 된 한 자 두께의 철벽도 뚫어버리는 절밀철주 수천 개가 빗발치듯 동천몽의 몸을 타격했다.

거센 폭풍에 허공으로 날아갔던 전각의 잔해와 바위 조각들이 떨어져 내렸고 요사채가 있던 자리에는 깊이 이십여 장의 거대한 분화구가 생겼으며 근처 십여 채 전각까지 폭삭 주저앉았다.

퍼어억!

허공으로 날아간 동천몽이 땅에 떨어졌다.

주르륵!

엎어진 동천몽의 입가에서 꾸역꾸역 피가 흘러내렸다. 걸치고 있던 가사는 그물처럼 조각이 되어 있었는데, 놀랍게도 그 폭발 속에서도 피부는 멀쩡했다.

털썩!

동천몽이 몸을 뒤집었다.

입에서는 피가 흘러내렸고 무척 고통스러운 듯 이마를 찡그렸다. 피가 멈추지 않은 걸을 보아 걸병광우철포공에 의해 외상은 면했지만 수천 개의 절밀철주에 의해 몸속은 완전히 망가졌으리라.

"와악!"

거대한 핏덩이 한 개를 토했다.

핏덩이를 토하고 숨 쉬기가 조금 편해진 듯 가슴의 굴곡이 좀 더 커졌다.

동천몽이 눈을 떴다. 태양은 하늘 가운데 있었고 강렬한 햇살에 눈살을 찌푸렸다.

"훅!"

동천몽의 입술이 비틀렸다.

"후훅훅!"

조금씩 웃음소리가 흘러나오더니 급기야 광소로 변했다.

"크핫핫핫핫!"

엄청난 광소를 터뜨리자 피가 다시 입 밖으로 넘어왔다. 한동안 웃음을 멈추지 않던 동천몽이 기침을 했다. 그러자 거대한 핏덩이가 또다시 입 밖으로 흘러나왔다.

하늘을 올려다보는 동천몽의 입가에 진한 웃음이 걸려 있었다. 누군가를 조롱하는 듯한 비아냥이었는데도 언뜻 섬뜩하기까지 했다. 동천몽은 한동안 누운 채 꼼짝을 하지 않았다.

"큭큭! 제대로 걸렸군. 완벽하게."

동천몽의 미소가 더욱 짙어졌다.

"뛰는 놈 위에 나는 놈 있다더니, 이런 식으로 날 끌어들여 날려 버리다니 정말 대단한 대가리다."

누군가에게 하는 말인가. 언뜻 상대를 칭찬하는 것 같았지만 자세히 들어보면 말속에는 신랄한 자기 조롱이 가득 들어 있었다. 어리석음에 대한 비판이고 방심에 대한 야유였다.

동천몽이 서서히 몸을 일으켰다.

"우우욱!"

또다시 피를 토했다. 몸을 움직일 수가 없을 만큼 상태가 심각했다. 하지만 일어나야 한다. 돌아갈 가능성은 거의 없지만 그렇다고 주저앉을 수는 더욱 없었다.

동천몽은 이를 악물고 일어섰다. 쓰러질 듯 중심이 제대로 잡히지 않았지만 두 다리로 대지를 밟고 똑바로 섰다.

"웩!"

또다시 피를 토하고 고개를 쳐든 동천몽이 히죽 웃었다.

"뭘 그렇게 보고 서 있느냐? 밤이 길면 꿈도 길다고 했는데 서둘러 해치우지."

눈앞으로 재색 그림자들이 어른거렸다.

놀랍게도 그들은 모두 존불사의 승려들이었다. 그런데 들어올 때 만났던 평범하고 엄숙한 승려의 기색은 온데간데없고 전신에서 강렬한 기세들이 뻗어 나왔다.

비록 무공방 승려들의 죽음에 온 정신을 팔고 있어 그들에 대한 경계와 살핌이 부족했다고 하지만 자신을 완벽히 속일 정도라면 이미 이들의 능력에 대해서는 새삼 거론할 필요가 없었다.

처억!

존불사 승려들 중 한 사람이 앞으로 나섰다. 다른 승려들과 달리 법의를 망토처럼 길게 늘어뜨린 말쑥한 생김새의 승려였는데 쉰 정도 들어 보였다. 바라보는 눈빛은 평범하다 못해 승려 고유의 따스함이 풍기기까지 한다.

'노화순청의 경지에 이른 자구나!'

동천몽은 속으로 숨을 삼켰다.

앞으로 나온 승려가 합장을 하며 공손히 허리를 숙였다.

"경외하는 대법왕님께 정식으로 인사 올리옵니다. 소승은 존불사의 방장 공원이라고 하옵니다."

공원은 허리를 폈는데 앞가슴에 모인 합장은 풀지 않았다.

"무척 놀라셨을 줄 아옵니다. 또한 지혜가 풍부하신 만큼 모든 사태를 어느 정도 읽고 계시리라 믿습니다."

"대략은 파악했다. 하지만 꾸민 너희들의 입을 통해 좀 더 상세히 듣고 싶구나."

"알겠사옵니다. 우선 그에 앞서 한 가지 질문을 던져도 되겠는지요?"

"해라."

"사실 저는 지금 눈앞의 현실을 꿈이 아닌가 하고 있습니다."

"무… 무슨 말이냐? 쉽게 말해… 라."

"아직까지 무상탄독에, 그것도 정통으로 걸려들었는데도 목숨을 부지한 사람이 있다는 소문을 듣지 못했습니다. 아시겠지만 무상탄독은 금강불괴지신일지라도 치명타를 입힐 만큼 위력적입니다. 오죽했으면 고금제일사탄이라고 명명했겠습니까?"

"쉬… 쉽게 말하라고 하지 않았느냐? 결론만 말해라. 그러니까 내가 강하다는 얘기냐?"

"그러하옵니다."

"강하다는 말을 네놈처럼 길게 하는 인간은 첨 본다. 훗훗! 아무튼 기분이 더럽지는 않구나. 역시 애나 어른이나 칭찬은 듣기가 좋군그래."

"그럼 지금부터 대법왕님의 궁금증을 풀어드리겠사옵니다. 사실 존불사는 일반 사찰이 아니옵니다. 사찰로 위장한 목와북천의 휘하 세력 중 한 곳인 혈부림(血浮林)이지요."

애써 여유를 찾고 있던 동천몽의 안색이 흔들렸다.

"음, 목와북천."

몹시 당황스런 표정이었다.

목와북천(凧渦北天)은 흑도의 영원한 본가이다. 흑도의 뿌리이자 근간이고 중심이자 핵심이다. 정도무림의 결정체가 무림맹이듯 흑도무림은 철저히 목와북천에 소속된다.

목와북천과 무림맹의 혈사는 수백 년 전으로 거슬러 올라간다. 물과 불처럼 무림맹과 목와북천은 끝없는 대립 관계를 형성하며 물고 물리는 피의 전쟁을 벌여왔다. 양쪽 모두 뚜렷한 우위를 점하지 못하고 공존하듯 내려오다 백 년 전 무림맹에 의해 마침내 목와북천이 완전히 짓밟혔다.

목와북천이 사라지며 흑도 또한 뿔뿔이 흩어져 완전히 사라졌다. 이후 강호에서 흑도란 단어는 거의 잊혀져 갔다.

하지만 얼마 전 무미 선사로부터 목와흑천이 부활의 조짐을 보이고 있다고 했다. 목와북천이 부활한다는 것은 곧 무림맹에 졌던 부채를 갚기 위한 힘이 완성되었다는 뜻이기도 했다.

동천몽의 이마가 찌푸려졌다. 한 가지 의문이 떠올랐기 때문이다. 그러한 동천몽의 심중을 헤아린 듯 공원이 입을 열어 말했다.

"무림맹에 속하지도 않은 대법왕님을 왜 흑도에서 공격하느냐는 질문이시군요. 답해드리겠습니다. 이유는 아주 간단합니다. 너무 뛰어나시기 때문이지요."

"내가 뛰어나다고?"

동천몽이 눈을 크게 뜨더니 돌연 웃음을 터뜨렸다.

"우헤헤헤! 병 주고 약 준다더니, 개자식들이 사람 이렇게 만들어놓고 드럽게 띄우는구만. 계속 지껄여 봐라."

너무 세차게 웃다 비명을 질렀다. 웃는 바람에 어느 정도 진정되어 가던 내상이 다시 도진 것이다.

"얼마 전까지 우리 목와북천의 살인 명단 일위에는 무림맹주가 올라가 있었습니다. 하지만 사흘 전 살인 명단 일위가 바뀌었습니다. 무림맹주를 밀어내고 그 자리에 대법왕님이 올랐지요."

동천몽이 다시 웃음을 지었다.

"대강 그림이 잡히는구나."

"역시 지혜가 넘쳐 나시는 분이시군요. 저의 몇 마디 설명에 모든 속사정을 어느 정도 파악한 것을 보니."

"큭큭! 이 와중에도 기분이 별로 더럽지 않은 것은 감히 나 같은 인물이 무림맹주를 제치고 목와북천의 살인 명단 일위에 올라서는 영광을 얻은 것 때문인가. 그나저나 앞뒤 정황을 보니 지금쯤 흑수당도 한바탕 난리가 났겠구나?"

흠칫!

공원이 눈을 크게 떴다. 그것은 동천몽의 짐작이 맞음을 인정하는 것이었다.

이곳 존불사의 암습과 흑수당과는 전혀 연관성이 없다. 그런데 동천몽은 두 사건이 동시에 일어났음을 간파한 눈치였다. 그렇다면 처음부터 이곳에 뭔가 자신을 노리는 암계가 깔려 있다는 것을 알면서도 들어왔다는 얘기가 된다. 뿐만 아니라 어쩌면 자신들의 배후 또한 읽고 있을지도 몰랐다.

"처음 무림맹주를 끌어내리고 대법왕님을 살인 명단 일위에 올릴 때 상당한 의문을 가졌습니다. 솔직히 무림맹주와 비교한다는 것 자체가 어불성설이라 여겼지요. 그런데 이제 보니 제 생각이 한참 부족했군요. 맞습니다. 흑수당 역시 주인이 지금쯤 바뀌어 있을 것입니다."

"뜻대로 되었으면 좋겠구나."

팟!

공원의 눈빛이 이채를 발했다.

듣기에 따라서는 과연 그럴까? 글쎄, 너희들 뜻대로 되지 만은 않을 것이라는 야유처럼도 들린다.

갑자기 마음 한구석이 꺼림칙해졌다. 완벽하다고 여긴 이번 작전이 꼭 그렇지만은 않을 것 같다는 불길한 예감이 스친다. 당장 확인해 보고 싶지만 마땅한 수단이 없었다. 그쪽에서 일이 잘되었다는 연락을 보내오기 전까지는.

공원은 서두르기로 했다. 무엇이라고 꼬집어 말할 수는 없지만 오래 붙들고 있어서 좋을 것은 없을 것 같다는 생각이 들었다. 중상을 입었으니 어려운 일은 아니다. 빨리 해치워 버리고 싶었다. 하지만 외상이 없는 것을 보아 중독은 전혀 된 것 같지 않았다.

특히 무상탄독이 동원되어 아직까지 죽이지 못한 인물이 없다고 역사는 기록하고 있었다. 그런데 최초로 죽지 않는 인물이 나타난 것이다. 그건 동천몽의 능력을 자신들에게 정보를 제공해 준 사람까지도 정확히 파악하지 못하고 있다는 뜻으로 봐야 한다.

내상은 보이지만 외상이 없다는 것은 동천몽의 몸이 어지간한 파괴력을 지닌 물건이나 병기로는 손상되지 않을 만큼 단련되어 있다는 뜻이다.

"편히 보내 드리겠습니다."

다시 한 번 깍듯하게 합장을 한 공원이 한 걸음 뒤로 물러났다. 그러자 주위에 포진하고 있던 승려들이 앞으로 다가

섰다.

동천몽은 승려들을 대략 훑었다. 족히 백 명에 가까운 적지 않은 숫자였다.

피식!

동천몽이 메마른 웃음을 지었다. 몸은 천근만근인데 적이 너무 많았다.

아까부터 머리를 굴리며 어떻게 하면 이 위기를 벗어날 수 있을까 계산을 했지만 뾰쪽한 수가 떠오르지 않았다. 잔머리라고 하면 누구에게도 뒤지지 않을 자신이 있었지만 지금은 상황에서는 앞이 캄캄했다.

자신의 몸 상태를 완전히 파악한 까닭인지 승려들이 다가오는 걸음도 빠르지도 않았다. 하지만 일백여 명의 일류고수가 벌 떼처럼 달려든다고 생각하자 소름이 끼쳤다. 아마 형체도 없이 난도질당할 것이 뻔했다. 더구나 혈부림은 목와북천 휘하에서도 잔인하기로 소문난 집단이다.

"대법왕님, 제발!"

아까부터 일목은 계속 허공에서 나타나려고 발버둥쳤다. 자신이 직접 나서서 적을 맞을 테니 그사이를 이용해 도망치라는 의미였다. 하지만 동천몽은 일체 대꾸하지 않았다.

대꾸하지 않는다는 것은 명령이 떨어지기 전까지는 절대 모습을 드러내지 말라는 엄명이었다. 하지만 일목은 일목대로 동천몽에게 죽음이 다가오는 현실에서 안달이 날 수밖에 없었다.

최소한 동천몽이 안전거리 밖으로 도망칠 때까지 적을 막을 자신은 있었다. 자기 한목숨 죽는 것이 대수인가. 세상에서 가장 존경하는 대법왕이 살아날 수만 있다면 죽는 것 따위는 별것 아니었다.

"어서 명령을!"

일목의 전음이 다급히 들려왔다. 하지만 동천몽은 묵묵부답이었다. 대신 동천몽의 머릿속은 복잡했다. 살아날 궁리를 하고 있는데 뾰쪽한 수가 별로 없어 보인다.

오늘따라 그 잘 돌아가던 잔머리가 완전히 멈췄다. 앞이 캄캄하고 아무것도 떠오르지 않는다. 그것은 내상이 너무 심하여 본능이 그쪽에 머물러 있다는 뜻이었다.

머리도 마음이 편해야 잘 돌아가는데 고통과 더불어 위기를 느끼자 더욱 더딜 뿐이었다.

'음, 이 노릇을⋯⋯!'

적은 코앞으로 다가오는데 방법은 없고 일목은 재촉한다. 하지만 일목을 함부로 사용해서는 절대 안 된다. 일목이야말로 마지만 최후의 선택이 되어야 하고, 그건 반드시 성공을 해야 한다

'그 방법뿐이다. 오로지!'

동천몽의 두 눈이 빛을 뿌렸다.

마침내 한 가지 방법이 떠올랐다.

"일목, 지금부터 내가 하는 말을 잘 들어라. 일체 질문은 하지 마라. 오로지 내가 지시하는 대로 따르기만 해라."

한 푼의 진기라도 아끼려면 말수도 줄여야 했다. 전음을 보내는 데도 상당한 진기를 필요로 한다.

"동북쪽으로 이십여 리쯤 가면 석룡대라고 있을 것이다. 그곳에서 날 기다려라. 잊지 마라, 석룡대다. 기다란 돌이 마치 한 마리 용처럼 누워 있다. 그냥 보면 알 것이다."

일목은 왜? 라고 물으려다 입을 다물었다.

동천몽이 절대 질문을 하지 말라고 엄명을 내렸기 때문이다.

일목의 온기가 느껴지지 않는 것이 사라진 듯했다. 다행히 적은 아직 일목의 존재를 모른다.

'후후후웁!'

동천몽은 몸속에 남아 있는 모든 진기를 끌어올렸다. 혈부림 무사들과의 거리는 처음 칠팔 장 정도에서 이제 오 장 정도로 좁혀졌다. 오 장이면 어느 쪽이든 공격할 수 있는 거리였다. 통상 강호에서의 싸움 거리는 삼 장에서 오 장이다. 그 정도의 거리가 대부분의 무공이 가장 위력을 발휘하는 거리이기 때문이다.

스윽!

동천몽의 갈기갈기 찢어지고 구멍 난 가사가 부풀어 올랐다.

파파팡!

거센 기류에 가사의 일부가 찢겨 나갈 정도였고 그것을 보는 공원의 표정이 굳어졌다. 그 정도의 폭발 속에서도 저런 위력의 기세를 보일 수 있다는 것은 자신들로서는 꿈도 꿀 수 없는 일일 뿐 아니라 인간으로서는 절대 보여줄 수 없는 능력이었기 때문이다. 그러면서 마음속에서 반드시 죽여야 한다는 의지를 더욱 다졌다.

불현듯 암살 명령이 전달되면서 마지막 글귀가 떠올랐다.

반드시 죽여라. 만약 실패하면 우린 그 누구보다도 강하고 무서운 적을 만들게 되는 것이다. 죽이지 못하면 우리는 다시 어둠 속으로 사라져야 한다.

"쳐랏!"

공원의 입에서 함성이 터져 나왔고 천천히 거리를 좁혀가던 백 인의 혈부림 무사가 일제히 떠올랐다.

슈와아아!

단 일격에 동천몽을 박살 내고야 말겠다는 산악 같은 기세였다. 동천몽 또한 그대로 떠올랐다. 여전히 옷자락은 끌어올린 기류에 뜯겨 나갈 듯 펄럭거렸고 서로가 서로를 향해 전속력을 향해 돌진해 들어갔다.

일백 대 일.

백 명과 한 명이 서로를 향해 무서운 속도로 달려든다.

　공원의 입가에 웃음이 감돌았다. 백전노장인 자신의 눈에 비친 동천몽의 모습은 너무 무모했기 때문이다. 정상적인 몸일지라도 일류고수인 자신의 부하들과 정면으로 맞닥뜨리면 승산이 없다. 그런데도 동천몽은 이를 악물고 달려들었다.

　슈슈슛!

　일백 개의 장과 권과 검이 쏟아졌는데 그 기세란 차라리 장엄하기까지 했다.

　동천몽 역시 거대한 절벽처럼 밀려오는 백 인의 공세에 지옥금으로 맞섰다. 하늘에 떠 있는 태양보다 더 붉은 손바닥이 백 인의 공격에 정면으로 부딪쳤다.

　콰앙!

第五章
자만은 죽음을 부르고

대법왕 大法王

엄청난 굉음과 더불어 동천몽의 몸이 공격해 들어갈 때보
다 더 빨리 튕겨 나왔다. 그리고 눈 깜짝할 사이에 혈부림 무
사들의 시야에서 사라져 버렸다.

"엇!"

"도망쳤다!"

누구도 예상 못한 돌발 사태에 모두가 놀라 외쳤다.

'차… 차력지주라니!'

공원이 눈을 부릅떴다.

차력지주(借力之走), 상대의 힘을 빌려 더욱 빠르게 도망치
는 수법이다.

암습 지시와 같이 동천몽의 습성에 대한 몇 가지가 내려왔다. 거기에 보면 그는 절대 피하거나 사술을 쓰지 않는다고 했다. 무식할 만큼 정면충돌을 즐기며 물러설 줄 모른다고 했다.

그런데 이게 웬일인가. 제대로 싸우기는커녕 시작하자마자 줄행랑이라니, 너무 황당한 사태에 공원은 잠시 할 말을 잃었다.

"뭐… 뭣들 하느냐? 어서 쫓아라!"

수하들 또한 너무 충격을 받은 듯 망연자실해 있다가 공원의 외침에 정신을 퍼뜩 차리며 몸을 날렸다.

"이건 말도 안 돼."

"대법왕 체면이 있지. 그런다고 첫수부터 줄행랑이라니."

뒤쫓는 혈부림 무사들도 도저히 이해가 안 간다는 듯 중얼거렸다.

공원 또한 몸을 날려 바람처럼 동천몽이 사라진 곳을 향해 몸을 날렸다. 도대체 보내온 정보는 하나도 맞지 않았다.

부친의 방문을 열고 들어선 자청단이 눈을 크게 떴다. 항상 윗목 탁자에 앉아 산판(算板)을 팅기며 그날그날 매출을 정리하고 계산하던 아버지가 없다.

와당탕!

같이 들어온 무사들이 방 곳곳을 뒤지기 시작했다. 벽장 문을 열어 살폈고 뒤쪽 쪽문을 열고 안쪽으로 기어들어 갔으며 서재와 벽 사이에 생긴 틈도 들여다보았다.

"없습니다."

"저 뒤의 광에까지 훑어봤는데 안 보입니다."

무사들이 빈손으로 몰려들었다.

"집 안을 샅샅이 뒤져라. 어딘가 숨어 있을 것이다."

자청단의 명령에 무사들이 일제히 밖으로 흩어졌다.

자청단의 두 눈이 탁자 위에 올려진 손때 묻은 산판을 쳐다
보았다. 아버지 말로는 오 대째 내려오는 산판이라고 했다.

자청단은 산판을 거머쥐었다. 이 산판을 쥔 사람이 흑수당
의 주인이 된다. 이 산판을 쥐고자 얼마나 노력했던가. 하지
만 부친은 절대 자신에게 산판을 줄 생각을 하지 않았다. 여
러 가지로 아직은 자신의 재능이 미흡하다는 것이 물려주지
않은 이유였다. 어디 그뿐인가. 동천몽의 세 치 혀에 어떻게
넘어갔는지 천상각과의 모피 거래를 느닷없이 단절했다. 자
신들이 모피 거래를 끊으면 천상각도 타격을 입지만 흑수당
또한 자칫 도부가 날 수 있었다.

대규모 거래선을 새롭게 개척하는 데는 많은 시간과 자금
이 소요된다. 특히 기존의 거래처였던 천상각을 두고 다른 곳
으로 옮기면 상대 또한 이상하게 생각할 것이고, 거래를 맺더
라도 천상각과의 거래 때보다도 더 가격을 깎으려 들 것이 뻔
했다. 워낙 덩치가 큰 모피이기 때문에 그 손해란 상상을 초
월한다. 아버지 말로는 절대 손해 없는 새로운 거래처를 만들

자신있다고 큰소리쳤지만 그게 어디 쉬운가.

콱!

자청단은 산판을 힘껏 쥐었다.

동천몽의 계산은 뻔했다. 아버지를 이용해 흑수당을 통째로 삼키려 하고 있는 것이다. 생각해 주는 척하며 흑수당을 도부 위기로 몰아 가볍게 포달랍궁의 자금줄로 삼으려는 것이었다.

'흐흐! 누구 맘대로!'

가소롭다는 듯 차가운 미소를 지으며 손에 들린 산판을 노려보았다.

휙!

문득 자청단이 고개를 들어 문 쪽을 쳐다보았다.

아버지를 찾으러 나간 무사들로부터 아무런 연락이 없었다.

"이 새끼들, 도대체 뭐 하는 거야?"

자신을 돕기 위해 모두 열 명의 무사가 파견되어 왔다. 물론 자신을 도와준 대가로 적지 않은 돈을 지원하기로 약조를 맺었다.

한참을 기다려도 무사들이 나타나지 않아 벌떡 자리에서 일어나 문을 향해 다가가던 자청단의 걸음이 멈춰졌다.

발자국 소리가 들려오는데 여러 개였다. 필시 아버지를 찾으러 나간 무사들이 들어오는 것이다.

드르륵!

문이 열리자 자청단은 다짜고짜 소릴 질렀다.

"왜 이제 오는 거야? 찾았어, 못 찾……!"

자청단의 말이 끊어졌다. 문 앞에서 부친과 자정경, 그리고 맨 뒤에 모르는 승려 한 명이 들어서고 있었다.

"한심한 놈."

탁!

그러더니 자추동이 자청단의 손에 들린 산판을 낚아채 갔다.

자추동이 탁자 앞에 털썩 주저앉았다.

"열 놈 기다리느냐? 모두 시체가 되었으니 절대 돌아오지 않을 것이다."

자청단이 기겁했다.

"감히 아비를 쫓아내고 네놈이 주인 행세를 하려 들어? 이 아비가 왜 네놈에게 가게를 물려주지 않은 줄 아느냐? 그 어리석음 때문이야. 네놈은 귀가 얇아. 그따위 놈의 세 치 혀 바닥에 놀아나다니, 미련한 놈 같으니. 그런 네놈에게 아비가 어찌 수백 년을 이어온 본 가를 함부로 맡기겠느냐?"

자추동의 얼굴에 분노가 피어올랐다.

"선사!"

그러자 승려가 허리를 구부렸다.

"말씀하십시오, 당주."

"저놈을 자신의 방에 가두시오. 그리고 일체 밖으로 나오지 못하도록 지켜주시오."

승려가 뒤로 고개를 돌려 문밖을 향해 말했다.

"자 공자를 데려가거라."

문이 열리고 두 명의 당당한 체구의 승려가 나타나 자청단의 양팔을 끼었다.

"아… 아버지, 왜 이러십니까? 이런다고 일이 끝난 줄 아십니까? 머잖아 아버지께서 소자에게 살려달라고 사정할 때가 올 것입니다."

자추동이 인상을 썼다.

"패 죽일 놈, 아비에게 하는 말버릇하곤. 지금 협박하냐? 네 놈이 믿는 것이 혹시 백 대협이 보내주기로 한 무사들 아니냐?"

"아… 아버지께서 어떻게?"

"그들은 오지 않는다. 이미 죽었다. 저분은 바로 포달랍궁에서 오신 덕배 선사라는 분이시다. 천룡구십구불의 수장이기도 하지. 널 돕기 위해 오던 백쾌섬이 보낸 무사들은 천룡구십구불에 의해 모조리 도륙당했다."

백쾌섬과 약속했다. 아버지를 밀어내고 자신이 가주 자리에 앉을 수 있도록 해주면 백쾌섬을 적극 밀어주겠다고.

"저… 정말입니까?"

"쯧쯧! 어떻게 저런 놈이 장차 흑수당을 이끌어갈 것인지. 어서 데려가시오."

두 명의 천룡구십구불이 자청단을 데리고 사라졌다. 존불사로 떠나기 전 동천몽은 한 통의 전서구를 포달랍궁으로 보냈

다. 자신이 존불사 사건 현장으로 가면 흑수당은 텅 빈다. 동천
몽이 생각하기에 일차 승부는 흑수당이 쥐고 있다고 해도 과언
이 아니었다. 그래서 어떤 방법을 써서라도 흑수당을 자신이
끌어안아야 했다. 그런데 자신이 자리를 비우면 필시 변고가
생길 것을 예상하고 천룡구십구불을 급히 불러들인 것이다.

사실 자추동은 동천몽의 조치를 그다지 달가워하지 않았
다. 너무 지나친 염려였다. 하지만 대법왕의 뜻이기 때문에
감히 이의 제기는 못했다. 또한 어차피 자신의 안전을 위한
배려인데 굳이 말릴 이유까지도 없었다. 그런데 그의 예측대
로 정확히 일이 진행되자 자추동의 표정은 잔뜩 굳어버렸다.

'도대체 그분의 능력의 끝은 어디란 말인가?'

며칠 동천몽과 지내면서 수십 번을 까무러쳐야 했다. 워낙
장난기가 다분하고 천성이 진지한 것을 싫어해서 그렇지, 우
스갯 말도 잘하고 재치가 있었다. 하나 자추동이 가장 놀란
것은 그의 두뇌였다. 어떤 계략이나 계산을 세우는데 자신 같
으면 오랫동안 책상 앞에 앉아 머리를 굴리고 쥐어짠다. 그런
데 동천몽은 그 자리에서 곧바로 조치를 내렸고, 그 조치는
완벽했다.

가히 타고난 지혜의 소유자라 아니 할 수 없었다.

아무리 머리가 나쁜 것과 그런 전략적 지혜는 다르다지만
그저 아연할 따름이었다.

'그나저나 백쾌섬이란 자의 정체는 뭐란 말인가?'

사실 동천몽에게 조용히 물어보았다. 최소한 동천몽은 뭔가를 알고 있는 눈치였다. 하지만 가벼운 미소를 지으며 천하제일현상금 추적자 아니냐고 지극히 평범한 대답만 했다. 뭔가 알고 있음에는 분명했는데 입을 열지 않았다.

바로 그때였다. 밖으로부터 또다시 발자국 소리가 나더니 누군가 말했다.

"당주님, 멀리 천상각에서 손님이 찾아왔사옵니다."

"으허헉!"

자추동은 숨이 넘어갈 듯 놀랐다.

'어… 어찌 이런 일이!'

"왜 그래요, 아버지?"

안색이 하얗게 변한 자추동을 자정경이 염려스런 표정으로 물었다.

"미… 믿을 수가 없다. 설마, 대법왕에게는 앞을 내다보는 능력이 존재한다더니, 사실이란 말인가!"

사실 동천몽이 떠나면서 천상각에서 손님이 찾아올 것이라고 미리 귀띔해 주었다.

그런데 정확히 찾아온 것이다.

"으음……!"

자추동은 숨을 들이마셨다. 동천몽은 천상각에서 사람이 오면 대처할 방법까지 소상히 가르쳐 주었다.

"아버지, 도대체 천상각 사람들이 왔다는 말에 왜 그렇게 놀라세요?"

　자정경은 부친이 천상각 사람들 방문으로 놀라는 줄 알고
있었다.

　'아아! 정말 믿을 수 없는 분이시다. 정녕 신비스런 분이시
도다!'

　자추동은 내심 끝없이 동천몽의 능력에 감탄을 했다.

　"책임자는 누구더냐?"

　"여추량 총관이옵니다."

　자추동의 표정이 굳어졌다. 동천몽 또한 총관이 올 것이라
고 했기 때문이었다.

　자추동이 덕배 선사를 쳐다보았다. 그런데 두 사람의 시선
이 부딪치며 무언의 광채가 강렬히 교차했다. 뭔가 무언의 신
호를 주고받음이 분명했는데, 덕배 선사가 조용히 실내를 빠
져나갔다.

　"안내하거라."

　자추동이 자리에서 일어나자 수하가 앞장섰다.

　"너도 따라오너라."

　자추동이 자정경을 돌아보며 말했다.

　수하를 따라 빈청으로 들어서자 여추량이 의자에 앉아 있
다가 일어나 그를 반겼다.

　"핫핫핫! 여 총관 아니시오이까?"

　여추량과는 구면이었다.

여추량이 허리를 정중히 구부렸다.

"여 모가 자 당주님을 뵈옵니다."

"반갑소, 정말 반갑소. 이게 몇 년 만이오?"

두 사람은 탁자를 놓고 마주 섰다.

"언젠가 백룡퇴에서 한번 뵙고 처음이니까 칠팔 년은 된 것 같소이다."

"그리된 것 같습니다. 여전히 건강해 보이십니다."

"그렇소이까? 고맙소이다. 자, 앉읍시다."

자추동이 자리를 권했고 자정경은 부친 곁으로 앉았다. 시녀가 차를 내왔고 세 사람은 차를 마시며 가벼운 담소를 나눴다. 하지만 입만 움직일 뿐, 두 사람의 시선은 상대를 살피느라 부지런히 꿈틀거리고 있었다.

"하하하."

"헛헛헛!"

두 사람의 웃음소리가 빈청을 울렸고 표정은 무척 밝았다. 마치 오랜 지기가 만난 듯 스스럼없는 농담까지 주고받는다.

하지만 곁에서 지켜보는 자정경은 부친과 여추량 사이에 강한 기류가 형성되어 있음을 발견했다. 그것은 두 사람의 기싸움과 같은 것이었는데 농담 속에서 서로의 생각과 심리를 읽으려는 치열한 신경전이었다.

'심상치 않구나!'

자정경은 조용히 숨을 들이마셨다. 자신까지 가슴이 조여

드는 것 같았다.

대체적으로 특사(特使)나 사자(使者)는 평범한 일로 방문하지 않는다. 그런데 이토록 가벼운 농담과 즐거운 얘기를 오랫동안 주고받는다는 것은 그만큼 상대 또한 본론을 꺼내기가 쉽지 않을 만큼 중대한 사안이라고 봐야 했다.

두 사람의 우스갯소리는 한동안 계속되었다.

과거에 있었던 일에서부터 장사꾼으로 살아오면서 겪었던 황당무계한 경험담 등을 적나라하게 펼쳐 놓았다.

"당주님."

첫 운은 여추량이 떼었다.

"말씀하시오, 여 총관."

자추동이 미소를 거두며 정색했다.

여추량이 똑바로 자추동을 보며 말했다.

"한 가지 이상한 소문을 들었사옵니다. 소문이라는 게 믿을 것은 못 되지만 그래도 하도 기괴망측해서 말입니다."

"무슨 소문이기에 여 총관께서 직접 이렇게 먼 길을 오셨단 말이오?"

"허참!"

여추량이 일부러 말을 꺼내지 않고 어이가 없다는 듯 한숨을 내쉬었다. 자추동을 안달케 하려는 수작이었다. 하지만 자추동은 이미 여추량의 방문 목적을 동천몽에게 귀띔받았기 때문에 전혀 초조해하거나 궁금해하지 않았다.

"도대체 왜 그러시오? 어서 말씀을 하셔야……."

"입에 담기도… 세상에, 자 당주께서 본 가와 모피 거래를 끊겠다고 하셨다는 악의적인 소문이 나돌아서 말입니다."

"악의적인 소문이 아니오. 그건 진실이오."

여추량의 눈이 커졌다.

자추당이 입을 열어 말했다.

"정확히 말씀드리지요. 이미 원국의 모피상들과 거래 계약을 맺었소이다. 가격 또한 천상각보다 조금 더 받기로 했고, 이 년에 한 번씩 의무적으로 가격을 올리는 파격적인 조건이지요."

"다… 당주……!"

여추량의 얼굴이 본격적으로 변했다.

두 사람의 탐색전은 끝나고 실전으로 접어든 것이다.

"어찌 그런 터무니없는 파기를… 본 가와 수십 년을 거래한 당주께서 우리와 한마디 상의도 없이 이런 결정을 내린단 말입니까?"

"핫핫! 이해하시오. 부득이한 사정이 있어서 말이오. 돌아가서서 동오룡 각주님께 이 자 모가 심심한 사과를 드린다고 전해주시오."

"재고해 주실 수 없겠습니까?"

여추량의 표정이 굳어졌다.

"여 총관, 이미 끝난 일 가지고 우리 입 아프게 떠들지 말고 모처럼 먼 길 오셨으니 오늘 밤 이 자 모와 찐하게 한잔합시다. 수행원들도 같이 섞여서 말이오.”

그리고 밖을 향해 고개를 돌려 외쳤다.

“이봐라! 오늘밤 여 총관을 환대하는 대대적인 잔치를 열 테니 준비하라 이르라.”

“당주!”

갑자기 여추량의 목소리가 커졌다.

두 눈에서 붉은 냉기가 쏟아져 나왔다.

“다시 한 번 부탁드립니다. 거래선을 원상 복구시키십시오.”

자추동의 표정이 굳어졌다.

여추량의 지금 말은 분명한 명령이었다.

“여 총관, 지금 뭐라고 했소? 이 자 모에게 명령을 내린 것이오? 헛헛헛! 당신 지금 뭔가 착각하고 있는 것 같구려. 난 당신의 부하가 아니오. 먼 길을 오더니 피곤하여 잠시 머리가 어떻게 된 모양이구려.”

“다시 부탁드립니다. 거래를 회복시켜 주십시오.”

“그 얘긴 그만 입에 담고 싶소. 이미 끝난 일이니.”

“당주, 흑수당이 사라질 수도 있습니다?”

“핫핫핫핫!”

자추동이 고개를 쳐들고 웃음을 터뜨렸다.

느닷없는 광소에 여추량의 눈이 가늘어졌다. 자추동의 웃

음이 던져 주는 의미는 두려움과는 거리가 먼, 오히려 자신의
경고가 가소롭다는 뜻이었다.

"혹시 데리고 온 무력(武力)을 말하는 것이오?"

흠칫!

여추량이 소스라쳤다. 자신이 데리고 온 낭도채 무사들은
장원 밖에 은신해 있다. 자신의 신호만 떨어지면 곧바로 흑수
당을 접수할 만반의 준비를 갖추고.

그런데 자추동은 그 사실을 알고 있었다.

"잘됐구려. 알고 있다니 얘기하기가 훨씬 수월하겠군요.
여전히 거래를 다시 회복시킬 의향은 없으신 게요?"

"없소."

자추동이 자리에서 일어났다.

그리고 앉아 있는 여추량을 날카로운 눈으로 보더니 피식
웃음을 짓더니 문 쪽을 쳐다보았다.

"선사, 들어오시오."

여추량이 문 쪽으로 고개를 돌렸다.

문이 열리고 덕배 선사가 들어왔다. 가사 몇 군데가 찢겨지
긴 했지만 맨발로 들어서는 그의 전신에서는 가혹한 냉기가
뿜어져 나와 실내를 뒤덮었다.

흠칫!

여추량은 덕배 선사의 냉오한 기세에 숨을 들이마셨다.

덕배가 힐끔 여추량을 보며 말했다.

"아미타불! 여 총관이 데리고 온 무사들을 모조리 추살했소이다."

쫘당!

여추량이 너무 놀라 일어나면서 의자가 뒤로 넘어졌다.

"수고했소이다. 피곤하실 텐데 그만 쉬십시오."

덕배 선사가 합장을 하고 방을 나갔다.

여추량의 표정은 돌덩이가 되어 있었다.

자추동이 웃으며 말했다.

"이것이 내 의지요. 그리고 그분의 의지이고."

"그분이라면?"

"있소. 오늘의 모든 일을 앉아서 꿰뚫어 보신 분이시오. 한마디로 전지전능하다고나 할까요."

자추동의 목소리가 떨려 나왔다. 감히 그분이라는 단어를 입에 담기조차 송구하다는 듯 최대한의 공손함이었다.

'어느 누가 있어 천하의 자추동을 저토록 감동으로 빠뜨렸단 말인가!'

자추동이 말했다.

"모든 걸 잊고 이왕 오셨으니 아까 말했듯 오늘 저녁 나와 술 한잔하십시다."

여추량이 의자를 세우고 다시 앉았다.

그리고 두 눈을 지그시 감았다. 지금까지는 파죽지세였다. 거칠 것 없이 달려왔고 마음먹은 대로 이루어졌다. 그런데 제동이 걸린 것이었다. 가장 중요한 순간인 지금 추진하는 일에 제동이 걸려서는 절대 안 된다.

불길한 그림자가 가슴 한구석을 메우기 시작했다.

동천몽이 시키는 대로 동쪽으로 이십여 리를 오자 과연 용 한 마리가 누워 있는 것 같은 바위가 나타났다. 꾸불꾸불한 바위의 길이만 해도 대략 이십여 장이 될 만큼 컸다. 더구나 오랜 세월의 풍상을 거치느라 이끼까지 끼어 있어 얼핏 진짜 용처럼 보이기까지 했다.

전설에 의하면, 석룡대는 옆을 지나는 형강에 사는 수룡이 하늘로 오르다 벼락을 맞고 떨어져 돌이 되었다고 한다.

일목은 석룡대 주위를 서성거리며 존불사가 있는 쪽을 쳐다보았다. 지금쯤 올 때가 되었는데 나타나지 않는다. 그렇다고 다시 가볼 수는 더욱 없었다. 다른 약속과 달리 이렇게 생사가 걸린 약속은 반드시 지켜져야 한다. 조금 늦는다고 해서 함부로 자리를 비우거나 떠나서는 절대 안 된다.

아직까지 두려움을 모르고 살아온 일목의 얼굴에 초조한 빛이 출렁거렸다.

푸쉬!

지나친 긴장 탓일까. 아까부터 자꾸 방귀가 나온다.

방귀가 잦으면 뒷간을 찾게 된다. 조금씩 아랫배가 아파오기 시작하더니 뒤가 마렵기 시작했다. 하지만 자리를 떠서는 안 된다. 그사이 동천몽이 올 수도 있기 때문이다.

일목은 엉덩이에 힘을 주며 초조히 기다렸다. 급기야 아랫배에서 물이 흐르는 듯한 소리가 요란하게 들리는 것이 심상치 않았다. 이제는 동천몽의 신변 염려에서 뒷간 걱정으로 관심이 기울어졌다.

급속히 마려워 오는 것이 사리(瀉痢)다. 천하에 어떤 장사도 사리만큼은 막아내지 못한다. 자신의 의지와는 다르게 사리는 자칫 스며 나올 수도 있었다.

‘제발!’

일목은 엉덩이에 힘을 주고 양다리를 팔 자로 꿰며 몸에 대해 사정을 했다.

꾸르르!

“으큭!”

도저히 참을 수 없었다. 급하긴 하지만 은폐물도 없는 석룡대에서 볼일을 볼 수는 없었으므로 일목은 주위를 살폈다. 사리이므로 오래 걸리지도 않을 것이다. 금방 앉았다 일어나면 끝날 것이기 때문에 볼일을 보기로 결심했다.

좌측 숲 속으로 어그적거리며 걸어갔다. 꼬마 아이가 아장거리며 걸어가는 모습과 다를 바 없었다. 한 걸음 한 걸음 정성을 다했다. 흘러나오면 큰일이다. 여벌의 의복도 준비해 오지 않았다. 만약 흘렸다가는 알몸으로 다녀야 할 판이다.

사삭!

한 발 한 발 옮기는 것에 신중을 기했다. 호흡과 다리의 움직임을 일치시켜야 한다. 호흡과 다리의 움직임이 어긋나면 곧바로 흘러내리는 것이 사리의 특성 중 하나다.

석룡대에서 숲 속까지는 오 장도 되지 않는데 마치 십 리는 되는 것 같았다. 겨우 숲 속에 도착한 일목은 조심스럽게 아랫춤을 더듬었다.

다 왔다는 안도감에 함부로 힘을 빼거나 방심했다간 막판에 실수를 하게 된다는 것이 지난 시절의 경험이었다.

여전히 엉덩이는 바짝 끌어올렸고 다리는 팔자로 단단히 꼬여 있었다. 일목은 호흡을 반쯤 내쉬며 조심스럽게 아랫도리를 내렸다. 허리를 숙이며 내렸다가는 엉덩이 힘이 풀려 흐르고 만다.

스르르!

바지가 발목까지 내려갔고 일목은 그대로 주저앉았다. 동시에 요란한 소리를 흘리며 배설이 시작되었다.

'아아!'

자신도 모르게 환희의 감탄이 흘러나왔다. 혹자는 최고의 쾌감을 성적 쾌감이라고 한다. 하지만 일목의 경험에 의하면 그건 뭘 몰라도 한참 모르는 무식한 놈들이 하는 개소리다. 배설의 쾌감처럼 화끈하고 통쾌한 것은 없다.

미치도록 급한 배설을 참고 또 참아 꿈에도 그리던 뒷간을 찾아 바지를 내릴 때, 그리고 흘러내릴 때의 그 시원하고도 절묘한 쾌감은 필설로 형용할 수가 없다. 그때만큼은 어느 대부호도 안 부럽고 황제 따위는 더더욱 부럽지 않다.

쿵!

두 눈을 지그시 감고 환상적인 쾌감에 젖어 있을 때 뭔가 떨어지는 소리가 들려왔다.

"이… 일목, 어디 있느냐?"

'이 목소리는!'

동천몽의 목소리였다. 그것도 평소처럼 쩌렁쩌렁한 것과는 전혀 거리가 먼 금방이라도 숨이 넘어가는 소리였다.

하지만 뒷일이 끝없이 배출되고 있었다.

진퇴양난(進退兩難)이라 아니 할 수가 없었다.

"일목… 일목아."

동천몽이 애타게 찾고 있었다.

"개… 개자식이 어딜 간 거야. 꼼짝 말고 여기 처박혀 있으라고 했는데… 일목, 어디 있느냐?"

주르륵!

"우욱! 어디에 처박혔느냐. 빠… 빨리 나오지 못하… 겠… 느냐. 크으으."

목소리에서 살기가 느껴졌다.

"대… 대법왕님, 소승 여기 있사오… 옵니다."

일목의 목소리를 듣고 동천몽이 나타났다.

동천몽은 제대로 걷지도 못했다. 술 취한 사람처럼 비틀거리고 있었는데, 일목으로서는 처음 보는 위태로운 모습이었다.

퍼억!

가까이 다가온 동천몽이 그대로 일목에게 쓰러졌다.

동천몽의 무게에 의해 일목은 그 자리에 주저앉고 말았다.

쫘직!

뜨거운 기운이 엉덩이를 덮었다.

일목의 품에 안긴 동천몽이 죽어가는 목소리로 말했다.

"일목… 내 말 잘 들어라. 동북쪽으로 가라. 여기서 오십 리쯤 가다 보면 천포지각(天布池閣)이 있… 다. 그… 그곳으로 날 어서 데려가… 라."

동천몽의 입에서 가느다란 핏물이 넘어오고 있었다.

사실 굵은 핏줄기보다 실낱처럼 얇은 핏물이 상태의 엄중함을 말한다.

"뭐… 뭐 하느냐? 시간없다… 놈들이 뒤쫓아오고… 있느… 니라."

"아… 알겠사옵니다."

바지를 올릴 틈도 없었다. 동천몽이 가슴에 안겨 있고 양손으로 안았으므로 방법이 없었다. 그리고 지체해서는 안 된다는 다급한 목소리에 일목은 그대로 일어났다.

'아미타불!'

안타까운 불호를 되뇌이며 일목은 몸을 날렸다.

휘이이!

발목에 걸린 바지가 바람에 펄럭거렸고 엉덩이에 묻은 사리가 분수처럼 허공에 흩뿌려졌다.

'달마 대사에게 제자 혜가가 물었다. 세상에서 가장 빠른 신법이 무엇입니까? 달마는 이에 차력지주라고 대답했다. 그때까지 혈응(血鷹)의 날갯짓에서 응용된 응조삼력을 가장 빠르다고 여기고 있던 혜가는 차력지주가 무엇이냐고 물었다. 차력지주란 두 개의 힘이 충돌하는 순간의 반탁력을 이용해 날아가는 것인데, 그 빠름이란 지상의 어떤 조류나 동물도 흉내 내지 못한다. 단, 차력지주의 단점이 있는데 그것은 다름 아닌 거리의 한계성이라는 것이다. 상태의 힘과 내가 갖고 있는 힘을 일거에 쏟아 붓기 때문에 이십 리가 한계이다.'

동천몽은 그래서 일목을 이십 리 밖에 있는 석룡대에 머무르도록 했다. 일목이 자신을 안고 도망치는 것보다 차력지주를 이용하는 도주가 빠르기 때문이다. 이십 리면 최소한 혈부림 무사들과 십 리 정도의 거리를 벌릴 수 있다.

자신까지 안고 달리는 일목의 신법은 당연히 평소에 비해 느려질 것이다. 그래서 혈부림 무사들에게 따라잡힐 수밖에 없다. 문제는 일목이 어느 정도 도망치다 잡히느냐였다. 비록 자기 편의적인 계산이었지만 잘하면 천포지각에 들어갈 수도 있다는 계산이 섰다. 약간 무리라는 생각이 없지는 않았지만 그 방법 말고는 달리 생존 전략이란 전무했다.

일목의 신형이 갈수록 빨라졌다. 처음에는 올리지 못한 바지가 신경 쓰여 약간 머뭇거렸지만 시간이 흐르면서 적응이 된 것이었다. 즉, 용기가 생기고 뻔뻔해진 것이었다.

다만 발목에 바지가 걸려 지면을 박찰 때 조금 불편했다.

팟!

한순간 일목의 눈이 빛을 뿌렸다. 이왕지사 이렇게 된 바에는 좀 더 과감할 필요가 있다는 생각이 머리를 스쳤다. 더구나 동천몽의 상세를 보아 한시가 급했다.

바바바!

허공을 날아가던 일목의 양발이 움직였다. 발목에 걸린 바지를 벗어버리기로 결심한 것이었다.

패애앵!

바지가 바람에 멀리 날아갔다. 다행히 윗도리가 길어 어느 정도 하체를 가렸지만 걸리적거리던 바지가 벗겨지자 땅을 박찰 때 더욱 힘을 쏟을 수가 있었다.

슈우우!

일목의 신형이 더욱 빨라졌다. 눈 깜짝할 사이에 두 개의 산을 넘었다. 하지만 점차 입에서 거친 숨소리가 흘러나왔다. 조금씩 동천몽이 큰 부담으로 작용하면서 체력이 떨어지기 시작한 것이었다.

　한편 일목의 품에 안긴 동천몽은 정신까지 잃지는 않았다.
거대한 폭발에서 겨우 목숨을 건진데다 그나마 남은 진기마
저 차력지주를 이용해 이십 리를 도주하는 데 거의 쏟아 몸의
거의 탈진 상태에 놓여 있었었지만 정신은 멀쩡했다.

　“어… 어디냐?”

　“글쎄요. 이십 리는 온 것 같습니다.”

　삼십 리 남았다.

　삼십 리가 이제 자신의 생사를 쥐고 있다.

　동천몽이 상체를 세워 좀 더 편히 안겼다. 그러다 무심결에
아래를 내려보다 말고 기절할 듯 놀랐다.

　“허거걱!”

　일목이 몸을 날리며 물었다.

　“왜 그러시옵니까? 어디 편찮으십니까?”

　“아… 아랫도리를 벗었지 않느냐?”

　이를 지그시 깨문 일목은 사실대로 전모를 말해주었다. 모
든 얘기를 들은 동천몽이 헉헉거리며 날아가는 일목을 올려
다보았다. 그러고 보니 아까부터 기이한 냄새가 맡아졌다. 하
지만 워낙 다급한 상황이어서 신경을 쓰지 않았는데 냄새의
원인이 밝혀졌다.

　“소… 송구하옵니다. 냄새가 고약하겠지만 조금만 참아주
소서.”

　“아니다. 괜찮다.”

동천몽이 괜찮다라고 말하자 일목은 더욱 힘을 내어 달렸다.

동천몽은 일목의 품에 안겨 운기를 취해보려고 했지만 뜻대로 되지 않았다. 자세가 워낙 제대로 갖추어지지 않은데다 몸속의 내상이 심한 때문이었다. 내상이 가벼울 때는 운기조식으로 치료가 가능하지만 어느 정도를 넘어서면 약물과 병행해야 한다. 그렇지 않으면 자칫 무공을 잃거나 주화입마라는 무림인에게는 사형선고가 내려지게 될 수도 있었다. 몇 번 운기를 시도하다 효과가 없음을 느끼고 동천몽은 그만 포기하고 말았다.

그리고 희망은 너무 어이없게도 사라졌다. 일목이 물이 흐르는 개활지를 횡단하고 있을 때 뒤로부터 파공음이 들렸다. 누군가 자신을 향해 공격해 오고 있음을 직감한 일목의 신형이 벼락처럼 돌아서며 좌장을 뻗었다.

쾌앙!

커다란 굉음이 들리며 일목이 뒤로 휘청 물러났다.

공격을 한 사람은 공원이었고, 그 뒤를 벌 떼처럼 혈부림 무사들이 따라 내렸다.

혈부림 무사들은 거친 숨을 쉬며 두 사람을 노려보았다.

처억!

일목이 땅에 내려서자 동천몽 또한 모든 것이 어긋나기 시작하고 있음을 느끼고 허리를 세웠다. 일목의 품에서 내려선 동천몽이 혈부림 무사들을 보며 씁쓸한 웃음을 지었다.

이제 방법이라고는 일목이 이들을 막는 틈을 이용해 자신의 두 발로 이동하는 것뿐이었다. 일목이 일류고수 백 명을 상대하기란 불가능했다. 그건 곧 자신의 도주 역시 무척 어렵다는 의미였는데 동천몽의 얼굴 표정은 의외로 담담했다.

"소승 생각은 접고 어서 떠나시지요."

일목은 전음을 사용하지 않았다. 이미 적들도 이쪽에서 선택할 수 있는 방법은 그것뿐이라는 것을 알고 있을 것이기 때문이었다.

동천몽이 앞을 막아선 일목을 향해 말했다.

"미안하구나."

일목이 황송하다는 듯 시선을 앞에 둔 채 허리를 구부렸다.

"아… 아니옵니다. 소승을 믿으십시오."

"반드시 살아야 한다. 나 또한 반드시 살아남을 것이다."

동천몽이 힘주어 말했다.

"우리 둘 절대 죽지 말자꾸나."

"물론이옵니다. 저보다 대법왕님이야말로 절대 살아나셔야 합니다. 소승이야 어느 정도 살았지만 대법왕님께서는 이제 막 피어나는 인생 아니옵니까?"

그 와중에도 일목은 엉뚱한 소릴 해댔다.

"꼭 살아서 청춘을 즐기십시오."

일목의 말이 워낙 진지했기 때문에 동천몽은 웃을 수도 없었다. 그렇다고 성의가 있는데 침묵할 수는 없었다.

"고맙구나. 꼭 그렇게 하겠다."

"흐흐흐! 모두 덤벼라. 진정한 배교의 무예가 어떤 것인지 오늘 똑똑히 보여주마."

전신의 진력을 끌어올리려던 일목이 흠칫했다.

혈부림 무사들이 경악의 표정을 짓고 있었기 때문이다. 그들의 시선을 따라 움직이던 일목이 멈칫했다. 그제야 자신이 아랫도리를 입고 있지 않다는 생각이 들었다. 사내들끼리 장부의 상징을 조금 보여주는 것이야 부끄러울 일은 아니다. 오히려 자신의 상징은 사내라면 누구라도 감탄하고 부러워할 만큼 크다. 그것을 반증이라도 하듯 이미 혈부림 무사 중 몇 명은 눈을 휘둥그레 뜨고 부러워하기 시작하고 있었다. 침을 삼키며 나직이 탄성을 자아내는가 하면 적대 관계만 아니라면 그토록 크게 만드는 어떤 비법이라도 있느냐고 물을 것 같은 눈치였다.

"뭘 그렇게 넋을 놓고 있느냐? 어서 쳐라."

공원이 일목의 물건에 넋이 빠져 있는 부하들을 일깨웠다.

공원의 일깨움에 그제야 정신을 차린 혈부림 무사들이 살기를 피워 올렸다.

"개자식, 더럽게 크구나."

"지금 시위하는 거야, 뭐야? 다 큰 새끼가 왜 하의는 벗고 다니고 지랄이야."

질투의 발로라고 일목은 애써 자위하며 동천몽을 향해 말했다.

"가십시오."

"일목, 힘내라. 너만 믿는다."

동천몽이 뒷걸음을 쳤다.

"어딜!"

한 명의 무사가 좌측으로 빠져나가며 동천몽을 공격하려고 했다. 하지만 어느새 일목이 그 앞을 가로막으며 일검을 뿌렸다.

쇄액!

빽!

"큭!"

혈부림 무사가 처음 몸을 날렸던 자리로 되돌아갈 만큼 일목의 공세는 강했다.

공원의 안색이 약간 변했다. 눈이 하나뿐인 외모에서부터 이미 범상치 않음을 간파했다. 더구나 전설의 배교 운운에 고수임을 직파한 것인데, 부하와 일 초의 겨룸을 보며 예상보다 훨씬 강하다는 것을 짐작했다.

그사이 동천몽은 조금씩 멀어지고 있었다. 뛰다 걷다를 반복했는데 무척 힘이 들어 보였다.

"외눈박이, 조심해라."

"물건 큰 놈치고 센 놈 못 봤다."

혈부림 무사들이 달려들었고 일목의 신형이 떠올랐다.

"헉!"

혈부림 무사들이 올려다보며 놀랐다. 밑에서 쳐다보는 일목의 물건은 더욱 커 보였기 때문이다.

콰아아아!

독수리가 병아리를 채듯 일목은 자신의 하체를 보며 경악을 금치 못하는 혈부림 무사들을 향해 검을 쓸어갔다.

고수들끼리 싸움에서 백지 한 장의 차이는 크다. 그리고 그런 한 장의 차이가 생사를 결한다. 아무리 일목의 상징에 신경을 쓰지 않으려고 해도 자신도 모르게 시선이 간다. 그것은 누구나 피할 수 없는 남자의 본능이자 시샘이었고 그래서 수적으로 훨씬 우세한데도 십여 초 동안은 일목에게 계속 밀렸고 끝내 사망자까지 발생하고야 말았다.

"이 쳐 죽일 놈들아, 모두 정신을 어디다 놓고 싸우느냐? 똑바로 하지 못하겠느냐?"

공원이 욕설을 내뱉었다.

달이 떠올랐다. 구름이 떠 있어 세상이 밝아졌다 어두워졌다를 반복했다. 말로만 들었을 뿐, 한 번도 가보지 않은 천포지각이다. 단지 어디에 있다는 것만 알고 있었기 때문에 어림잡아 걸어가고 있었다.

일목과 헤어진 지 두 시진이 조금 넘었다. 아직까지 적의 추격이 없는 것을 보면 일목의 꽤 오랫동안 그들을 막아주고 있는 것이다. 하지만 이 정도 오래 막고 있으려면 상당한 부상을 각오해야 할 것이었다.

사람에게는 직감이라는 것이 있다. 그것은 동물적인 감각이며 거의가 맞아떨어진다. 처음 무공방 승려들 살해 사건을 접했을 동천몽이 느낀 것은 불길함이었다.

마치 자신을 끌어들이기 위한 모종의 함정이라는 낌새를 털어버릴 수가 없었다. 그런 느낌이 들었던 첫째 이유는 그들이 운반해 오던 경전이었다. 그들은 해마다 천축을 방문하여 부처님의 설법이 담긴 중요한 경전을 빌려오고 되돌려준다. 이번에 그들이 가져오는 경전은 과물해동경이라는 것으로, 부처님께서 직접 자신의 말을 목각으로 남겼다는 경전인데 포달랍궁에게는 중요하지만 무림인들에게나 산적들에게는 전혀 가치가 없는 것이었다.

또한 무공방 승려들이 무예를 모르고 그들의 철저히 구도자적 삶과 정신을 갖고 있다는 것을 알 만한 사람은 다 알기 때문에 누구도 그들에게 칼 따위를 겨누거나 공격성을 나타내지 않는다. 그들의 청빈성과 안심입명(安心立命)에 대한 길은 만인으로부터 공경의 대상이다.

함정이라는 것을 알면서도 제자들의 죽음을 모른 체할 수는 없었다. 문제는 함정이라면 어떤 종류의 것일까였다. 자신을 존불사로 끌어들인 후 많은 고수들을 불러 포위하는 방법일지, 아니면 어떤 기관이나 진법을 설치해 놓고 걸려들기를 기다릴지 등 별 가능성을 다 추려보았다. 동천몽이 생각해 낸 함정의 방법은 무려 서른 가지였는데, 무상탄독의 함정이 기다릴 것이라고는 전혀 예상하지 못했다. 예상하지 못한 방법이었기 때문에 더욱 완벽히 당한 것이었다.

문득 눈앞으로 백쾌섬의 아름다운 얼굴이 떠올랐다.

아버지는 장사꾼이었다. 그러다 보니 어려서부터 부친의 일거수일투족을 관찰하다시피 보며 성장했다. 그중 자신의 눈에 비친 두드러진 특징 중 첫째는 인정사정없다는 것이다. 거래 직전까지는 심사숙고하지만 일단 거래가 이뤄지면 뒤는 돌아보지 않는다. 또한 상대의 어떤 사정도 봐주지 않는다. 아무리 울고불고 사정해도 외면하고 당신의 이익을 철저히 챙긴다.

두 번째는 불신(不信)이었다. 절대 아버지는 상대를 믿지 않는다. 설혹 거래 상대자가 먼 친척이라고 해도 믿지 않는다. 장사꾼에게는 친구란 없고 오로지 적만 있다는 것이 부친의 설명이었다. 장사꾼에게 친구란 오로지 사기꾼일 뿐이며 세상은 적만 있다는 극단적인 사고를 지녔다.

그런 영향 탓인지 동천몽은 사람을 잘 믿지 않는다. 어쩌면 부친에게 배웠다기보다는 닮았다고 보는 것이 정확할지도 몰랐다. 아버지께서 한때 자신을 귀여워했던 것은 당신을 가장 많이 닮았기 때문이다.

그래서 처음 백쾌섬을 만났을 때 느낌이라는 것이 그다지 즐겁지 못했다. 마치 숙명적인 어떤 적수를 만난 듯한 느낌이 들었고, 그래서 그에게는 단 한마디의 가슴에 담긴 말도 꺼내 놓지 않았다. 의례적인 대화 말고는 심도있는 얘기는 피했다.

그리고 나름대로 무미 선사를 시켜 그의 뒤를 추적도록 했다.

그런데 추적에 나선 무미 선사가 가져온 정보라는 것이 누구라도 알고 있는 천하제일현상금 추적자라는 것뿐이었다. 동천몽이 판단하기에 그것은 대내외적인 신분일 뿐이었다. 현상금 추적자라는 신분 안에 또 하나의 어떤 것을 감추고 있다는 것이 백쾌섬에 대한 동천몽의 느낌이었다.

그런데 이렇게 우려는 현실로 나타나고 말았다. 어쩌면 자신의 철저함이 오히려 그에게 빌미를 제공해 주었는지도 몰랐다. 지난 몇 개월 같이 있으면서 백쾌섬은 자신의 모습을 많이 보아왔다. 그중 천장금왕의 반란을 진압하는 것이나 뢰음사를 이용해 자신을 죽이려고 했던 동천비의 야욕을 진압한 것 등을 통해 자신의 뛰어남을 가장 가까이서 보고 만 것이다. 결국 두려움을 느낀 그가 이렇게 칼을 뽑아 들고 만 것이다. 다시 말하면, 이번 사건은 자신이 자초한 화라고 해도 과언이 아니었다.

척!

부지런히 산길을 걸어가던 동천몽의 발걸음이 세워졌다.

때마침 달이 구름 속을 벗어나 주위를 비추었는데 앞을 가로막고 선 사람은 한 자루 검을 든 잿빛 승포의 인물이었다.

혈부림의 림주인 공원이었다.

동천몽의 표정이 굳어졌다. 공원은 부상을 입은 듯 옷자락 여기저기가 찢어져 있었다.

어쨌든 그가 이곳에 나타났다는 것은 일목의 방어가 무너졌다는 뜻으로 봐야 했으므로 가슴이 아파왔다. 자신을 위해 싸우다 죽은 것이다.

동천몽은 내심 길게 한숨을 쉬었다. 단 한 번도 일목에게 따뜻하게 대해준 적 기억이 없었다. 걸핏하면 무식하다고 타박을 했고 손찌검을 했다. 심지어 자신의 감정의 기복에 따라 분풀이 상대가 되기도 했으며 돌이켜 보면 마음을 다해 거두어본 적이 없었다.

그래도 일목은 자신을 존경했다. 그것은 가식이 아니라 진심에서 우러난 존경이었다. 만경의 사주를 받아 적지 않은 포달랍궁 제자들의 목숨을 거둔 자신의 죄를 간단히 사하고 놓아준 동천몽의 배려에 완전히 감동받은 것이다. 물론 그런 일련의 조치는 고도로 치밀하게 세운 동천몽의 잔머리였다. 하지만 어쨌든 그는 동천몽을 그때부터 진심으로 받들고 충성을 다했다.

"죽었느냐?"

그래도 직접 듣고 싶었다. 마음속으로는 절대 죽지 않았다는 말이 공원의 입에서 나오길 기대했다.

"아니오. 최소한 내가 그 자리를 벗어날 때까지는 살아 있었소. 하지만 지금쯤은 죽었을 것이오. 어쨌든 대단한 수하임은 분명했소. 무려 이십여 명에 가까운 내 수하들이 그의 손에 죽었으니."

"일목!"

동천몽은 나직이 이름을 불러보았다.

왜 사람은 곁에 있을 때 잘해주지 못할까. 그것은 부친도 마찬가지였다. 곁에 있을 때는 마음으로 받아주지 못하고 떠나고 난 뒤에 항상 잘해주지 못한 것에 대해 후회를 했는데, 자신도 그러했다. 이런 일이 생길 줄 알았다면 좀 더 잘해주었을 것이라는 어리석은 후회가 더욱 가슴을 짓눌렀다.

"어쨌든 그대가 일목이 친 방어선을 벗어날 때까지는 살아 있었다는 얘기 아니냐? 그건 곧 그의 죽음을 직접 확인한 건 아니라는 뜻이고?"

"물론 그렇습니다. 하지만 설마 살아 있으리라고 생각하시지는 않겠지요."

희망이 생겼다. 죽음이란 목격하지 않는 한 장담할 수 없는 신기한 것이었다. 죽은 사람도 살아나고 살아 있는 사람도 돌아서면 죽는 것이 생사의 오묘한 모습이었다. 동천몽은 일목이 부디 살아 있기를 진심으로 마음으로 빌었다.

"대법왕님의 몸은 지금 정상이 아닐 것이오."

"그렇다."

"무상탄독의 폭발에 죽지 않았다는 것만 해도 전설이오. 하지만 생명은 건졌으나 몸 상태는 보통 사람보다 못할 것이오. 더구나 차력지주를 펼쳤으니 마지막 남은 진기까지도 소모했을 것이오."

"너무 정확히 알고 있구나."

"고통없이 죽여주겠소."

"고맙다."

공원이 다가왔다.

다가오는 공원의 발자국 소리가 고요한 산속이어서인지 유난히 크게 들렸다.

동천몽은 다가오는 공원에게서 시선을 떼지 않았다. 공원 역시 동천몽에게 시선을 고정한 채 다가오고 있었다.

척!

공원이 삼 장의 거리를 두고 서며 검을 쥔 손으로 포권을 취했다.

"영광입니다. 대법왕님의 삶의 종지부를 저 같은 미천한 인간이 찍을 수 있게 되다니, 가슴이 떨리옵니다."

피식!

동천몽이 실소를 터뜨렸다.

"그 새끼 더럽게 뽀대 잡네. 죽이려거든 빨리 죽여, 새끼야!"

스으으!

공원이 늘어뜨리고 있던 검을 서서히 들어 올렸다.

팟!

그때 공원의 뒤쪽을 보며 동천몽이 눈을 빛냈다.

그것은 누가 봐도 공원의 뒤쪽에 사람이 나타났음을 증거하는 행동이었다.

아주 짧은 순간의 변화였지만 공원 같은 절정의 고수가 그것을 놓칠 리 만무했다. 아무런 기척이 없는 것을 보아 고수이다. 동천몽은 거의 허수아비 상태이므로 등 뒤로 접근해 오는 자를 신경 써야 한다.

획!

공원이 돌아섰는데, 그건 돌이킬 수 없는 실수였다.

공원이 돌아서는 순간 동천몽이 전력을 다해 도약했다. 단한 번의 기회였다. 이걸 놓치면 모든 게 끝장이라는 생각에 초인적인 능력을 발휘했고, 공원이 속았다는 것을 느끼고 돌아섰을 때 그의 허리는 동천몽의 양팔에 끼어 있었다.

쫘당!

동천몽의 밀치는 힘에 공원은 뒤로 자빠졌다.

허리를 끌어안았던 동천몽의 양손이 빠르게 풀리며 공원의 양 손목을 굳세게 거머쥐었다. 그와 동시에 공원의 가랑이 사이로 발을 집어넣어 완전하게 옭아맸다.

第六章
절대무적 형님지계

　공원은 아무리 빠져나오려고 했지만 필사적으로 끌어안고
있는 동천몽의 손아귀와 얽힌 다리를 빼낼 수는 없었다.
　빠악!
　마침내 일두사가 터졌다.
　눈앞에 별이 보였다. 빨간 별, 흰 별, 검정 별, 공원은 검정
별이 있다는 것도 오늘 처음 알았다.
　빡— 빠바박!
　동천몽의 머리가 공원의 안면에 무자비하게 틀어박혔다.
그에 반해 공원은 어떻게 해서라도 동천몽의 양손에 잡힌 손
을 빼내려고 안간힘을 다했다.

놓치면 죽는다. 어차피 힘에서 상대가 되지 않기 때문에 오래 끌수록 결국 자신의 손을 빠져나올 것이다. 그 이전에 보내야 했으므로 동천몽은 더욱 미친 듯 머리를 박았다.

뻑!

퍼— 어억!

소낙비가 쏟아지듯 동천몽은 숨도 쉬지 않고 박아댔다.

공원의 얼굴은 순식간에 피로 범벅이 되었다. 가장 먼저 코뼈가 깨져 나갔다.

꽈직!

뒤이어 이빨이 부서졌고 오른쪽 눈이 파괴되었다. 하지만 동천몽의 박는 속도는 갈수록 빨라졌다.

바바바박!

형체를 알아볼 수 없을 만큼 공원의 얼굴이 처참하게 뭉개졌다. 그리고 저항은 갈수록 약해졌다. 얼굴이 깨지며 고통과 출혈과다로 몸의 진기가 점점 소멸된 것이다.

콱!

콰아악!

동천몽의 머리 또한 공원의 얼굴에서 묻은 피로 붉게 색칠되었다. 입에서는 거친 숨소리가 흘러나왔지만 공격은 멈출 기미를 보이지 않았다.

툭!

급기야 공원의 오른손에 쥐어져 있던 검이 떨어졌다. 그리고 저항력이 갈수록 약화되었다. 반면 동천몽의 공격은 갈수록 기세를 떨어갔다.

상대가 약세를 보이면 반대로 이쪽은 더욱 힘을 내는 법이다. 보낼 수 있다는 자신감이 들자 동천몽은 더욱 마지막 힘을 쏟아 박았다.

뻐― 어억!

공원의 얼굴이 완전히 함몰되었고, 급기야 끄르륵 소리를 내더니 축 늘어졌다.

하지만 동천몽은 멈추지 않았다. 강호 경험은 풍부하지 않지만 싸움 경험은 누구 못지않았다. 죽은 척, 기절한 척 늘어졌다가 방심하는 사이 반격을 당한 쓰라린 기억이 적지 않았다.

동천몽은 축 늘어진 공원의 얼굴을 더욱 박았다.

피와 살점과 뼛조각이 사방으로 튕겨 나갔다.

퍼퍼퍼!

공원은 죽은 듯 아무런 반항을 하지 않았지만 동천몽은 마지막 힘을 다해 일두사를 펼쳤고 목을 높이 들어 쐐기를 박듯 내리찍었다.

꽈아앙!

부르르!

워낙 강력했는지 공원의 몸이 벼락을 맞은 듯 극심한 경련을 일으켰다.

"학― 하하학!"

여자의 배 위에 올라간 남자처럼 동천몽이 팔을 펴고 상체를 세웠다. 동천몽의 얼굴에서 피가 떨어져 내렸는데 물론 공원의 피였다.

뚝뚝!

혹시 공원이 사기를 칠지도 모른다는 생각이 다시 들었고 한 번 더 박았다.

퍽!

아무런 반응이 없었고 그제야 동천몽이 공원의 배 위에서 내려왔다. 벌렁 풀밭으로 쓰러진 동천몽이 입을 벌리고 뜨거운 숨을 몰아쉬었다.

잠시 후 숨이 진정되자 동천몽은 몸을 일으켰다. 쓰러져 있는 공원의 흑의를 잡아당겨 얼굴을 닦았다. 얼굴에 묻은 피를 대충 닦은 동천몽이 주위를 둘러보더니 머리통만 한 바위를 들어 올렸다.

아직 숨이 끊어진 것은 아니었다.

들어 올린 바위로 인정사정없이 내리찍었다.

꽈지직!

풀썩!

공원의 몸이 커다란 경련을 일으키더니 잠잠해졌다. 완전히 숨이 끊어진 것이다.

"아미타불! 아직까지 형님지계에 안 넘어간 놈 못 봤느니라."

나름대로 흡족한 미소를 짓던 동천몽이 옆에 있는 납작한 바위에 털썩 주저앉았다.

"그만 나오시오. 답답할 텐데."

동천몽이 조용한 숲 속을 향해 말했다.

하지만 숲으로부터는 아무런 응답이 없었다. 그러자 동천몽이 목청을 가다듬더니 다시 말했다.

"언제까지 숨어서 지켜볼 셈이오? 이쯤 됐으면 그만 나타나도 될 것 같은데?"

달이 다시 구름 속으로 들어가면서 숲은 어둠 속에 묻혔고 여전히 정적에 싸여 있었다. 하지만 동천몽은 입가에 가느다란 미소를 머금으며 가만 앉아 있었다.

처벅! 처벅!

돌연 조용하던 숲 속에서 발자국 소리가 들려왔다. 너무 어두워 아직 모습이 드러나지는 않았지만 그것은 틀림없는 사람의 발자국 소리였다.

동천몽이 좌측 숲을 보며 환한 표정으로 웃음을 지었다. 어둠과 대비되는 하얀 물체가 모습을 드러냈다. 마치 유령이 다가오는 것처럼 백의를 걸친 인영이 거리를 좁혀오는 것을 동천몽은 시선을 고정시켜 보았다.

다시 달빛이 드러났고 다가오는 백영의 정체가 드러났다. 그는 놀랍게도 백쾌섬이었다. 여전히 깨끗한 백의에 오늘따라 양쪽 귀에 매달린 귀고리가 밝은 빛을 뿌렸다.

가까이 다가온 백쾌섬이 죽어 있는 공원을 내려다보며 검미를 찌푸렸다. 가까이서 본 공원의 얼굴은 완전히 뭉개져 있어 도저히 사람이라고는 볼 수 없었다.

"완전히 회를 쳐놨군요?"

동천몽을 돌아보며 웃었다.

"내게 별로 할 말 없을 텐데, 곧바로 시작합시다."

그러면서 동천몽이 일어섰다.

적당한 거리를 두고 싸움 자세를 취하는 동천몽을 보며 백쾌섬이 이마를 찡그렸다.

"대법왕께서는 어떻게 내가 근처에 있는지 알았습니까?"

"내력도 바닥이고 능력이라고 해봤자 보통 사람만 못하는데 백 형 같은 고수가 숨어 있는 것을 무슨 수로 알았느냐고 묻는 거군?"

"그렇습니다."

"꼭 감각으로 확인되어야만 알 수 있는 건 아니지."

"딱 보면 알 수 있다는 얘기군요?"

"백 형이 꾸민 일이오. 그러니 당연히 결과가 궁금할 것 아니오? 결과를 알자면 당연히 돌아가는 상황을 지켜봐야 할 것 아니오?"

백쾌섬의 표정이 변했다.

동천몽의 말은 한 치의 어긋남이 없었다. 지금까지 쭈욱 암중에서 돌아가는 상황을 지켜보고 있었다. 그런데 동천몽은 자신의 그 모든 것을 계산에 넣고 있었던 것이다.

"이제 왜 내가 대법왕을 죽이려고 하는지 알겠습니까? 바로 그것 때문입니다. 보지 않고 들리지도 않고 느껴지지도 않는데 모든 것을 훤히 꿰뚫어 보고 있는 그 불가사의한 능력이 화를 부른 것입니다."

동천몽은 여전히 웃음을 그치지 않았다.

"이왕 이렇게 얘기가 나왔으니 백 형 입으로 시원하게 드러내 놓는 게 어떻겠소?"

"얘기 못할 것도 없지요."

백쾌섬이 맞은편 바위에 걸터앉았다.

"알겠지만 천상각은 중원에서 가장 돈이 많습니다. 예전과 달리 이제 패업 천하를 힘으로 이룰 수 있는 시대는 갔습니다. 힘보다는 황금이 위력을 발휘하는 시대가 도래한 것이지요. 물론 힘도 중요합니다. 그러나 금전이야말로 어쩌면 무력보다 더 위력을 발휘한다는 것을 깨달은 것입니다. 그 한 예가 바로 무림맹이지요. 사실 무림맹이 지난 수백 년간 천하를 지배해 올 수 있었던 것은 바로 천상각에서 지원되는 엄청난 자금의 힘이라고 생각합니다."

동천몽의 눈이 반짝 빛을 뿌렸다.

그것은 백쾌섬의 말에 동의한다는 의미였다.

"물론 천상각에서 지원된 형식이지만 알고 보면 갈취에 가까웠다는 것이 본인의 생각입니다. 어쨌든 천상각을 끼지 않고서는 어떤 일도 할 수 없다는 것이 우리가 내린 결정입니다."

"우리라 함은 목와북천을 말하는 것이오?"

"그렇습니다. 짐작했겠지만 본인은 목와북천의 천주이자 흑도대종사입니다."

짐작은 했지만 본인의 입을 통해 확인이 되자 동천몽의 눈빛이 변했다. 무림맹 하나도 벅찬데 목와북천까지 천상각을 탐내고 있는 것이었다.

"내 수하 중 눈이 세 개인 인물이 있습니다. 삼천목이라고 하여 그들은 신의 두뇌를 갖고 태어난다고 합니다. 한데 어느 날 그가 날 찾아와 간청하기를 천상각과 관계를 맺으려면 무슨 수를 써서라도 동천몽을 찾아야 한다는 것이었습니다."

"날 찾아주고 그 인연으로 우리 아버지의 신임을 얻겠다?"

"그것뿐만 아니라 할 수 있다면 동천몽이 차기 각주가 될 수 있도록 해줘야 한다고 했소이다."

동천몽이 웃음을 지었다.

"계속 말해보도록."

"그래서 우린 천상각에 대해 철저히 조사했습니다. 동천몽에 대해서도 완벽하게 알아보았습니다. 그는 소문대로 가망 없는 버려진 아이였지요. 그런데 삼천목은 동오룡의 의중에는 동천몽이 있으니 반드시 그를 찾아야 한다는 것입니다. 난 믿을 수가 없었지만 워낙 그의 능력을 신뢰하기 때문에 따랐지요."

"……."

"아닌 게 아니라 동오룡의 동천몽에 대한 애정은 상상을 넘어섰습니다. 날 앉혀놓고 말하는데 그의 두 눈은 열정적이었고 찾고자 하는 마음이 간절했습니다. 단순히 자식에 대한 사랑만은 아니었다는 얘기지요. 그만큼 동천몽의 자질을 높이 평가한다는 의미 아니겠습니까?"

백쾌섬은 조용한 눈빛으로 동천몽을 보았다. 워낙 영리하고 계산이 빠르다는 것을 겪었기 때문에 무력이 거의 상실되었지만 방심할 수가 없었다.

동천몽이 말했다.

"그래서 동천몽을 찾았나?"

"반밖에 찾지 못했습니다."

"반밖에 찾지 못하다니, 그건 또 무슨 말인가?"

"반은 내 앞에 있는 대법왕께서 동천몽이라고 생각하는 것이고……."

"한편으로는 아닌 것 같기도 한다는 얘기군?"

"너무 뛰어납니다, 상상을 초월할 만큼. 천상각의 동천몽은 비록 장사꾼적인 자질이 뛰어나 부친으로부터 신임을 얻었는지 모르지만 대법왕과는 절대 비교가 될 수 없다는 것이 내 생각입니다. 강호가 온갖 기인이사들이 북적이는 곳이긴 하지만 동천몽과 대법왕과는 너무나 많은 차이가 있습니다.

다만 내가 대법왕을 죽이려고 하는 것은 앞서 언급했듯 너무 두렵기 때문입니다. 곁에서 지켜본 대법왕은 솔직히 내가 상대하기에는 너무 벅찰 만큼, 말 그대로 전지전능하다고 해도 과언이 아니었습니다.”

“흐흐흐! 고맙군.”

“이해하십시오. 살려두기에는 너무 두려워 이런 일을 꾸몄습니다. 효웅이란 끌어들이지 못할 인물은 죽여 없애는 것 아니던가요?”

동천몽이 눈을 크게 떴다.

“백 형, 입은 비뚤어져도 말은 바로 하라고 했소. 난 아직까지 단 한 번도 백 형으로부터 우리 손잡고 같이 일해보자는 말을 들어보지 못했소이다.”

“하오시면 소생과 같이 일할 의향이 있으십니까?”

“있고 말고, 당연히 있지요. 우리 손잡읍시다. 백 형과 잡고 싶어 미치겠소이다.”

백쾌섬이 눈을 크게 떴다.

정말로 손을 잡고 싶다는 표정이었다.

“역시 대단하십니다. 이 와중에도 농담을 하시다니.”

동천몽이 버럭 화를 냈다.

“백 형, 사람의 진심을 농담으로 매도하다니 너무하오. 난 지금 심각하게 제의하는 건데 말이오. 손잡자니까요. 우리 군세게 잡읍시다.”

"소생은 영웅이 아닙니다. 하지만 효웅의 그릇은 된다고 생각합니다. 효웅은 아무 때나 손을 잡지 않습니다."

백쾌섬은 스스로를 효웅이라 칭하고 있었다.

동천몽은 속으로 생각했다. 어쩌면 백쾌섬이야말로 진정 효웅일지 모른다.

백쾌섬이 일어났다.

"내가 생각하기에 대법왕께서는 이미 쓸 팻감은 모두 사용했을 것입니다. 조금 전 공원을 죽인 형님지계는 가히 압권이라 할 만한 멋진 반전이었습니다."

히죽!

동천몽이 짓궂게 웃었다.

마치 그럴까? 하는 반문인 듯했다.

"아무리 그런 표정 지어봤자 소생에게는 통하지 않습니다. 있는 척하지 마십시오. 대법왕님답지 않으십니다."

백쾌섬의 말마따나 이제야말로 사용할 수 있는 팻감은 거의 소모되었다. 그러나 동천몽은 불안해하거나 초조한 기색이 없었다. 그리고 입가에 점잖은 미소를 다시 머금었다.

흠칫!

백쾌섬이 눈을 빛냈다. 자신을 바라보고 짓는 동천몽의 미소는 지금까지의 것과 달랐다. 대웅전을 장악하고 내려다보는 세존의 표정과 하나도 다르지 않았다. 자신 앞에 서 있는 사람이 동천몽이 아니라 석가세존인 듯했다.

'아아!'

백쾌섬은 자신도 모르게 속으로 신음을 흘렸다.

동천몽을 죽이려는 살심이 그 미소를 보는 순간 눈 녹듯 없어지고 있었기 때문이다.

백쾌섬이 흔들리는 마음을 다잡기 위해 진기를 끌어올렸다. 그러자 잠시 얇아졌던 살심이 다시 두꺼워진다. 그리고 가급적 동천몽의 얼굴을 정면으로 쳐다보지 않기로 했다.

스윽!

백쾌섬이 오른손이 왼쪽 옆구리에 매달린 검의 손잡이를 슬며시 쥐었다.

티없이 깨끗한 흰옷을 입고 뇌전보다 빠른 검을 사용한다고 해서 붙여진 백쾌섬이란 별호이자 이름.

그의 손에 죽은 대부분이 검이 뽑힌 것도 보지 못한다고 했다.

동천몽은 우두커니 섰다.

그것은 얼른 베라는 재촉과도 같았다.

"부디 극락왕생하시길."

번쩍!

한줄기 섬광이 백쾌섬의 옆구리에서 터져 나왔고, 순간 번개가 친 듯 숲 속이 환해졌다. 하지만 잠시 잠깐이었을 뿐, 은빛 섬광은 어느새 사라졌고 숲 속은 다시 어둠에 묻혔다.

동천몽은 옆구리가 벌레에 물린 듯 따끔한 느낌을 받았다.

하지만 이 밤중에 벌레가 날아와 물었을 리는 없다. 더구나
이 지역은 한여름이라고 해도 온도가 그다지 높지 않았다.

그것은 백쾌섬의 검이 베고 간 흔적이었다.

"역시, 명불허전이로군!"

진심으로 감탄한 목소리였다.

지금까지 싸워본 그 어떤 검보다 깔끔하고 빨랐다.

휘청!

동천몽의 신형이 휘청거렸다. 그리고 갑자기 호흡이 거칠
어졌다.

"하… 하학!"

왼손이 오른쪽 옆구리를 감쌌는데 무척 고통스러운 표정
이었다. 하지만 피는 흘러나오지 않았다. 걸병광우철포공 탓
이다. 그러나 그 안쪽 몸속은 상상을 벗어나는 상처를 입었을
것이다.

동천몽의 입가에 맺힌 미소는 지워지지 않았다. 마지막까
지도 미소를 잃지 않았고 천천히 앞으로 넘어졌다.

쿠웅!

얼굴을 지면에 대고 앞으로 엎어졌다.

더 이상 움직임이 없다. 하지만 백쾌섬은 다시 검을 쳐들었
다.

"나 백쾌섬의 검이 한 사람에게 두 번 휘둘러지기는 대법
왕께서 처음이자 마지막이 될 것이오."

아직까지 누구에게도 검을 두 번 휘둘러 본 적이 없었다. 그만큼 무공이 강했기 때문이기도 했지만 워낙 빨라 피한 사람이 없었고 정확히 급소를 가격했기 때문에 모두가 정확히 일검에 절명했다.

그러나 상대는 자신이 태어나 처음으로 두려움을 느낀 동천몽이었다.

"혹시 기억하시오? 흑수당을 오던 도중 뇌음칠혈과 싸울 때 내게 했던 얘기 말이오. 당시 대법왕께서는 이렇게 말씀하셨소. 환상루에서도 그랬고, 어떻게 내가 싸움을 하는 곳에는 묘하게 백 형이 있다고 말이오. 그러면서 이러다 나중에 나와 백 형이 싸우게 되는 것 아니오? 라고."

엎어진 동천몽으로부터는 아무런 응답이 없었다. 그러나 백쾌섬은 말을 이었다.

"그 말을 듣는 순간 얼마나 놀란 줄 아시오. 대법왕께서는 농담이라고 웃어넘겼지만 난 그때 확신했소. 대법왕을 죽이지 않고서는 나의 어떤 꿈도 이룰 수 없다는 것을 말이오. 대법왕께서는 그때, 아니, 어쩌면 처음 날 만난 환상루에서부터 내 정체를 알았는지도 모르겠소."

취익!

또다시 주위의 숲이 환해졌다가 암흑으로 잠겼다.

동천몽은 움직이지 않았고 피가 흘러나오지 않았기 때문에 어디를 검이 베었는지 알 수는 없었다. 하지만 백쾌섬의

입가에 만족스런 미소가 떠오르는 것을 보면 절명을 확인한
듯했다.

　백쾌섬은 자리를 떠나지 않았다. 한동안 우두커니 서서 쓰
러진 동천몽을 내려다보았다.

　"정말 두려웠소. 흑도대종사인 내가 대법왕님이 너무 두려
워 입맛까지 잃었다고 하면 믿겠소?"

　바로 그때 옷자락 펄럭이는 소리가 들리더니 장내에 한 흑
의인이 나타났다. 그런데 놀랍게도 흑의인은 눈은 세 개였다.
두 개의 눈 사이에 또 하나의 눈이 있었다.

　목와북천의 군사인 삼천목이었다. 그는 백쾌섬에게 정중
히 허리를 구부리더니 빠르게 말을 이었다.

　"흑수당 일은 실패했사옵니다."

　백쾌섬이 놀란 표정으로 쳐다보았다. 삼천목이 빠르게 그
간의 경과를 말했다.

　"포달랍궁에서 장악했단 말이냐?"

　"천룡구십구불이 들어와 있었사옵니다. 알다시피 천룡구십
구불은 포달랍궁의 정예, 혈부림의 남은 무사들을 가지고서는
그들을 어떻게 해볼 방법이 없었사옵니다. 뿐만 아니라……."

　"또 뭐냐?"

　"동천비가 사람을 보냈는데, 그 역시 실패로 끝났습니다."

　동천비가 자체적으로 끌어모은 낭인들의 힘은 무시 못할
정도였다. 더구나 아직까지 천상각은 무림맹과 손을 잡고 있

다. 비록 서로가 지금 극렬하게 돌아서고 있지만 만약 목와북천에서 천상각을 노리면 적의 적은 동지라고 했다. 무림맹은 급히 천상각으로 돌아설 것이다. 최소한 혹도로 천상각이 넘어가는 것을 막기 위해.

그러다 보면 무림맹과 정면충돌은 불가피하다. 하지만 아직 정면충돌의 때는 아니었으므로 차선책으로 자청단을 끌어들이려는 것이었다. 흑수당의 자금을 이용할 생각이었는데 동천몽이 한발 앞서 완벽하게 막아버린 것이다.

"대책은 뭐냐?"

"대책이란 없습니다."

"그게 무슨 말이냐?"

"지금 돌아가는 상황을 보면 무림맹에서는 절대 천상각을 가만두지 않을 것입니다."

"동천비를 징계할 것이란 얘기냐?"

"그렇게 되면 동천비가 선택할 수 있는 길은 하나뿐이옵니다."

팟!

백쾌섬의 눈이 빛을 뿌렸다. 삼천목의 의중을 간파한 것이었다.

언제 봐도 머리 하나만큼은 기가 막히게 돌아갔다.

삼천목이 동천몽을 내려다보았다. 그러더니 자신의 옆구리에 차고 있던 검을 뽑았다.

"뭐 하려는 것이냐?"

"정확할수록 나쁠 것 없지 않겠사옵니까?"

파아!

삼천목의 검이 또다시 동천몽의 몸을 할퀴었다.

동천몽의 몸은 미동도 하지 않고 완전히 숨이 끊어진 듯 축 늘어져 있었다.

두 사람은 곧바로 떠나지 않고 바닥에 엎어진 동천몽을 내려다보았고 백쾌섬이 혼잣말처럼 중얼거렸다.

"만약 당신이 죽지 않았다면 나는 물론이고 천하의 누구도 패권의 꿈은 접어야 할 것입니다. 내가 만난, 아니, 고금을 털어 당신처럼 뛰어난 사람은 아마 없었을 것입니다."

이제 남은 것은 무림맹과 동천비의 싸움이다. 패자는 동천비가 될 확률이 높았고 결국 그가 택할 수 있는 길이란 정해져 있었다. 이제 그가 찾아오기만을 기다리면 된다.

두 사람이 떠났다. 달빛이 구름 밖으로 얼굴을 내밀었고 사방이 뿌연 은색으로 빛난다.

동천몽은 꼼짝도 하지 않았다. 몸은 움직일 수 없지만 의식까지 끊어진 것은 아니었고 지면과 맞닿아 있는 그의 입술은 조금씩 움직이고 있었다.

"씨이… 바알."

누구를 향한 욕설이 아니었다. 오로지 상한 자존심에 대한 화풀이였다.

“큭큭!”

삼천목의 마지막 검이 치명타인 셈이었다. 백쾌섬에게 맞은 이검에는 어느 정도 움직일 수는 있을 것 같았다. 하지만 삼천목이 휘두른 마지막 검이 그나마 한 줌 남아 있는 의지까지 완전히 소멸시켜 버린 것이다.

돌아눕고 싶었지만 손끝도 까딱할 수가 없었다. 지금 자신에게 돌아눕는다는 것은 너무 힘들고 어려운 일이었다. 단지 유일한 것은 죽지 않고 살아 있다는 것이었다.

“크우우!”

아무리 힘을 써도 몸을 꼼짝하지 않았다.

목숨이 아까워서 살려고 하는 것이 아니었다. 자기 생명을 자기 뜻대로 하지 못하고 타인에 의해 제약당한다는 것이 기분 나쁠 뿐이었다.

사내라면 최소한 자기 목숨 정도는 스스로 조절할 줄 알아야 한다는 게 동천몽의 생각이었다. 어디 그뿐인가. 사내라면 죽을 때도 화려하게 죽어야 한다. 누구에게 얻어 터져 죽는다는 것은 자신의 인생관에는 절대 있을 수 없는 일이었다. 사내란 죽을 때 멋지게 죽어야 한다는 것이 어려서부터 확고한 의지였다.

그런 자신이 이런 텅 빈 산골짜기에서 짐승의 밥으로 사라진다는 것은 절대 안 될 일이었다. 설혹 짐승의 밥으로 사라진다 해도 여우나 삵쾡이 따위의 밥은 안 된다. 최소한 호랑이의 밥 정도는 되어야 그나마 체면이 선다.

“인생은 기세다.”

부친이 말했다. 거래를 할 때도 어깨를 쫙 펴고 상대를 제압하듯 당당해야 성공률이 높다고 했다. 어떤 어려움에 닥쳐도 흔들리지 말고 그럴 때일수록 더욱 호기를 부려야 한다. 웅크리며 소극적으로 나가면 그 거래는 불을 보듯 실패다. 실패할 때 하더라도 눈 크게 뜨고 어깨에 힘을 잔뜩 실어야 상대가 꺾인다고 부친은 말했다.

그렇게 부친의 가르침에 충실해서 얻은 자리가 소주 형천파 두목 자리였다. 자신의 허세에 나가떨어지지 않은 자들이 없었다. 대여섯 살 위의 형들도, 오래전부터 소주 홍등가를 주름잡고 있던 패거리들도 자신의 그런 다부진 기세에 완전히 백기투항했다.

“끄우욱!”

다시 한 번 돌아눕기 위해 시도했지만 몸은 미동도 하지 않는다. 동천몽은 돌아눕기를 포기했다. 되지 않는 일에 신경 쓰느니 한 줌 힘이라도 아껴두었다가 어떤 기회가 오면 사용해야 했다. 물론 기회란 사람에게 구함을 받는 것이었다.

다행히 민가와 멀리 떨어져 있지 않은 산속이었다. 아침이 되면 약초나 나물 따위를 캐기 위해 산을 오르는 사람이 있을 지도 모르고 운이 좋으면 발견될 수도 있었다.

"푸훗!"

자꾸 웃음이 흘러나왔다. 스스로는 아무것도 할 수 없고 오로지 남의 손을 기다려야 하는 자신의 운명이 비참했다. 그리고 그것은 백쾌섬에 대한 분노로 이어졌다.

'백쾌섬이라고 했던가. 결코 널 편히 죽이지는 않을 것이다. 믿어도 좋다.'

땅바닥으로부터 냉기가 얼굴을 타고 들어왔다. 시간이 흐를수록 냉기는 얼굴을 얼릴 듯 차가웠다.

얼굴이라도 돌릴 수 있으면 좋겠다는 생각을 했지만 마음뿐이었고 그렇게 아침이 밝아오고 있었다.

먼동이 밝아오면서 이곳저곳에서 산새들의 노랫소리가 들려오기 시작했다.

동천몽은 전혀 움직임이 없었다. 그렇다고 아직 목숨이 끊어진 것은 아니었다. 다만 갈수록 의식까지 멀어져 가고 있었다. 얼굴은 지면에서 올라온 냉기로 완전히 얼어버렸고 몸의 체온은 떨어져 갔다. 숲이 우거져 해가 떠올라도 얼어가는 몸이 녹을지는 장담할 수 없었다.

불사심법은 심장이 밖으로 꺼내지지 않는 한 죽지 않는다고 했다. 하지만 아직 완전한 성취를 이루지 못했기 때문에 이런 식으로 시간이 흐르면 죽을 수도 있다. 완전한 성취를 이루면 스스로 운기가 가능하고 몸을 회복한다.

아무튼 동천몽은 혼신의 힘을 다해 입술을 움직이기 시작
했다. 말을 하고 입술을 움직이면서 얼굴이 얼어가는 속도를
더디게 하려는 것이었다.

"씨… 씨이벌!"

욕을 내뱉었다. 물론 가까이 있는 사람도 듣지 못할 만큼
작은 소리였지만 어쨌든 자신도 모르게 욕이 나온 것이었다.
동천완을 제외한 세 명의 형제가 하루 이틀도 아니고 무려 십
육 년이란 긴 시간 동안 자신을 죽이려고 했다. 음식에 독을
넣기도 했고 자객들을 보내기도 했으며 원행을 떠난 자신의
상단을 산적을 시켜 공격토록 했다. 갖은 방법을 다해 죽이려
고 했지만 끝내 살아남은 자신이다. 그런 자신이 백쾌섬 같은
조무래기에게 당했다고 생각하자 피가 거꾸로 솟는 것 같았
다.

"크후후후!"

그것은 차라리 살기였다.

그런데 바로 그때 여인의 비명 소리가 들려왔다.

"여… 여보, 여기!"

동천몽의 꺼져 가는 의식이 곤두섰다.

틀림없는 사람의 목소리였다. 부부로 보이는 두 명의 남녀
가 옆구리에 약초를 담는 망태기를 매고 경악의 표정을 짓고
있었다. 그들의 시선이 닿은 곳에는 공원의 시신이 있었는데
형체를 알아볼 수 없을 만큼 짓이겨진 얼굴을 보며 부부는 침

을 삼켰다.

"그… 그만 갑시다, 여보."

주위 숲들이 완전히 망가진 것이 누군가와 큰 싸움을 하다 당한 것이 분명했다.

"네, 여보."

부부가 시신을 피해 오른쪽으로 돌아 길을 갔다. 공원의 시신이 길을 떡 막고 있었기 때문이다.

"악!"

다시 몇 걸음 가자마자 부인이 또다시 비명을 질렀다.

이번에 발견한 시신은 동천몽이었다.

앞서 발견한 시신과 다르게 일단 외형은 깨끗했다. 단지 엎어져 있어 얼굴을 볼 수는 없었다.

"젠장! 아침부터 시체를 보면 재수가 없는데 한 구도 아닌 두 구를 봤으니 오늘 좋은 꼴 보기는 힘들 것 같소."

남편이 가래침을 뱉으며 부인의 손을 잡고 서둘러 지나쳤다.

툭!

서두르는 남편의 발길에 뭔가가 채였다.

"왜요?"

걸음을 세우는 남편을 보며 부인이 물었다.

"가만!"

남편이 허리를 구부려 발길에 채인 물건을 주웠다. 그것은 대법왕의 신분을 나타내는 백상불이었다.

　부르르!

　남편의 손이 떨렸고 여인이 백상불을 보며 경악했다.

　"그… 그것은 대법왕님의 신표인 백상불 아닌가요?"

　"어… 어떻게 백상불이……!"

　남편이 백상불을 앞뒤로 돌려가며 살폈다. 팔 년 전 처음으로 포달랍궁을 간 적이 있었다. 이 지역 사람들은 살아생전 포달랍궁을 찾아가 대법왕의 존안을 뵙는 것을 일생일대의 영광으로 생각한다. 그래서 어떤 이는 모든 가재도구를 팔아 몇 달 몇 년을 풍찬노숙하며 포달랍궁으로 순례의 길을 떠난다.

　포달랍궁으로 가는 길은 멀고도 험했다. 부인과 함께 무려 반년이란 시간을 고생하여 도착한 포달랍궁은 상상했던 것보다 훨씬 웅장하고 성스러웠다. 특히 산문을 들어서 대법왕이 거처하는 백궁 앞에 이르자 거대한 백상불이 놓여 있었다.

　백상불을 보는 순간 마치 대법왕을 뵌 것 같아서 얼마나 흥분했던가. 아직도 당시의 떨리고 감동스러웠던 느낌이 생생했다. 그런데 자신의 손에 당시 봤던 백상불이 있다.

　남편이 놀란 눈으로 엎어진 동천몽을 보았다. 겉으로 봐서는 도저히 대법왕임을 알아볼 수가 없었다. 듣자 하니 당시 자신들이 봤던 대법왕은 죽고 환생자가 새로 뒤를 이었다고 들었다.

　어쨌든 백상불을 갖고 있다는 것은 보통 일이 아니었다.

남편이 허리를 숙여 동천몽의 시신을 눕혔다.

털썩!

동천이 돌아눕혀지며 가사 한자락이 벗겨졌다. 그리고 아랫배에 흰 코끼리 형상이 드러났다.

"으… 으헉 저… 저건 대법왕님에게만 나타나는 표식!"

두 사람은 지체 않고 그 자리에 무릎을 꿇고 엎드렸다.

"대… 대법왕이시여, 소인 만강수가 인사 올리옵니다."

"천한 계집 오향숙이 대법왕님을 뵈옵니다."

두 사람은 고개를 쳐들지 못하고 땅바닥에 처박았다.

두 사람은 한동안 아무 말도 못하고 고개를 처박은 채 그렇게 엎드려 있었고, 동천몽은 온 힘을 다해 입을 달싹거렸다.

하지만 너무 작아 들리지 않자 만강수가 동천몽의 입 가까이에 귀를 대었다.

"나… 날 처… 천포지각으로."

하지만 알아듣지 못한 듯 만강수가 눈을 깜빡거리자 동천몽이 다시 중얼거렸다.

"처… 천포지각."

여전히 못 들었는지 함께 귀를 기울이고 있는 부인을 바라보았다.

"글쎄, 이년 귀에는 철포조… 지각이라고 하는 것 같은데요."

그러면서 부인의 얼굴이 빨개졌다.

팟!

남편의 눈이 커졌다.

"천포지각?"

"알아요?"

"그곳 아니오? 이곳에서 멀지 않은 곳에 있는 세존의 성지(聖地) 말이오."

"맞아요. 그곳으로 데려달라고 하시는 것 같아요."

"아주 많이 다친 듯한데 머뭇거릴 시간이 없소. 어서 내 등에 업히시오."

남편이 동천몽의 상체를 일으켜 세운 후 뒤로 돌아앉았고 부인이 뒤에서 힘껏 밀었다.

처척!

남편이 동천몽을 등에 업고 일어섰다.

"당신이 내 망태기와 호미를 챙겨 따라오시오."

남편이 동천몽을 업고 뛰었고 그 뒤를 두 개의 망태기와 호미를 든 부인이 따랐다. 뛰어가는 두 사람 위로 아침 해가 서서히 떠오르고 있었다.

누군가 마른침을 삼키는 소리가 들렸다. 벌써 한 시진이 다 되어가는데도 아무도 말을 하지 않았다. 모두가 침통한 얼굴로 앉아 있을 뿐이었다.

투툭!

천장금왕의 염주 굴리는 소리가 좀 더 커졌다. 마음이 그만큼 초조하다는 것을 반증하고 있었다. 대법왕이 실종되었다는 소식을 듣고 부랴부랴 흑수당으로 달려온 것이다.

저벅저벅!

발자국 소리가 들려오자 모두가 입구로 고개를 돌렸고 문이 열리며 덕배 선사가 들어섰다. 그의 표정은 딱딱하게 굳어 있었다.

"말해보게."

천장금왕이 염주 굴림을 멈추고 물었다.

덕배 선사가 조용히 말했다.

"대법왕님의 흔적을 전혀 찾지 못했사옵니다. 뿐만 아니라 존불사는 흑도 세력인 혈부림의 위장 총단이었습니다."

덕배 선사는 존불사의 사정을 자세히 말해주었다.

"그럴 수가!"

"아미타불! 그럼 대법왕님께서 운명을……."

"닥치시게."

천장금왕이 천검은왕을 노려보았다.

천검은왕이 흠칫하며 얼른 입을 다물었다. 마치 칼로 찌르는 것 같은 시선이었는데 천장금왕이 저토록 노한 모습은 처음 보았기 때문이었다.

"좀 더 자세히 말해보시게."

덕배 선사가 말했다.

"화산이 폭발한 듯한 거대한 분화구가 있었습니다. 조사 결과 무상탄독이 터졌음을 알아냈습니다. 하지만 어디에서도 대법왕님의 시신은 발견하지 못했습니다."

"그럼 살아 계시다."

천장금왕이 단호히 말했다.

수많은 시선이 어떻게 그것을 아느냐는 듯 일제히 돌아보았다.

"옥체가 발견되지 않았으면 무조건 살아 계신다. 대법왕님께서는 우리와 다르다는 것을 아직도 모르고들 있는가?"

그것은 믿음이었고 신뢰였다. 뿐만 아니라 동천몽에 대한 외경심이자 절대적인 숭배에 가까운 말이었다.

"장담하네. 대법왕님께서는 살아 계시네. 다만 그런 함정이었다면 옥체가 무척 불편하시겠지. 하지만 난 크게 걱정하지 않으시네. 그분은 이미 위험을 떠나기 전에 감지하셨다면 당하고 나서의 대책도 수립해 가셨을 터."

"저기."

그때까지 침묵으로 앉아 있던 자정경이 입을 열었다.

아름다운 자정경이 입을 열자 앞 다투어 모든 시선들이 쏠렸다.

"사실 사부님께서 떠나시기 전에 제자에게 이런 말씀을 하셨어요."

이미 동천몽이 자정경을 속가제자로 받아들였다는 사실은

알려졌고 모두가 인정하고 있었다.

"이번 길은 아무래도 길(吉)보다는 흉(凶)이 많을 것이라면서……."

"결국 알고서도 가셨다는 말씀이군. 하긴 그분께서는 누구보다도 제자들을 사랑하셨으니까. 얼마나 무공방 스님들의 죽음이 가슴 아팠으면 위험을 알고도 가셨단 말인가. 아미타불!"

천장금왕의 말에 장내가 갑자기 숙연해졌다.

자정경이 계속 말했다.

"그러시면서……."

"그러시면서 또 뭐라고 말씀하시었소?"

천검은왕이 급한 성격답게 다그치듯 물었다.

자정경이 천검은왕을 보며 말했다.

"집안을 튼튼히 해야 할 것이라고 했어요."

"집안?"

천검은왕이 주위를 둘러보았다.

"집안이라면 흑수당 아니오?"

천장금왕이 입을 열었다.

"자 낭자께서는 그런 말을 왜 이제야 하시오?"

"워낙 농담을 잘하시는 사부님이어서 그냥 제자 앞에서 잘난 척하시는 줄 알았어요."

"자… 잘난 척?"

“자 낭자, 말이 약간 심하오.”

천검은왕과 천권동왕이 표정을 굳혔다.

만약 다른 사람이 그렇게 말했다면 불똥이 튀어도 크게 튀었을 것이다.

“대법왕님께서 말씀하신 집안이란 본 궁일걸세. 당장 돌아가 혹시 생길지도 모를 비상사태를 대비해야겠네. 단, 천룡구십구불은 이곳에 남게. 흑수당을 지키는 일 또한 중요하니까?”

“예, 금왕님.”

“시간없네. 우린 즉시 궁으로 돌아가세.”

천장금왕이 자리에서 일어나 염주를 굴리며 걸어나갔다.

“패 죽일 놈, 아무리 열 길 물속은 알아도 한 길 사람 속은 모른다지만, 우리가 지놈에게 바친 식사가 몇 끼고 제공한 잠자리가 며칠인데 대법왕님을 노리다니.”

천검은왕이 이를 부드득 갈았는데 백쾌섬을 두고 한 얘기였다.

모두가 떠나고 넓은 회의실에 자추동과 자정경 두 사람만 남았다.

자추동이 불안한 얼굴로 서성거렸다.

어느덧 자추동의 가슴속에는 동천몽이라는 거대한 그림자가 깊숙이 자리 잡았다. 숨 막혔던 지난 두 달이었다. 만약 동천몽이 아니었다면 흑수당은 천상각 아니면 흑도무림으로 넘어갔을 것이다. 하지만 뭐니 뭐니 해도 가장 가슴 뜨거운 일은 동천몽이 함정인 줄 알면서도 와주었다는 것이다.

자신이 자리를 비우는 사이 뇌음사가 침공하고 앞길에 뇌음칠혈이란 가공할 고수들이 잠복해 있을 것이라는 것을 예견하고서도 길을 떠났다. 뇌음사가 흉수이니 걱정할 것 없다고 서찰로 알려주어도 될 일을 직접 나타났다는 것은 자신을 위로하고 안심시키려는 배려인 것이다. 서찰 한 통 받는 것과 동천몽이 직접 모습을 드러낸 것과는 자추동과 식솔들이 받아들이는 느낌은 천지 차이다.

'나무관세음보살!'

마음속으로 제발 별일없기를 자추동은 기원했다.

"아버지, 염려 마세요. 우리 사부님, 아주 똑똑해요."

자정경이 가벼운 미소를 짓자 자추동이 버럭 소릴 질렀다.

"넌 제자라는 녀석이 사부가 행방불명되었는데도 웃음이 나오느냐?"

"난 사부님을 믿어요. 누구도 우리 사부님을 어쩌지 못해요. 그분은 불가사의해요. 두고 보세요. 두 발로 멀쩡히 걸어서 소녀 앞에 나타날 테니까요."

자정경이 흰 이를 드러내며 웃었다.

걱정하는 모습이라고는 손톱만큼도 찾아볼 수가 없었다.

산세가 험하고 끝이 뾰쪽하여 마치 하늘의 눈과 같다고 해서 천목산(天目山)이라는 이름이 붙었다. 천목산에서 나는 차는 천지(天池)와 용정(龍井) 다음으로 귀하고 비싸게 대접을 받으며 유운봉(流雲峯)은 천하칠대고봉 중 한 곳으로 꼽힌다.

워낙 높고 가팔라 구름이 채 오르지 못하고 미끄러진다고 해서 붙여진 유운봉에 한 채의 커다란 장원이 세워져 있었다. 멀리서 보면 구름 위에 지어진 듯해 천상의 집을 보는 것 같은 착각을 불러일으키는 이곳은 바로 천하무림의 중심인 무림맹이었다.

유운봉을 오르는 길을 한 곳뿐이다. 사면이 수직 절벽이고 동쪽만 경사가 야트막해 유일한 출입구인 것이다.

평범한 옷차림인데도 어딘지 모르게 범상치가 않다. 몸에 병기 따위도 지니지 않았고 일신에 가공할 절예를 지닌 것 같지는 더욱 않았다. 단지 먼 길을 온 듯 약간 허름한 행색이었지만 형형한 눈빛이 가슴을 압박한다.

경비 위사는 내로라하는 명문의 무사들 앞에서도 기가 죽지 않는데 이 알 수 없는 노인을 똑바로 쳐다보지 못하는 자신의 의지가 못마땅했지만 일단 방문 목적은 알아야 하겠기에 입을 열었다.

"어… 어디서 오셨소이까?"

빌어먹을, 목소리가 떨린다.

도대체 저 노인이 뭔데 내가 이렇게 왜소해져야 하는지 무림맹의 위사 진청옥은 불쾌했다. 하지만 속으로 삭일 뿐, 겉으로 드러낼 용기는 더욱 나지 않았다.

"상관량 총관님을 만나러 왔소. 기별을 좀 부탁드리오. 천상각의 동오룡이 찾아왔다고 하면 알 것이오."

진청옥의 눈이 커졌다.

천상각을 왜 모르겠는가. 중원제일의 상가이자 마음만 먹으면 황실까지 쥐락펴락할 수 있다는 당대제일의 부가(富家)이다. 자세히는 모르지만 일 년에 천상각에서 무림맹으로 들어오는 자금만 해도 상상을 초월한다고 들었다.

"아… 알겠소이다. 안에 기별을 넣을 테니 조금만 기다리시오."

무림맹 정문은 두 명이 한 시진씩 교대 근무를 선다. 방문자를 맞이하는 것은 선임자의 몫이라 진청옥이 나선 것이다. 그와 같이 근무를 선 가철봉은 신참이었기 때문에 뻣뻣하게 서 있었다.

안쪽 초소로 들어가 잽싸게 신호 줄을 잡아당겼다. 줄은 무림맹 외곽 경비를 책임지고 있는 운룡각 각주의 처소에 있는 종을 울린다.

슈슈슉!

연속해서 줄을 잡아당겼고 반 다경이 되지 않아 정문으로 한 명의 회의노인이 나타났다. 손잡이도 은색이고 검집도 은색인 은검 한자루를 왼쪽 옆구리에 멋들어지게 찬 노인은 화산파 소속의 혈매자(血梅子)였다. 그의 검끝에서 폭발하는 이십사수매화검법은 유독 붉다.

진청옥이 손가락으로 동오룡을 가리켰다.

동오룡은 그때 주위 경관을 훑어보고 있었는데 기침 소리
에 돌아섰다.

혈매자가 포권의 예를 취했다.

"운룡각주 혈매자라 하오이다."

동오룡이 마주 허릴 숙였다.

"천상각의 동오룡이라 하오. 상관 총관을 뵙고자 왔소이
다."

"천상각의 동 각주님이셨구려. 오신다고 기별을 주시면 이
혈 모가 기다리고 있을 텐데 어서 드시지요."

혈매자의 태도가 공손해졌다.

"고맙소이다."

두 사람은 어깨를 나란히 하고 무림맹 안으로 들어갔다.

들어가는 두 사람을 보며 진청옥이 고개를 갸웃했다. 천하
제일부호가 수행원 한 명 없이, 그것도 도보로 무림맹을 찾아
온 것이 뭔가 이상했다.

第七章
생사의 읍소

운룡각으로 안내된 동오룡은 뜨거운 차를 받았다. 혈매자의 대접은 극진했다. 말 한마디 한마디 조심했고, 깍듯하게 각주님이란 호칭을 붙이며 융숭히 대접했다.

하지만 동오룡은 표정은 그다지 밝지 못했다.

발자국 소리가 들리며 상관량을 만나러 갔던 부각주 백수신도가 다가왔다. 육 척의 키에 당당한 체격이다. 하북팽문의 인물로 오십 근짜리 대감도를 쓴다. 하북팽문의 고유의 힘의 도법에다 지닌 괴력까지 더해져 한번 뽑혀 나오면 폭풍을 방불케 한다.

"회의 중이십니다. 조금 기다리셔야 할 것 같사옵니다."

혈매자가 가벼운 미소를 지으며 말했다.

"알겠지만 얼마 전에 구파일방과 강호사문의 수장 회합이 있었고 요즘 목와북천의 등장으로 회의가 잦습니다. 아주 바쁘지요. 그러니 조금만 기다리시지요."

"물론입니다. 난 괜찮소이다."

동오룡이 찻잔을 들어 올렸다.

한 모금 마시고 내리자 혈매자가 기다렸다는 듯 질문을 했다.

"무슨 일로 상관량 총관님을 뵈려고 하십니까?"

동오룡이 빙긋 웃었다.

"별것 아닙니다. 찾아뵌 지도 하도 오래되어 인사나 드릴까 하고 왔지요."

지극히 자연스런 미소와 목소리였다.

하지만 혈매자는 동오룡의 말을 믿지 않았다. 어지간해서는 사람들 앞에 모습을 드러내지 않는 그가 직접 무림맹을 찾아왔다는 것은 드문 일이다. 자신이 기억하기에 아직까지 딱 한 번 이십여 년 전에 있었다.

더구나 한번 행차할 때마다 수십 명의 수행원을 대동하는 그가 단신으로 찾아왔다는 것은 혈매자의 가슴에 더욱 의문을 증폭시켰다.

차를 마시는 척하면서 혈매자의 눈은 동오룡의 얼굴에서 떠나지 않았다. 하지만 그의 얼굴을 통해 뭔가를 짐작한다는

것은 불가능했다. 워낙 노회한 장사꾼인 탓에 표정에 어떤 변
화도 없었고 시종 가느다란 미소를 달고 있다.

"한 잔 더 해도 되겠소?"

동오룡이 빈 잔을 내밀자 혈매자가 혼쾌이 고개를 끄덕였
다.

"얼마든지 드십시오. 이보거라. 차를 더 내오너라."

"네, 각주님."

여인의 음성이 들리고 한 명의 백의시녀가 차를 담은 주전
자를 두 손으로 들고 와 가지런히 따르고 사라졌다.

오시가 채 못 되어 도착했는데 어느덧 대청마루로 석양이
들어왔다. 무려 세 시진을 넘게 기다렸지만 상관량은 나타나
지 않았다. 그사이 혈매자는 세 번이나 백수신도를 보냈지만
여전히 회의 중이라는 답변이었다.

동오룡의 얼굴도 조금씩 굳어갔다.

어느덧 마신 차만 열다섯 잔이다. 그사이 뒷간을 두 번 다
녀왔다. 점차 시간이 흐르자 혈매자의 낯빛도 굳었다. 직감적
으로 상관량이 일부러 기다리게 만들고 있음을 알아차린 것
이었다.

자신이 알고 있기에 천상각으로부터 무림맹 운영 자금을
가져오는 것은 상관량의 몫이었다. 그런데 근자에 이르러 상
관량의 천상각 방문이 뜸했다.

정문 경비 책임자이다 보니 누가 나갔고 들어왔는지 부하들로부터 보고가 되는데 근자에 상관량이 천상각으로 떠났다는 말은 듣지 못했다.

둘 사이에 무슨 일이 있다는 것을 알아차렸고 내용이 궁금했지만 물어볼 수는 없었다. 물어본다고 해서 동오룡이 가르쳐 줄 리는 더욱 만무했다.

땅거미가 몰려오고 있었다. 혈매자가 식사하러 가기를 청했지만 동오룡은 생각이 없다고 거절했다. 하는 수 없이 혈매자는 동오룡에게 양해를 구하고 저녁을 먹기 위해 자리를 떠났다.

혼자 남은 동오룡은 길게 한숨을 내쉬었다.

상황이 좋지 않을 것을 예상하고 왔지만 생각보다 상관량의 마음이 틀어져 있었다. 그가 틀어져 있다는 것은 무림맹이 천상각에 대해 곱지 않은 시선을 보내고 있음이다.

'위험하다!'

오랜 장사꾼의 경험에 비춰 상황은 아주 심각했다.

어떻게 해서라도 상관량의 오해를 풀고 과거로 관계를 복원해야 했다.

상관량이 나타난 시간은 해시가 다 되어서였다. 무려 일곱 시진을 기다린 것이다.

"핫핫! 오래 기다리셨지요. 미안하오이다. 워낙 긴한 회의여서 말이오. 어떻게 저녁은 했소이까?"

"아닙니다. 생각이 없어서 그냥 있었습니다."

"여기서 이럴 것이 아니라 일단 내 방으로 갑시다."

상관량이 앞장섰고 동오룡은 어깨를 늘어뜨리고 뒤를 따랐다.

상관량의 처소는 은심각이다. 그의 별호 은심자에 맞게 처소까지도 은심각이었다. 함부로 마음을 드러내지 않는다고 해서 붙여진 은심자 상관량이 자리에 앉았고 맞은편에 동오룡이 앉았다.

"……."

"……."

잠시 두 사람 사이에 침묵이 흘렀다.

상관량은 의자 옆으로 놓인 탁자 서랍에서 서류를 꺼내 뭔가 살피고 있었고 동오룡은 물끄러미 바라보았다.

한참 동안 서류를 살피던 상관량이 다시 집어넣더니 고개를 쳐들었다.

"그래, 각주께서 이 먼 곳까지 어인 일이시오? 내게 긴히 할 얘기가 있다고 들었소이다?"

동오룡이 상관량을 정색하여 보았다.

한참을 쳐다보던 동오룡이 조용히 일어나더니 그 자리에서 무릎을 꿇었다.

퍼억!

상관량이 깜짝 놀라며 말했다.

"이… 이게 무슨 짓이오, 각주?"

상관량은 말로만 놀랄 뿐 동오룡을 일으킨다거나 가로막는 행동은 일체 하지 않았다.

"어서 일어서시오. 누가 볼까 두렵소이다."

"두말 않겠소이다. 이 동 모를 한 번만 용서해 주시오. 진심으로 사죄를 드리오이다."

상관량이 의자에 앉아 내려다보며 말했다.

"동 각주가 내게 무슨 잘못을 했단 말이오, 오히려 내가 동 각주에게 많은 신세를 졌거늘?"

동오룡이 고개를 쳐들고 말했다.

"총관님, 어떻게 안 되겠습니까? 자식의 허물은 곧 아비의 허물입니다. 내가 자식을 잘못 가르친 탓이지요. 자식만큼은 뜻대로 되지 않는다더니 정말 그렇군요. 많이 노여우시겠지만 이번 한 번만 옛정을 생각해서라도 용서가 안 되겠는지요?"

상관량이 자리에서 일어났다.

"무적검령대 몰살 배후가 아드님이라는 것을 인정하는 것이오?"

움찔!

동오룡이 고개를 쳐들었다.

상관량이 매서운 눈으로 쏘아보았고 한참을 올려다보던 동오룡이 조용히 고개를 숙였다. 동오룡은 고개를 숙인 채 아무 말도 하지 않았다.

"우리가 조사한 바에 의하면 아드님께서는 중원오랑이라는 낭인 집단을 휘하로 거두어들였더군요. 그게 무슨 뜻일까요? 한번 해보자는 노골적인 선전포고 아니겠습니까?"

"초… 총관님."

"훗훗! 중원오랑이라면 약한 집단은 아니지요. 야수 같은 자들이어서 전투력도 뛰어나지요. 어지간한 명문가쯤은 순식간에 쓸어버리고도 남을 능력을 갖추었음은 인정하오. 하지만 아드님이 한 가지 모르고 있는 사실이 있소."

상관량의 입꼬리가 말려 올라갔다.

그것은 비아냥이자 매우 차가운 미소이기도 했다.

"여긴 무림맹이오. 지난 수백 년간 무림을 경영해 온 불멸불사불패의 단체 무림맹이란 말이오! 목와북천을 제외하고 아직까지 누구도 본 맹에 반기를 들지 않았소. 그런데 동 각주의 아들은 지금 저항을 넘어 맞서려고 하고 있소. 아니, 금력과 무력을 모두 거머쥐려는 전무후무한 야망을 꿈꾸고 있단 말이오."

"그래서 제가 이렇게 찾아왔소이다."

"미안하오. 이젠 늦었소. 무림맹 간부 회의에서 각주의 아들에게 추살령이 떨어졌소."

동오룡이 소스라쳤다.

"추… 추살령!"

"무림맹의 추살령은 곧 강호의 공적으로 규정되오."

동오룡이 입을 다물지 못했다. 자신이 왜 모르겠는가. 무림맹이 적으로 규정하면 그 순간부터 삶을 포기해야 한다. 스스로 목숨을 끊지 않는 한 숨을 곳은 없다.

"아직 완전한 결정은 아니지만 머지않아 천상각의 상업 활동이 중지될 것 같소이다."

"으허헉!"

상업활동의 중지는 곧 봉문을 뜻했다. 하지만 그것은 어디까지나 외형적인 징계일 뿐 천상각의 재산은 곧바로 무림맹의 마음먹기에 따라 처분될 수도 있었다.

동오룡이 눈을 지그시 감았다. 갑자기 현기증이 일어나며 중심을 잡을 수가 없고 호흡이 가빠왔다.

바로 그때였다. 다급한 발자국 소리가 들리더니 문 앞에서 멈추었다.

"총관님, 속하 가개묵이옵니다."

"들어오너라."

문이 열리고 가개묵이 들어섰다.

그는 얼마 전 동천비가 거느린 낭인들에 의해 죽음 직전까지 갔다가 가까스로 목숨을 건졌다.

흠칫!

무릎을 꿇고 있는 동오룡을 보고 놀란 표정을 지었다. 하나 곧장 표정을 고치고 말했다.

"원사왕이 주인으로 있는 혈서의 본거지를 알아냈사옵니다."

상관량의 표정이 싸늘해졌다.

"당장 천대, 용대, 호대의 대주들을 모으라."

"존명!"

가개묵이 물러났고 상관량의 시선이 동오룡을 날카로운 눈으로 쏘아보았다.

"조사한 바에 의하면 혈서는 각주 아드님의 오른팔이더구려. 그런데 그들의 비밀 근거지가 밝혀졌다는구려."

자신도 혈서가 동천비의 오른팔이라는 것을 들었다. 천하 없는 장수도 오른팔을 잃으면 힘을 쓰지 못한다.

사실 동천비의 뜻을 강력히 막았다. 그러나 워낙 의지가 강했고 자신 또한 무림맹에 돈을 뜯기는 일이 넌덜머리가 났었다. 굳지 선조들까지 거론할 필요없이 자신의 대에 건네준 무림맹 운영 자금만 해도 황금 수천만 냥이 넘는다. 그래서 한편으로는 동천비의 뜻을 무모하다고 막으면서도 한편으로는 슬그머니 놓아주었음을 부인할 수 없었다. 하지만 나중 절대 불가능하고 어리석은 일이라는 것을 확신하면서부터 적극적으로 말렸지만 그땐 이미 시기상으로 늦었다.

저벅저벅!

다급한 발자국 소리가 들리더니 문이 열리고 세 명의 사내가 들어섰다. 장사꾼이지만 동오룡은 세 사람에게서 가혹한 기세가 풍기는 것을 느꼈다. 자신이 경험한 바에 의하면 고수에는 두 가지 종류가 있었다. 한 가지는 지금처럼 맹렬한 기도를 갖고 있는 부류와 또 하나는 겉으로 봐서는 고수로 보이지 않는 평범한 기세를 갖고 있는 사람이다.

둘 모두 일장일단이 있었다. 전자는 상대를 주눅 들게 하기에 충분하며 또한 터득한 무공의 특성이 그렇게 외형적인 기세를 퍼뜨리고 후자는 배운 무공의 특성 탓도 있지만 정말로 무서운 인물일수록 잔잔했다.

"천대의 대주 총관님의 부르심을 받고 달려왔사옵니다."

"용대의 대주 불려왔습니다."

"호대의 대주 고칠성이옵니다."

무림맹을 대표하는 세 곳의 공격 부대이다.

세 곳 모두 일류고수들로 이루어져 있을 뿐 아니라 구파일방과 사대세가에서 정예들을 뽑아놓았다. 그렇기 때문에 각자 자파의 무공을 쓰며 각 부대당 일백 명의 인원을 보유하고 있었다.

세 사람은 모두 무당과 팽문과 곤륜의 인물들이었다.

"즉시 출동 준비하라. 총지휘는 천대의 대주 마운자가 맡으시오."

"존명!"

마운자라는 옆구리에 검을 찬 중년인이 허리를 숙였다. 검은 피부에 광대뼈가 툭 튀어나왔는데 움푹 팬 두 눈에서 불꽃이 이글거리고 있었다.

　무당오검 중 한 명인 마운자였다. 무당오검 중 가장 손속이 냉정하고 불의를 보면 결코 그냥 넘어가지 않는다. 무당이 자랑하는 태청검법을 완숙하게 깨우치고 있다고 전해진다.

　세 사람이 동시에 허리를 숙여 보이고 밖으로 사라졌다.

　상관량의 얼굴에 굳은 의지가 피어났다. 반드시 궤멸시키고 말겠다는 다짐이었는데 과연 낭도채를 없애겠다는 건지 아니면 동천비를 죽이겠다는 건지는 알 수 없었다.

　"총관님!"

　혈서를 없애는 건 관심없다. 그러나 장자인 동천비의 목숨만은 보장해 달라는 애걸이었다.

　하지만 상관량의 얼굴에 온기라고는 남아 있지 않았다.

　"옛정을 생각해 시신만큼은 온전하게 보전해 드리겠소. 그러니 그만 돌아가시오."

　무정하게 돌아서는 상관량을 한참 쳐다보던 동오룡이 입술을 지그시 깨물었다. 그러더니 오른손을 품속에 집어넣었다 꺼냈는데 한 통의 봉서가 들려 있었다.

　스윽!

　탁자 위에 봉서를 놓았다.

　"나 동오룡의 성의요. 받아주시오."

　등을 돌리고 섰던 상관량이 돌아섰다.

　"얼마 되지는 않지만 아비로서 자식의 흠을 사죄하는 의미로써 드리오이다.”

　상관량이 힐끔 탁자 위에 올려진 봉서를 내려다본다.

　“아무튼 각주의 마음을 알았으니 일단 돌아가시오.”

　동오룡이 일어났다.

　너무 오랫동안 무릎을 꿇고 있어서인지 한 번에 일어날 수가 없었다. 육십 평생 언제 어디서 누구 앞에서 무릎을 꿇어보았던가. 갑자기 가슴이 뜨거워지며 울컥한다.

　“거듭 부탁드립니다, 총관님!”

　깍듯하게 허리를 구부리고 등을 돌려 나갔다.

　동오룡이 나가자 상관량이 탁자 위에 놓인 봉서를 들어 입구를 찢었다.

　스윽!

　봉서 안에서 꺼낸 종이를 보던 상관량이 소스라치게 놀랐다.

　그것은 상상을 넘어선 엄청난 액수였다.

　무림맹을 떠나는 동오룡의 얼굴은 차갑게 굳어 있었다. 시간이 늦었다면서 한사코 묵고 가라고 혈매자가 말렸지만 동오룡은 점잖게 사양했다. 한시도 지옥 같은 곳에 있기 싫었다.

　달은 중천에 떠올랐고 사방은 고요했다. 천목산은 달빛에 잠겨 있었고 먼 산에서 야조가 서글프게 운다.

척!

산길을 내려가던 동오룡이 걸음을 세웠다. 그리고 길가에 있는 조그만 바위에 걸터앉아 하늘을 올려다보았다. 동오룡은 한참을 달에서 눈을 떼지 않았다

그동안 오로지 앞만 보고 달려온 때문일까 오늘따라 달이 무척 고독해 보였다.

"꿀꺽!"

동오룡이 침을 삼킨다. 귀상(鬼商)이라는 소름 끼치는 별호를 얻으며 수많은 사람들을 울리고 그들의 가슴에 뽑히지 않을 못을 박은 동오룡의 뺨을 타고 눈물 한 방울이 흘러내린다.

"헛헛!"

실성한 사람처럼 웃음을 터뜨렸다.

눈물이 뜨거웠다. 사람들은 눈물이 없을 것이라고 했는데 한번 흐르기 시작한 눈물은 구멍난 듯 흘러내린다. 소리 죽여 흐느끼던 동오룡은 점점 소리를 내기 시작했다.

"허헝!"

그것은 통곡이었다.

돈이 아까워서가 아니었다. 그렇다고 자신보다 어린 사람 앞에 무릎을 꿇은 것이 억울해서는 더욱 아니었다. 그렇다고 동천비의 목숨이 경각에 달려 있다고 해서 눈물이 나는 것 또한 아니었다. 그냥 아무런 이유 없이 서글퍼졌고 눈물이 솟아

났다.

"허… 허허헝!"

동오룡의 흐느낌은 더욱 커졌다.

달을 보며, 숲을 보며, 먼 산 봉우리를 보면서 그는 눈물을 흘렸다. 그렇게 눈물을 흘리자 가슴에 맺힌 무거운 덩어리가 조금 내려앉는 기분이다.

쏴아아!

천목산의 바람이 옷깃을 펄럭거렸다.

동오룡은 천천히 몸을 일으켜 세웠다. 울퉁불퉁한 산길을 휘적거리며 걸었다. 눈에는 여전히 흘린 눈물이 맺혀 있었고 동오룡은 그렇게 어둠 속으로 느릿하게 사라져 갔다.

만강수의 온몸은 땀으로 젖었다. 젊어서부터 약초를 캐느라 온 산을 뒤지고 다녀 체력 하나만큼은 자신있었지만 더 이상은 자신이 없었다. 입에서는 단내가 났고 허리는 부러질 것 같으며 다리는 쉴 사이 없이 떨렸다. 금방이라도 주저앉고 싶었다.

하지만 멈출 수가 없었다. 자신이 멈추면 등에 업힌 대법왕은 죽는다. 그것은 절대 안 될 일이었다. 대법왕은 살아 있는 부처이며 만백성의 어버이다.

"힘내요, 여보."

부인이 뒤에서 격려를 했다.

“얼마 안 남았어요. 저 봉우리 한 개만 넘으면 돼요.”

만강수가 고개를 쳐들어 부인이 말하는 전방의 봉우리를
쳐다보았다.

봉우리는 하늘을 찌를 듯 솟아 있었다. 그다지 높지 않았고
평소 같으면 한달음에 달려갈 거리였으나 지금은 백 리 길처
럼 아득히 멀어 보인다.

“학… 하학!”

짐을 싣고 비탈길을 오르는 황소의 입김마냥 만강수의 입
에서 쏟아져 나오는 뜨거운 숨결은 세찼고 거칠었다.

휘청!

급기야 눈앞이 어지러워지더니 흔들렸다.

“여… 여보.”

부인이 잽싸게 부축을 했다.

땀이 후줄근한 만강수를 애처로운 시선으로 본다.

“조금만, 조금만 참아요. 다 왔어요. 당신은 강하잖아요.”

만강수는 강했다. 강한 인생을 살아왔다. 화전민의 아들로
태어나 세 명의 자식을 건강하게 키웠고 약초를 팔아 적지 않
은 논과 밭을 거두었으니 약하게 살아온 인생은 아니다.

“당신은 할 수 있어요.”

“무… 물론이오.”

만강수는 핏대를 올리며 산길을 올라갔다.

가시덤불이 뺨을 찢고 나뭇가지가 허벅지를 후려쳤지만

그의 발걸음은 멈추지 않았다.

"하— 하학!"

동천몽의 엉덩이를 받치고 있는 손의 깎지가 조금씩 풀려졌다. 맞물린 손가락이 엿가락처럼 늘어졌고 양팔 또한 고무줄마냥 가늘게 휘청댄다. 그러나 만강수는 이를 깨물며 산봉우리를 점령하듯 올라갔고 마침내 봉우리에 섰다.

"여… 여보, 다 왔어요. 저길 봐요."

봉우리는 분지의 입구였다. 정확히 열네 개의 거대한 봉우리가 병풍처럼 둘러쳐져 있고 그 안에 한 채의 웅장한 흑빛의 전각이 세워져 있었다.

천포지각이었다.

천포지각은 하늘의 집으로 불리는 절대성지로 오직 대법왕만이 출입할 수 있었다. 그 안에 무엇이 있고 어떤 집인지 아는 사람 역시 대법왕 말고는 아무도 모른다. 혹자는 공무에 시달린 대법왕이 잠시 찾아와 몸과 정신을 가다듬는 산장이라는 설도 있고, 또 다른 이는 하늘의 샘 천포지가 있다고도 했다. 그러나 분명한 것은 산장이든 하늘의 연못 천포지든 두 가지 모두 휴식과 관련이 있다는 것이었다.

호기심을 안고 수많은 사람들이 몰래 침입을 시도했지만 단 한 사람도 성공하지 못했다. 대법왕이 아닌 누구도 천포지각에 들어가면 비명횡사를 면치 못했다.

두 사람은 조심스럽게 분지 입구를 향해 걸어갔다. 얼굴에는 두려움과 공포가 너울거렸다.

처척!

두 사람의 걸음이 세워졌는데 좌측 거대한 석봉 하나에 시선을 고정시켰다. 푸른 이끼가 뒤덮인 석봉에 마치 한 마리 용이 요동을 치며 승천하는 듯한 폭풍 같은 서체가 눈에 띈다.

천포지각 법불입사.

대법왕이 아닌 사람이 천포지각에 들어서면 죽는다는 글귀였다.

멈칫!

만강수가 놀란 표정을 지었다.

등 뒤에 업혀 있던 동천몽이 무슨 말을 하고 있었다. 부인이 잽싸게 귀를 가까이 대었다.

"배… 백상불을 안으로 던져라."

하지만 부인은 망설였다.

감히 대법왕의 몸에 손을 댄다는 것은 용서할 수 없는 불경이었다. 부인이 어쩔 줄 몰라했고 만강수 역시 뭐라고 할 수가 없었다. 그때 동천몽이 거듭 중얼거렸다.

"뭐… 뭐 하느냐? 시간… 없구나. 괜… 찮다."

"부인, 시키는 대로 하시오. 빨리!"

　대법왕의 명령을 거역하거나 뜻을 받들지 않으면 벼락을
맞아 죽는다는 설이 있다. 물론 만강수는 벼락을 맞아 죽은
사람은 보지 못했지만 죽었다는 말은 들었다.
　"소… 송구하옵니다. 소첩의 행동을 용서하세요, 대법왕
님."
　부인은 조심스럽게 남편의 등과 밀착되어 있는 동천몽의
앞가슴으로 손을 집어넣었다. 몇 번 더듬거리다 자신들이 땅
에서 주웠던 백상불을 꺼냈다.
　"여… 여보, 꺼냈어요."
　"어… 어서 던지라고 하지 않소. 저 입구로 힘껏 던지시
오."
　"그냥 던지면 되겠죠?"
　"나도 모르오. 그냥 던지시오."
　부인이 앞으로 나섰다.
　두어 번 심호흡을 하더니 힘껏 돌을 던지듯 백상불을 분지
입구로 집어 던졌다.
　휘이익!
　약초 중에는 뿌리가 얕은 것도 있지만 땅속 깊은 곳까지 뻗
어 있는 것도 있었다. 또한 약초는 뿌리가 생명이었다. 그래
서 깊은 곳까지 파내려 가자면 팔 힘이 좋아야 하고 그렇게
단련된 팔로 던진 백상불은 포물선을 그리며 날아갔다.
　투툭!

분지 안쪽으로 백상불이 떨어졌다.

바로 그 순간 구구궁 하는 소리가 들리며 분지 입구가 변하기 시작했다.

"여… 여보!"

부인이 기절할 듯 놀라며 만강수 뒤로 숨었다. 만강수 또한 거대한 봉우리가 바뀌는 모습에 경악의 표정을 감추지 못했다.

쿠쿠쿠쿵!

지진이 일어난 듯했다.

봉우리가 구름이 엉키듯 서로 교차하고 바뀌더니 놀랍게도 입구는 처음 그대로 되었다.

"지… 진법이 풀렸다. 어서 들어가거라."

동천몽이 또다시 중얼거렸다.

두 사람은 진법이 뭔지 알 수 없었지만 대법왕의 말이었으므로 자석이 이끌리듯 안으로 들어갔다.

사실 천포지각 입구에는 상고의 절진이 설치되어 있었다.

구천십사지동진(九天十四地動陣)이라는 것으로 사실 눈앞에 보이는 열네 개의 봉우리는 모두 허상이었다. 단지 진법이 만들어내는 착시 현상으로 열네 개의 봉우리가 서 있는 것으로 보일 뿐이었다. 물론 진법이 해체되어도 여전히 사람들 눈에는 열네 개의 봉우리가 서 있는 것으로 보인다. 그것은 진법이 해체되었다고 해서 사라진 것이 아니라 제이의 진법이 침입자가 생길 시 작동하기 위해 다시 원래 상태로 돌아가 있는 것이다.

그런 촘촘한 진법의 설치로 백상불이 없이는 절대 침입이 불가능했다. 동천몽의 뒤를 이어 누군가 들어오려면 그 또한 백상불이 있어야 한다. 그렇지 않을 경우 진법이 발동하고 갇혀 숨을 거둔다.

만강수는 동천몽을 업고 안으로 들어섰다.

"저… 전각 안으… 로."

만강수는 등 뒤 동천몽이 시키는 대로 계단을 오르기 시작했다.

계단은 모두 스물네 개로, 화강암으로 만들어져 있었다. 그리고 전면은 나무가 아닌 석문으로 굳게 닫혀 있었다.

그그긍!

스물네 개의 계단을 올라 석문 앞에 이르자 문이 자동으로 열렸다.

화악!

입구에 들어선 만강수의 눈이 기절할 듯 커졌다. 전각 안은 호수였다. 뽀얀 수증기가 이른 가을 아침에 피어오르는 물안개처럼 허공을 맴돌고 있었는데 엄청난 열기가 뿜어 나왔다.

숨이 콱 막혔고 금방이라도 살을 태울 것 같은 살인적인 열기였다.

만강수는 눈앞의 호수가 소문의 천포지라는 것을 알아차렸다.

그때 동천몽이 중얼거렸다.

"나… 날 천포지에 던져 넣으라. 시… 시간이 없느니라."

"아… 알겠사옵니다.

만강수는 조심스럽게 천포지 앞으로 다가갔다.

"우흑!"

열기는 더욱 높아졌고 도저히 더 이상 다가갈 수가 없었다. 하지만 거리 상으로 동천몽을 던져 넣기에는 너무 멀었으므로 이를 악물고 한 걸음 한 걸음 다가갔다.

화르르!

호수의 물이 펄펄 끓고 있었다. 무엇이든 넣었다가는 곧바로 익을 것 같았다. 만강수의 눈살이 찌푸려졌다. 저 뜨거운 물속에 들어가면 쇠라도 녹을 것 같거늘 어찌 던져 넣으란 말인가. 혹시 자신이 잘못 들었지 않았나 싶어 물었다.

"저… 정말 던져 넣사옵니까?"

"오… 오냐. 염려 말고 넣어라."

만강수는 도저히 더 이상 다가갈 수가 없었다. 대신 뒤에 있는 부인더러 동천몽을 붙잡도록 했다.

척!

부인이 동천몽의 처진 몸을 붙들었고 돌아선 만강수가 머리를 잡았다. 만강수는 머리를 잡고 부인은 다리를 잡고 두세 번 반동을 준 후 힘껏 천포지를 향해 던졌다.

휘이이!

동천몽의 몸은 뜨거운 수증기 속으로 사라졌고 잠시 후 풍덩 소리가 들려왔다.

두 사람은 열기에 서둘러 전각 입구로 물러 나왔다. 뽀얀 수증기에 가려 아무것도 보이지 않았다.

"별일없을까요?"

부인이 걱정스런 표정으로 입을 열었다.

만강수가 길게 한숨을 쉬었다.

"나도 모르겠소. 별일없어야 할 텐데."

자칫하다간 자신들이 대법왕을 죽인 꼴이 된다. 대법왕에게 해를 끼치는 행동을 하면 자자손손 벼락을 피하지 못한다.

천포지는 단순한 연못이 아니었다. 포달랍궁에 내려오는 말에 의하면 천포지 지하 수백 장 아래에는 용암보다 더 뜨거운 구화열천수라는 물이 흐르고 있었다. 구화열천수는 지상에서 가장 뜨거운 아홉 가지의 물을 일컬음인데 하나씩 따로 있을 때는 단순히 열기만 갖고 있을 뿐이나 하나로 합쳐지면 그 어떤 영수(靈水)보다 뛰어난 물이 된다.

구화열천수는 무엇보다 피로 회복과 상처 치료에 탁월하여 역대 대법왕들은 가끔씩 이곳을 찾아 지친 심신을 달래었다. 워낙 효과가 뛰어나 죽은 시신도 구화열천수에 담궈놓으면 살아난다고 했다.

두 사람은 문을 나와 계단에 걸터앉았다.

들어올 때는 워낙 마음의 여유가 없어 발견하지 못했는데 전각 주위로는 아름다운 꽃들이 만발해 있었고 벌과 나비들이 찾아와 꿀을 따고 있었다.

잠시 지친 몸을 쉰 두 사람은 꽃밭으로 다가갔다.

코를 찌르는 향기에 두 사람의 피로는 삽시간에 풀리는 듯했다. 두 사람은 아름다운 꽃향기를 맡으며 천천히 꽃길을 걸었다.

혼인한 지 올해로 삼십 년이다. 비가 오나 눈이 오나 단 하루도 빠지지 않고 약초를 찾아 서장의 모든 산을 휘젓고 다녔다. 삶을 즐기고 휴식을 하며 가끔씩 살아온 인생을 반추해 보기에는 두 사람이 처한 가난은 너무 팍팍했다. 오직 약초를 찾아 앞만 보고 투쟁하듯 살아온 삶이었다. 깊은 계곡과 눈 덮인 설산을 뒤지며 만난 수많은 야생화를 보면서도 단 한 번도 아름답다거나 자연의 위대한 섭리에 감탄해 본 적은 더욱 없었다.

그런데 오늘따라 꽃이 아름답다는 느낌이 드는 것은 왜일까.

"여보, 이 꽃 좀 봐요. 너무 예뻐요."

"금요자라는 꽃이오. 이런 고지대에서는 보기 힘든 꽃인데 피었구려."

아마 천포지의 열기 때문이라고 여겼다.

“세상에……!”

부인이 자색 꽃군을 보며 탄성을 질렀다.

엎드려 코를 가까이 대더니 황홀한 빛을 띠었다.

“맡아봐요. 가슴이 시원해요.”

부인의 간청에 만강수는 어쩔 수 없이 향기를 맡았다. 아닌 게 아니라 가슴이 싸아하니 시원해졌다.

그리고 고개를 들고 부인을 쳐다보았다. 꽃들을 보며 어린애마냥 기뻐하며 이 꽃 저 꽃 향기를 맡는 부인의 모습이 오늘따라 소녀처럼 보인다.

불현듯 가슴이 울렁거렸다.

오로지 자신만 따라다니며 약초를 캤다. 하루도 쉬지 않고 돈벌이에 급급했기에 꽃을 보며 기뻐하는 부인의 모습이 무척 낯설어지면서 가슴이 아려온다. 그리고 처음으로 부인이 여자라는 사실을 떠올렸다.

만강수는 나비를 쫓아 이리 뛰고 저리 뛰는 부인을 보며 입가에 미소를 지었다. 만강수는 마음속으로 다짐했다. 앞으로는 가끔씩 여행도 다니며 삶에 여유를 갖겠다고.

저녁이 되었는데도 동천몽의 모습은 나타나지 않았다. 안위가 무척 궁금했지만 태울 듯한 열기 때문에 들어갈 수도 없었고 수증기로 인해 확인은 더욱 어려웠다.

두 사람은 몇 번 전각 안으로 발길을 들여놨다가 물러나오기를 반복했다. 다행히 곳곳에 야생 과일나무들이 있었기에 두 사람은 그것으로 끼니를 해결했다.

한편 천포지에 담궈진 동천몽은 아무런 반응이 없었다. 해초처럼 부글부글 끓어오르는 물살에 이리저리 떠다녔다. 하지만 동천몽은 미세하나마 의식을 갖고 있었고 악착같이 의식의 끈을 붙들었다.

천포지는 불사심법을 익히지 않은 사람은 결코 들어올 수 없는 곳이었다. 들어오는 순간 익어버린다. 오로지 불사심법을 배운 대법왕들만이 출입이 가능했다.

동천몽은 모든 것을 구화열천수에 맡겼다. 그렇게 구화열천수 속을 해초처럼 떠다니길 닷새째 동천몽은 상처가 조금씩 치료되고 있음을 느꼈다.

무상탄독으로 완전히 파괴되고 끊어진 경락과 신체 기관들이 조금씩 이어지고 정상으로 돌아오고 있었다.

천포지에 들어온 지 이레째 되는 날 끝없이 떠다니기만 하던 동천몽이 불사심법의 구결을 외우기 시작했다.

내상이 어느 정도 회복이 되었을 때 운기는 치료에 도움을 준다. 그러나 회복 불능의 심한 내상일 때 무리하게 운기를 하면 오히려 역효과가 생긴다. 동천몽은 이제 운기를 시작해도 큰 문제가 없다고 판단한 것이었다. 쇠약해진 환자의 병을 치료할 때 일단 체력을 회복시킨 후 처방을 하는 것과 같은 이치였다.

불사심법을 끌어올렸다. 처음에는 고통만 느껴질 뿐 별 차도가 없었지만 쉬임없는 도전에 단전의 내기가 모였다. 구화열천수가 상처를 치료해 가며 앙금처럼 단전에 내력을 만들어 본신의 진기를 촉발시키는 심지 역할을 했다.

동천몽의 부상은 무상탄독이 가져온 것이었다. 사실 일류 고수라고 해도 무상탄독 앞에서 살아난다는 것은 불가능했다. 고금을 통틀어 무상탄독이 사용되어 생명을 부지한 사람은 없다. 그만큼 확실하고 정확한 살상 기구에서 살아났다는 것은 그야말로 꿈같은 얘기였다.

다른 사람 같았으면 이미 존불사에서 죽었어야 했다. 하지만 걸병광우철포공이란 희대의 외공이 그나마 한가닥 생기를 지니게 만든 것이다.

부르르르!

동천몽의 몸이 심한 경련을 일으켰다. 그에 따라 주위로 걷잡을 수 없는 소용돌이가 생겼다.

콰르르르!

단전에 쌓인 구화열천수가 만든 내기가 온몸을 휘돌며 본신의 진기를 끌어내며 생기는 경련이었다. 워낙 경련이 크게 일어나다 보니 소용돌이가 만들어지는 것이었다.

“우욱!”

비명을 흘렸다.

파파팍!

동천몽의 몸은 벼락을 맞은 듯 마구 요동했다. 그러나 불사심법의 구결을 멈추지 않고 외우며 운기에 전력을 다했다. 온몸에 조금씩 힘이 붙고 있음이 느껴졌다. 어느 정도 힘이 생기자 의식이 더욱 또렷해졌고 떠다니던 동천몽은 중심을 잡고 단단한 바닥에 앉은 듯 결가부좌했다. 물속에 떠서 결가부좌하고 있는 모습은 신비롭다 못해 괴상하기까지 했다.

콰아아아!

그런데 더욱 놀라운 일이 벌어졌다. 동천몽이 있는 곳을 중심으로 거대한 소용돌이가 생겼다. 거대한 범선이라고 삼킬 듯 소용돌이는 상상을 초월할 만큼 거칠고 굉음을 흘렸는데 충격적이게도 구화열천수가 급속히 줄어들고 있었다.

콰르르르!

동천몽의 전신을 통해 구화열천수는 빠르게 스며들었고 불과 한 시진이 채 되지 않아 자욱한 수증기를 내뿜으며 넘실대던 천포지는 말라 버렸다.

그런데 더욱 괴기스런 일은 물이 마른 천포지 위로 동천몽의 신형이 여전히 떠 있다는 것이며 그의 몸 주위로 칠채서기가 감싸고 있었다.

"여… 여보, 저게."

때마침 동천몽의 안위가 궁금해 전각 안으로 발을 내딛었던 만강수와 부인은 돌변한 장내 상황에 두 눈을 크게 떴다.

휘류류류!

강렬한 칠채서광으로 인해 동천몽은 한 개의 빛의 덩어리로 보였는데 그것은 너무 신비롭고 차라리 아름답기까지 했다. 만강수와 부인의 얼굴에 일순 두려움이 스쳤다. 인간의 머리로써는 생각이 미치지 않는 괴이한 변화가 이해할 수 없었기 때문이다.

스멀스멀!

태양처럼 빛나던 칠채서광이 동천몽의 몸속으로 흡수되더니 감겼던 눈이 떠졌다.

팟!

동천몽의 눈에서 한가닥 뇌전이 작렬했다.

파파파!

맞은편 전각 돌기둥에 커다란 두 개의 구멍이 뚫리자 만강수와 부인은 소스라치며 전각 밖으로 도망치고 말았다.

'흐훗, 기연인가? 내가 불사심법을 십이성에 오르다니!'

아직 누구도 십이성의 경지에 오르지 못했다는 불사심법을 마침내 구화열천수의 영험한 기운을 빌어 도달하고 만 것이었다.

천천히 바닥에 내려선 동천몽은 주위를 휘둘러보았다. 세 시진 전까지만 해도 뜨거운 구화열천수로 가득했던 천포지는 가뭄에 드러난 논바닥처럼 갈라져 있었다. 발바닥을 통해 은은한 열기가 느껴지는 것만이 이곳이 조금 전까지 포달랍궁 대대로 성지로 불렸던 천포지라는 것을 알 수가 있었다.

　동천몽이 밖으로 나오자 만강수와 부인이 오체투지를 하고 있었다.

　두 사람은 잔뜩 겁에 질린 듯 온몸을 땅에 대고 개구리처럼 뻗어 있었다.

　동천몽이 조용히 말했다.

　“일어나거라.”

　하지만 두 사람은 꼼짝도 하지 않았고 동천몽이 웃으며 말했다.

　“괜찮다. 일어나거라.”

　두 사람이 잠시 머뭇거리더니 조심스럽게 몸을 일으켰다. 그러나 고개는 여전히 들지 못했다.

　“날 쳐다보거라.”

　멈칫!

　서로의 얼굴을 쳐다보더니 두 사람이 잔뜩 겁에 질려 고개를 쭈뼛거리며 들었다.

　획!

　그러다 동천몽과 눈이 마주치자 얼른 고개를 떨궜다.

　“그대는 부부인가?”

　만강수가 더듬거리며 대답했다.

　“그… 그러하옵니다.”

　“너희 두 사람이 날 살렸다. 그래서 그대들의 소원을 들어주고 싶다. 말하거라.”

"네에……?"

만강수가 고개를 들었다가 얼른 다시 숙였다.

고개를 숙인 채 말했다.

"소… 소인들의 소원을 들어주시겠다는 말씀이옵니까?"

"말해봐라, 뭐든지. 어서?"

만강수가 얼른 말을 하지 못하자 부인이 말했다.

"소… 소원을 말해도 되겠사옵니까?"

"그래."

"저… 저기 소첩의 소원은 막가 놈을 혼내주는 것이옵니다."

"막가 놈?"

동천몽의 눈이 커졌다.

부인이 계속 말했다.

"대설산을 자기 것인 양 우리에게 입산료를 받는 막가 놈을 혼 좀 내주십시오."

만강수가 겁먹은 얼굴로 말했다.

"여… 여보? 그런 말을 어떻게."

부인은 작정한 듯 고개를 발끈 쳐들고 말했다.

"저희는 약초를 캐서 생계를 잇습니다. 그런데 오 년 전부터 막가 놈이 대설산에 들어가려거든 한 달에 은자 반 냥씩을 내놓으라는 것입니다. 뿐만 아니라 우리가 캔 약초를 그 놈 혼자서 독점하여 사들이기 때문에 가격을 마음대로 조정

합니다."

"아주 못된 놈이구나?"

"온갖 행패를 다 부립니다. 불한당이 따로 없사옵니다. 대설산은 워낙 귀한 약초가 많아 저희들에게는 신의 성지로 불리는데 지놈 것인 양 합니다."

"막가 놈이란 자의 이름이 정확이 무엇이냐?"

만강수가 말했다.

"막오광이옵니다."

"앞장서라."

"네?"

"막오광이 있는 곳으로 가자는 얘기다. 어서 날 그곳으로 안내하거라."

"저… 정말 그놈을 혼내주시겠습니까?"

"물론이다. 너희 부부가 날 살렸다. 어떤 소원이라도 들어줄 테니 염려 말고 가자."

"그… 그럼 소인을 따라오십시오."

만강수가 앞장을 섰고 그 뒤를 동천몽이 따랐으며 맨 뒤에 부인이 걸었다.

"이름이 무엇이냐?"

"만강수라 하옵니다."

"좋은 이름이구나. 자식은 있느냐?"

"아들만 셋이옵니다. 모두 장성하여 각자 밥벌이를 하지요. 단지……."

"단지 뭐냐?"

"아직 혼인을 시키지 못한 것이 마음에 걸리옵니다."

"걱정이 크겠구나. 하긴 요즘 낭자들이 이런 시골로 시집을 오려고 해야 말이지. 아무튼 잘될 것이니 너무 염려 말거라."

"명심하겠사옵니다."

일행은 천포지각을 빠져나왔다.

동천몽은 잠시 천포지각를 돌아보았다. 더 이상 이곳은 대법왕들의 휴식처가 되지 못할 것이다. 구화열천수는 햇빛을 보면 그 영기가 사라진다. 그래서 호수 위로 전각을 지어 세운 것이었다.

막오광은 안다 제일의 부호였다. 안다 지역 약초 상권을 그가 거머쥐고 있었다. 그를 통하지 않고서는 누구도 약초 거래를 할 수가 없었고 그의 허락을 받지 않고서는 누구도 대설산으로 들어가지 못했다. 약초 시장을 독점하여 돈을 벌고 대설산 입산료로 돈을 뜯으며 그의 재산은 눈이 부시게 불어났다.

몇몇 사람들이 약초 시장에 진출을 했지만 그의 횡포를 견디지 못하고 물러나고 말았다. 말을 듣지 않으면 휘하에 있는 무사들을 보내 심지어 목숨까지 해쳤다.

막오광이 살고 있는 장원 앞으로 사람들이 길게 줄을 서 있었다. 모두 망태기에 갖은 약초를 가득 담고 있었는데 산에서 캐온 약초를 막오광에게 팔기 위해 줄을 서 있는 것이다.

"이건 은자 닷 푼."

줄은 장원 안까지 이어졌고 거대한 창고 앞에서 총관 철재수가 약초꾼이 내민 망태기를 보며 그 자리에서 가격을 부르자 곁에 있던 사내가 잽싸게 품에서 은자 닷 푼을 꺼내주었다.

약초꾼은 불만 가득한 얼굴이었지만 아무 소리 못하고 창고 안에다 망태기에 든 약초를 붓고 돌아섰다.

다음 사람이 다가오자 철재수는 거침없이 가격을 불렀다.

"은자 네 푼."

"네엣? 이 많은 약초가 고작 은자 네 푼밖에 안 된다는 말입니까?"

철재수의 인상이 찌푸려졌다.

"왜? 그래서 기분 나빠? 그럼 갖고 가. 야! 돌려줘."

약초꾼이 서둘러 굽실거렸다.

"아… 아니옵니다. 그냥 주십시오."

약초꾼은 네 푼을 받아 돌아섰다. 네 푼이라도 받지 않으면 팔 곳이 없었다.

'드러운 새끼들, 도대체 그 많은 벼락들은 어디 가고 저 인간들 안 때리는지 몰라.'

약초꾼은 속으로 욕을 퍼부으며 걸어갔다.

"다음! 시간없는데 빨리빨리 와, 인마!"

투덜거리고 사라지는 약초꾼을 바라보는 흑의사내를 향해 철재수가 버럭 소릴 질렀다.

흑의사내가 깜짝 놀라는 표정을 지으며 서둘러 자신의 약초가 담긴 망태기를 던지듯 놓았다.

"이거 뭐야?"

망태기 안에 들어 있는 약초를 살피기 위해 철재수가 이리저리 살폈다.

흑의사내가 웃으며 대답했다.

"보다시피 천지유불초 아닙니까?"

"으음!"

철재수가 망태기에서 천지유불초 한 뿌리를 꺼내 냄새를 맡아보았다.

고개를 갸웃하는 철재수를 보며 흑의사내가 말했다.

"왜요?"

"조금 이상한데, 이거 천지유불초 맞느냐?"

그러면서 돈 계산하는 사내에게 뿌리를 넘겨주었다.

돈 계산하는 사내가 이러지러 살피고 냄새를 몇 번 맡더니 인상을 찌푸렸다.

"총관님도 참, 뭐가 이게 천지유불초입니까? 사지구사초 아닙니까?"

"그렇지? 어쩐지."

흑의사내 눈이 커졌다.

"사… 사지구사초라니 말도 안 됩니다. 이게 어딜 봐서 사지구사초냐구요!"

그러면서 한 뿌리를 들어 뒤에 대기하고 있는 약초꾼에게 내밀었다.

"형장께서도 이게 사지구사초로 보이오?"

"이건 천지… 가 아니라 사… 사지구사초 아뇨."

철재수의 부리부리한 눈과 마주치자 사내가 얼른 말을 바꿨다.

흑의사내 눈이 커졌다.

"혀… 형장의 눈에도 이게 사지구사초로 보인단 말이오?"

"난 몰라요. 그쪽에서 알아서 해요. 왜 가만있는 나한테 묻고 지랄이야."

사내가 버럭 짜증을 냈다.

흑의사내가 들고 있는 뿌리를 철재수에게 내밀며 눈을 부라렸다.

"잘 보십시오. 어디가 사지구사초입니까?"

"장사 한두 번 하나, 이런 나쁜 놈이 날 속이려고 해. 은자 아홉 푼!"

철재수가 큰 소리로 말했다.

돈 계산하는 사내가 전대에서 은자 아홉 푼을 꺼내 던졌다.

"뭐 해! 빨리 꺼지고, 다음?"

철재수가 손바닥 위에 놓인 아홉 푼을 바라보는 흑의사내에게 인상을 썼다.

히죽!

갑자기 흑의사내가 철재수를 보며 누런 이를 드러내며 웃었다.

"진짜를 가짜로 후려쳐 헐값에 사들인다고 해서 설마 했는데 사실이로군."

슥!

흑의사내가 다시 한 뿌리를 뽑아 철재수 눈앞에 들이밀었다.

"다시 묻겠다? 이것이 정말로 사지구사초로 보이느냐?"

흠칫!

흑의사내가 갑자기 말투를 바꾸자 철재수가 놀란 표정을 지었다.

"왜 대답이 없느냐? 사지구사초이냐, 천지유불초이냐?"

"허험! 이런 미친놈, 몇 번을 말해야 알아듣겠느냐?"

뻐억!

벼락같은 발길질에 피할 틈도 없다.

흑의사내의 오른발이 철재수의 낭심을 걸어찼다.

"끅!"

뜨거운 불덩이에 데인 듯 아랫도리가 달아오른다. 너무 고통스러워 비명도 지르지 못하는 철재수 앞으로 흑의사내는

다시 약초를 들이밀었다.

"잘 봐라. 사지구사초가 맞느냐?"

"이런 쳐 죽일 놈이 미쳤나, 감히 총관님을!"

계산하던 사내가 달려들었다.

빡!

그 역시 낭심을 얻어맞았다.

"크거걱! 아이고오오!"

돈 계산하던 사내도 아랫도리를 감싸며 그대로 땅바닥을 나뒹굴었다.

동천몽이 웅크리고 있는 철재수 앞에 약초를 들이밀었다.

"아직도 사지구사초이냐?"

"네놈은 누구… 끄억!"

말이 끝나기도 전에 다시 낭심에 동천몽의 오른발이 박혔다.

부르르!

쭈그린 철재수가 온몸을 떨며 입술이 파래졌고 그 앞으로 다시 약초가 들어온다.

"아주 자세히 살펴봐. 사지구사초이지? 틀림없지?"

"주… 죽고 싶어 환… 으와아악!"

철재수는 이번에도 할 말을 끝내지 못했다.

연거푸 세 번씩이나 같은 곳을 얻어맞자 하늘이 노래지며 정신이 혼미해졌다.

털썩!

급기야 그 자리에 주저앉고 말았는데 눈앞으로 잎사귀 세 개 달린 약초가 또 보인다.

"이게 뭐지?"

"사지… 아니, 천지유불초."

그제야 동천몽이 씨익 웃었다.

"분명하지?"

"으… 으응. 맞아."

"그럼 천지유불초 값을 계산해야지."

"뭐… 무엇 하느냐? 어서."

철재수가 말을 하다 중단했다. 돈 계산하던 사내가 사라지고 보이지 않았다.

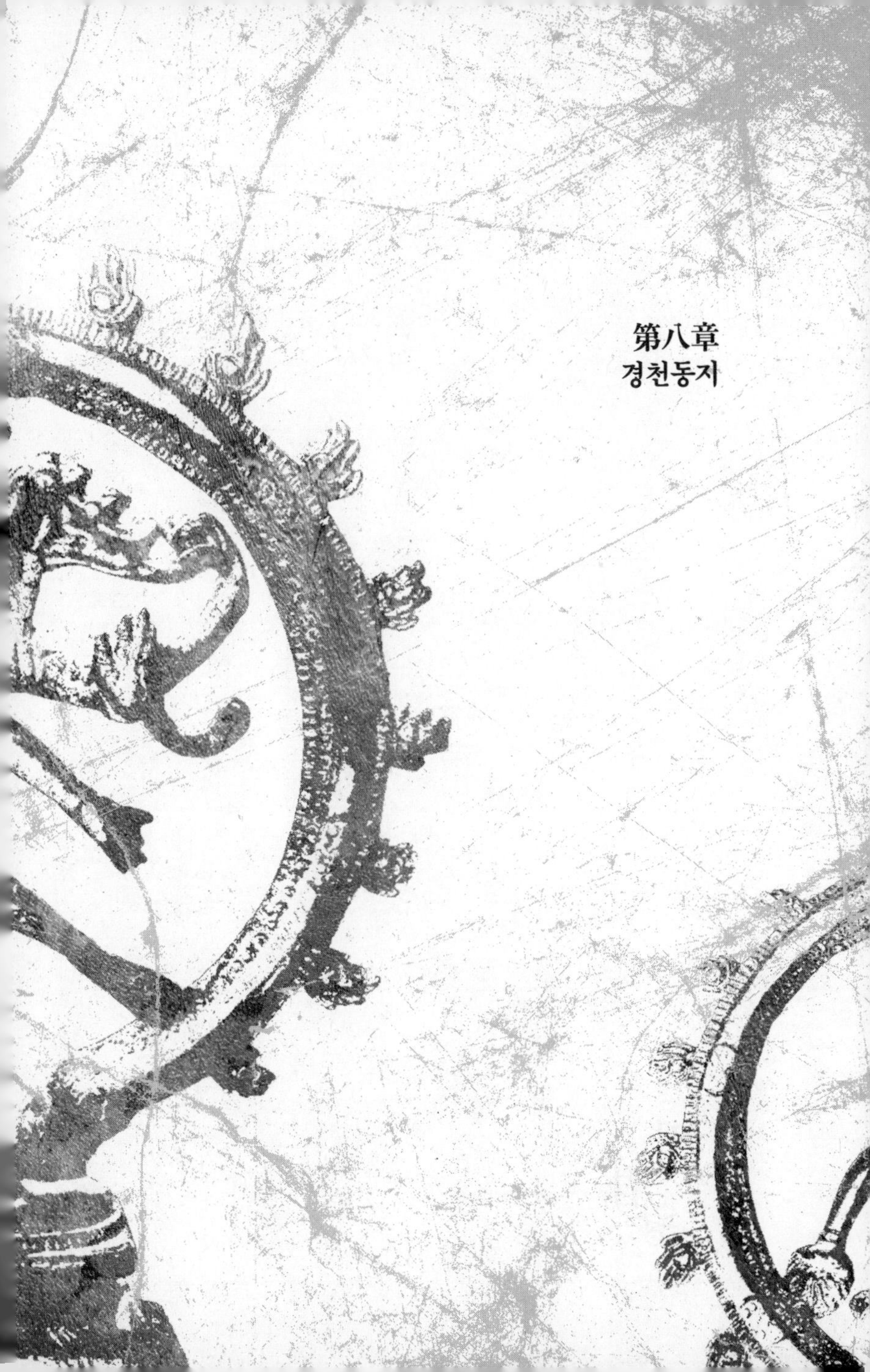

第八章
경천동지

　바로 그때였다. 안쪽으로부터 돈 계산하던 사내의 목소리
가 들렸다.
　"저놈입니다. 저 개자식이 총관님을 때리고 나도 때렸습니
다."
　어느새 돈 계산하던 사내가 자리를 빠져나가 세 명의 무사
를 데리고 왔다.
　셋 모두 옆구리에 칼을 차고 있었는데 기세가 자못 흉흉했
다. 동천몽은 셋 모두 떠돌이 무사들이라는 것을 읽어냈다.
아마 막오광에게 고용된 자들일 것이다.
　땅바닥에 아랫도리를 감싸며 있던 철재수가 세 무사를 보

자 눈빛이 바뀌었다.

"뭣들 하느냐! 저 개자식 모가지를 당장 잘라 버려라!"

"크크크!"

"흐흐흐!"

웃음소리도 흉포했다. 보통 사람이라면 이들의 웃음소리에도 오줌을 지리고 말 것 같았다.

"저승 명부에 오르려면 이름은 말해야 할 것 아니냐?"

"나, 대법왕이니라."

대법왕이란 말에 세 무사가 움찔하더니 이내 큰 소리로 웃었다.

"우헤헤! 이 새끼 진짜 웃긴다. 네놈이 대법왕이면 난 부처님이니라."

"이거 몇 개?"

가운데 무사가 손가락 두 개를 펴고 물었다.

동천몽이 가볍게 웃었다.

그러더니 손가락 두 개를 든 무사의 아랫도리를 벼락처럼 걸어찼다. 가운데 무사가 피해야 한다는 생각이 떠올랐을 땐 이미 아랫도리가 깨진 듯 아파왔다.

"아그륵!"

너무 고통스러운 듯 비명도 제대로 지르지 못했고 좌우 무사들이 멈칫 할 때 연거푸 그들의 사타구니도 달군 쇠꼬챙이에 지진 듯했다.

“꺽!”

“아우우!”

“이… 이 새끼가!”

가운데 사내가 인상을 쓰며 칼을 뽑으려 했다. 하지만 반도 뽑히기 전에 다시 사타구니에 강렬한 충격이 가해졌다.

“아부부! 꼬륵!”

가운데 사내가 그대로 기절했고 동시에 칼을 뽑아 내려치려던 두 무사 역시 간발의 차이로 낭심을 얻어맞고 고꾸라졌다.

철재수의 얼굴이 공포로 우그러졌다. 자신은 물론이고 주인 막오광까지 그토록 믿고 신뢰하던 세 무사가 힘 한 번 써보지 못하고 기절한 광경에 그저 식은땀만 흘러내릴 뿐이었다.

“오광이 있느냐?”

철재수가 대번에 고분고분 해졌다.

“계… 계십니다. 들어가시면 만나뵐 수 있을 것입니다.”

동천몽이 서너 걸음 걷다 돌아보자 철재수가 기절할 듯 놀라며 부동자세를 취했다.

동천몽이 웃으며 말했다.

“사기 치지 마라. 제값 계산해 주란 얘기니라.”

“네!”

동천몽이 가벼운 웃음을 지어 보이며 안으로 들어갔다.

삐이걱!

전각문을 밀고 들어서자 짧은 복도가 있었고 안쪽 끝 방에서 여인의 웃음소리가 들려왔다.

"호호호! 아이~ 간지러워요."

사내의 넋을 녹일 뇌쇄적인 웃음에 동천몽의 입가에 야릇한 미소가 떠올랐다.

보지 않아도 방 안의 상황이 짐작되었다.

동천몽이 복도를 걸어 끝 방에 도착했다. 방문은 닫혀 있었지만 안에서부터 들려오는 음성은 전혀 막아내지 못하고 있었다.

"호호호!"

"아아!"

동천몽이 문을 밀고 들어섰다.

예상대로 침대 위에서 알몸의 남녀가 뱀처럼 엉켜 뒹굴고 있었다.

실오라기 하나 걸치지 않은 채 미친 듯 서로의 몸을 탐닉해가는 두 남녀의 정사를 지켜보던 동천몽이 옆에 있는 의자를 끌어당겨 앉아 본격적인 구경에 돌입했다.

여자가 남자 배 위에 있었는데 움직임이 상당히 능숙했다. 동천몽은 여자가 무척 경험이 풍부하다는 것을 알아차렸다. 밑에 있는 사내는 여자의 엉덩이가 움직일 때마다 죽는다고 신음을 흘렸다.

사내는 필시 막오광일 것이다.

"아이고… 아이고!"

"호호! 내가 뭐랬어요? 오늘 완전히 죽여준다고 했죠. 이 정도는 이제 시작에 불과해요."

막오광이 죽는다는 신음을 흘렸다.

"오늘 진정한 천국이 무엇인지 보여 드리겠어요."

"지… 지금도 천국이니라… 아그그그."

여인은 여러 가지 동작을 취했다. 적지 않은 경험은 갖고 있는 동천몽이지만 처음 보는 자세도 많았으며 막오광은 거의 미쳐 가고 있었다.

두 사람의 정사는 무척 오래 지속되었다.

막오광이 끝날 듯하면 여자는 동작을 멈추고 시간을 끌기를 반복했다.

'고수로군!'

동천몽은 진심으로 감탄했다.

흠칫!

그러다 문득 동천몽이 자신의 아랫도리를 내려다보며 놀란 표정을 지었다.

남녀의 정사 모습을 곁에서 지켜보고 있었다. 즉, 살아 있는 사내라면 지금쯤 노소를 불문하고 반응을 보여야 정상이었다. 그런데 아랫도리가 아무런 반응을 보이지 않고 있었다. 과거에는 지나가는 여인만 쳐다봐도 민감한 반응을 보였던 아랫도리였다.

‘이… 이런!’

동천몽의 얼굴에 당황한 표정이 떠올랐다.

도저히 있을 수 없는 일이 벌어진 것이었다.

“꿀꺽!”

가슴이 철렁 무너지면서 앞이 캄캄해졌다. 심각한 문제이
자 경악할 일이었으므로 동천몽은 곧바로 하의를 들추었다.
그리고 안을 들여다보고 기겁을 했다.

‘마… 맙소사!’

놀랍게도 아랫도리는 조용히 늘어져 있었다.

몇 번 눈을 비비고 다시 내려다봤지만 힘이라고는 전혀 없
어 보였다. 다시 한 번 침을 삼킨 동천몽은 슬며시 손을 집어
넣어 튕겨보았다.

아프기만 할 뿐 도무지 생기라고는 찾아볼 수가 없다.

한순간 머릿속으로 떠오르는 것이 있었다.

‘무… 무상탄독!’

하나 이내 고개를 세차게 저었다.

걸병광우철포공은 아랫도리까지 그 영향을 미친다. 즉, 아
랫도리도 여느 피부와 다를 바 없이 상처를 입지 않는다. 만
약 그때 충격을 받았다면 아프거나 상처를 입었어야 했는데
돌이켜 봐도 전혀 이상한 점은 발견하지 못했었다.

동천몽의 안색이 흙빛으로 변했다.

아랫도리는 사내의 가치다. 아랫도리가 제구실을 하지 못한다는 것은 사내의 가치가 소멸되었음을 반증하며, 미물이라 아니 할 수가 없다. 그리고 그것은 죽음이요 실패이며 패배이고 생생한 몰락의 실상이었다.

아무리 손으로 팅기고 주물러도 전혀 고개를 쳐들지 않는 아랫도리를 보며 절망에 싸여 있을 때 갑자기 비명 소리가 들려왔다.

"아악!"

고개를 쳐들자 막오광의 배 위에 있던 여인이 동천몽을 발견하고 천으로 가슴을 가렸다.

"왜… 왜 그러느냐?"

"저…저기."

여자가 손가락으로 동천몽을 가리켰다.

침대에 누운 막오광이 입구로 고개를 돌렸다가 의자에 앉아 있는 동천몽을 발견하고 흠칫 했다.

화악!

배 위에 주저앉아 있는 여인을 밀치고 막오광이 상체를 일으켰다. 다짜고짜 벽에 걸린 칼을 거머쥐더니 알몸으로 침대를 내려왔다.

"뭐 하는 놈인데 남의 방을 들어왔느냐?"

동천몽은 의자에 앉아 있었는데 표정이 굳어 있었다. 기분이 좋지 않았다. 자꾸 아랫도리가 신경 쓰였다. 아무리 긍정적으로 생각하려고 해도 불안했다. 남녀의 정사 장면을 직접 보았고 생생한 현장의 소리까지 들었는데도 반응을 보이지 않는다는 것은 심각한 사태가 아닐 수 없었다.

"뭐 해요? 어서 쫓아버리던지 베어버려요!"

여자가 가슴을 가린 채 침대 위에서 소리쳤다.

"이 새끼가!"

막오광이 그대로 칼을 내려쳤다.

동천몽은 의자에서 꼼짝도 하지 않은 채 내려치는 칼을 오른손으로 막았다.

탁!

맨손으로 도신을 거머쥐자 막오광의 눈이 커졌다.

하나 정신을 차리고 잽싸게 칼을 비틀었다. 잡은 손을 아작 내려는 수였다. 하지만 칼은 꼼짝도 하지 않았고 톡 소리가 나더니 부러졌다.

"헉!"

반 토막이 난 칼을 보며 막오광은 입을 떡 벌렸다.

보통 인물이 아니라는 생각이 머리를 스쳤다. 그리고 떠오르는 또 하나의 생각은 자칫하면 오늘 자신의 삶이 정리될 수도 있다는 위기감이었다. 여기까지 무사히 들어온 것을 보면 밖에 있는 무사들이 무너졌다고 봐야 한다.

무공을 전혀 모르는 것은 아니지만 뛰어나지도 않았다. 밖에 있는 세 무사는 자신이 고용한 자들인데 백 초 이상을 겨

뭐야 겨우 제압할 수 있었다. 그런데 아무리 육욕에 빠졌다고 해도 싸우는 소리가 전혀 들리지 않았던 것을 감안하면 자신쯤은 상대가 아니라는 결론이 나온다.

쾍!

막오광이 반 토막밖에 남지 않은 칼을 힘껏 쥐었다.

누구 못지않게 열심히 살아왔다. 물론 칭찬받을 짓 하며 올바르게 살아오지는 않았다. 돈이라는 것이 묘하게 정직하면 품을 자꾸 떠나고 악독하게 못되게 굴면 품을 파고들었다.

그래서 오늘날 사방천지가 적이다. 그러나 그 대가로 부는 일궜다. 부모가 누군지도 모르고 태어나 이만큼 부를 일궜으니 성공한 인생이다. 이제는 버는 것보다는 뺏기지 않기 위해 애를 썼다. 다행히 힘이 들긴 했지만 아직까지 꾸준히 평행선은 유지해 오고 있었고 마누라 말고 두 명의 첩까지 두었다. 유일한 걱정이라면 체력의 한계성이었는데 세 여자를 다루다 보니 힘이 부족했다. 좋은 약이란 약은 빼놓지 않고 챙겨 먹는데 뜻대로 되지 않아 고민일 뿐 다른 걱정거리는 없었다.

"죽엇!"

막오광이 달려들었다.

어떻게 쌓아온 오늘의 부이며 영광인데 여기서 무너질 수는 없었다. 무너질 바에는 차라리 죽는 게 나았다. 다시 과거의 그 지긋지긋한 피폐한 삶으로 내던져진다는 것은 절대 있을 수 없었고 있어서도 안 되었다.

빠악!

동천몽의 주먹이 칼과 부딪쳤는데 튕겨 날아간 사람은 막오광이었다.

뒤쪽 벽에 부딪치고 사정없이 방바닥으로 나동그라졌다. 하나 막오광은 곧바로 일어나 떨어뜨린 반 토막의 칼을 거머쥐고 노려보았다.

"죽자아아!"

악을 쓰며 동천몽의 배를 쑤셨다. 죽이지 못하면 자신이 죽는다. 물러설 수도 없고, 물러설 마음은 없다. 물러설 바에는 차라리 죽는 게 나았다.

쾅!

덤빌 때보다 더 빠르게 날아가 이번에는 창문에 부딪쳤다.

와장창!

창문이 박살나고 밖으로 사라졌다. 하나 곧바로 다시 창문을 기어 넘어와 재차 달려든다.

빡!

쓰러지면 일어나 다시 달려들었고 피를 흘리면서도 막오광은 공격을 멈추지 않았다. 필사적이며 집요했고, 악착같았다.

팟!

동천몽의 눈에서 빛이 뿜어졌다.

막오광의 모습에서 한 사내를 떠올린 것이었다. 그 사내 또한 형들로부터 엄청나게 두들겨 맞았다. 저항할수록 더욱 얻어맞았고 끝내는 죽음의 위기까지 겪었다.

그러던 어느 날 사내는 한 가지 사실을 깨우쳤다. 힘을 갖추지 않고서 저항하는 것은 어리석은 만용이고 자살 행위라는 것을.

그때부터 두들겨 패면 맞았고 한 대라도 덜 맞기 위해 바닥을 기었으며 스스로를 버렸다. 철저히 벌레가 되어 겨우 목숨을 부지했고 오늘에 이르렀다.

막오광의 모습에서 한때 자신의 모습을 본 것이었다.

빠박!

막오광의 얼굴은 피투성이가 되었다. 그런데도 그의 눈빛은 더욱 푸르게 빛났고 투쟁력은 강해졌다.

"야, 이 멍청한 새끼야! 그러면 더 죽어, 미련한 놈아!"

소리치며 있는 힘껏 막오광을 가격했다.

콰아앙!

"크악!"

막오광이 구석으로 떨어졌다. 피투성이가 되었고 벌레처럼 꿈틀거리며 몸을 일으켜 세웠다. 제대로 몸을 가누지도 못하면서 주먹부터 거머쥐었다.

"주… 죽여라. 날 절대 살려두지 마라. 모든 걸 뺏기느니 차라리 죽겠다. 으아아악!"

막오광이 처절한 기합을 지르며 달려들었다. 동천몽의 눈빛이 깊숙이 가라앉았고 막오광의 주먹을 피하며 멱살을 거머쥐었다.

탁!

"캐애액!"

거센 멱살에 숨이 막힌 듯 막오광이 바둥거렸다.

"목숨은 이런 식으로 지켜지지 않는다. 머리를 써라, 머리를. 힘으로 맞서면 더 죽어갈 뿐이다. 알겠느냐?"

동천몽의 두 눈에서 가공할 기세가 뻗어나갔다.

"커컥! 죽여라. 어서 날 죽여."

화악!

동천몽이 막오광을 세차게 밀었다. 그러자 힘없이 뒤로 나자빠졌고 동천몽이 품에서 백상불을 꺼내 다시 공격하기 위해 일어나는 막오광에게 보여주었다.

흠칫!

막오광이 주먹을 말아쥐다 백상불을 발견하고 두 눈을 크게 떴다.

"배… 백상불, 당신은?"

"대법왕이니라."

막오광은 옷차림을 살폈다. 머리만 깎았을 뿐 속의를 걸쳤다. 하지만 백상불은 틀림없는 대법왕의 신물이며, 이따금 백성들의 삶을 보기 위해 속의로 변장하고 다닌다는 말은 들어보았다.

막오광의 눈빛이 흔들렸다.

과연 복종해야 하느냐 죽더라도 끝까지 저항해야 하는지 갈등의 빛이었다.

“죄… 죄송합니다. 소인을 이해해 주십시오.”

막오광은 싸움을 택했다. 그에게는 선택의 여지가 없었다.

동천몽이 주먹을 쥐고 틈을 노리는 막오광을 보며 미소를 지었다.

“한 가지 약속을 해라.”

“무… 무엇입니까?”

“사실 널 찾아올 땐 죽이려고 했다. 힘없는 백성들의 피를 뽑아 배불리 먹고 있으니까. 하지만 지금 널 보며 마음이 조금 바뀌었다. 널 살려주겠다. 또한 네가 모은 재산에 대해 일체 손을 대지 않겠다. 대신, 한 가지만 지켜라.”

“……”

“이곳에서 생산되는 모든 약초가 정상적인 거래로 이뤄질 수 있도록 해라. 더 이상 착취하지 말라는 얘기다. 그 약속만 지키면 돌아가겠다.”

막오광이 믿을 수 없다는 표정을 지었다.

“믿기지 않는다는 것이냐?”

“사실입니까?”

“믿어라.”

동천몽이 깊숙한 눈빛으로 막오광을 주시한 후 등을 돌렸

다. 동천몽이 문을 막 벗어나는데 뒤로부터 쿵 소리가 들렸
다.

"대… 대법왕이시여, 약속하겠사옵니다. 앞으로는 철저히
시장에 맡길 것이고 더 이상 가난하고 힘든 백성들을 괴롭히
지 않겠습니다."

"고맙구나."

동천몽이 한마디를 남기며 사라졌다.

막오광은 동천몽이 사라진 복도를 향해 무릎을 꿇고 큰절
을 올렸다. 그의 두 눈에서는 진정의 빛이 넘쳤다.

막오광의 장원을 걸어나오자 만강수가 초조하게 밖에서
기다리고 있었다. 동천몽을 발견한 만강수가 긴장한 얼굴로
다가왔는데 얼굴 표정을 살폈다. 어떻게 됐는지 차마 결과를
물어볼 용기가 나지 않은 모양이었다.

만강수는 혹시라도 자신의 짓이라는 것을 막오광이 알면
엄청난 피해가 닥쳐오리란 것을 생각하자 괜히 입을 열었다
는 후회를 하고 있었다.

투툭!

동천몽이 만강수 등을 토닥였다.

"잘됐느니라. 앞으로 고생한 만큼 수익을 얻을 것이니 걱
정 말거라."

"호… 혹시?"

"너의 짓이라고 막오광에게 말했느냐고 묻는 것이냐? 염려
마라. 그런 말은 하지 않았느니라."

만강수가 꾸벅 고개를 숙였다.

"가… 감사합니다. 감사합니다."

"행복하게 살거라. 다시 한 번 날 구해주어 고맙구나."

"아… 아니옵니다. 그… 그러하온데."

뭔가 할말이 있는 듯 만강수가 더듬거리자 동천몽이 물었
다.

"할 말 있으면 망설이지 말고 하거라."

만강수가 동천몽의 얼굴을 빤히 보며 말했다.

"소… 송구하온데 대법왕님의 존안이 어두워 보입니다. 무
슨 근심 있으신지?"

동천몽이 흠칫했다.

잠시 당황한 표정을 감추지 못하던 동천몽이 표정을 바꾸
며 억지 미소를 지었다.

"아니니라. 본왕이 무슨 걱정이 있겠느냐? 그럼 나중에 궁
으로 한번 오거라."

동천몽이 천천히 걸어갔고 만강수가 크게 허리를 구부려
절을 했다.

만강수와 헤어진 동천몽은 곧바로 의원을 찾아갔다. 의원
은 자신의 몸 하나도 제대로 가누지 못할 만큼 늙었다. 그러
나 안다에서 가장 영험하다는 소문이 있었으므로 동천몽은

신뢰하기로 했다.

"어디가 아파서 오셨소?"

동천몽은 얼른 입을 열지 못했다.

그러자 의원이 이마를 찡그리며 말했다.

"왜 말을 못하시오? 어디가 아프냐고 묻잖소, 젊은이."

동천몽은 마른침을 삼키고 말했다.

"사… 사실은… 거시기가……."

의원은 여전히 동천몽의 말뜻을 알아차리지 못했다.

동천몽이 다시 침을 삼키며 말했다.

"그… 그것이… 물건."

그제야 의원이 눈치를 챈 듯 물었다.

"어디가 어떻게 문제가 있는지 상세히 말해보시오."

"일어서지를 않소이다."

"일어서지를 않는다는 것은 전혀 구실을 못한다는 말이오?"

동천몽은 조금 전 막오광의 장원에서 있었던 상황을 말해주었다. 얘기를 듣고 난 의원의 얼굴이 심각해졌다.

"정말이오? 거참, 그 정도 생생한 현장이라면 대부분 화를 내는 것이 정석이거늘. 어디 팔을 좀 내밀어보시오."

의원은 맥을 짚었다. 하지만 큰 이상을 발견 못한 듯 이번에는 아랫도리를 내려보라고 했다.

의자에 앉아 아랫도리를 내린 동천몽을 의원이 살폈다.

"일단 겉모습은 이상이 없는 것 같소이다만 좀 더 정밀 검사를 해봐야겠소."

그러더니 탁자 서랍에서 얇은 면장갑을 꺼내 손에 끼었다. 그러더니 동천몽의 아랫도리를 이리저리 만지며 살폈다. 한참을 살피던 의원이 가볍게 눈살을 찌푸렸다.

"올해 나이가 몇이오?"

"스물이오."

의원이 고개를 갸웃했다.

"그 나이면 늙은이가 만져도 반응을 보이는 법이거늘… 허어."

의원의 고개가 연신 좌우로 서너 번 기울어지더니 아랫도리를 올리라고 말했다.

장갑을 벗은 의원이 동천몽을 보며 말했다.

"아직 혼인도 하지 않았는데 거시기에 문제가 생기면 중차대한 일이지요. 본격적으로 검사를 한번 해봅시다."

"본격적인 검사라면……?"

"나만의 검사 방법이 있소이다. 밖에 용이 있느냐?"

"네, 사부님."

문이 열리고 이십대가량의 청년이 들어섰다. 의원의 제자인 듯했는데 넙죽 허리를 숙였다.

"가서 삼월이를 좀 데려오너라."

"알겠사옵니다, 사부님."

용이라는 제자가 나가고 동천몽은 궁금한 표정으로 의원을 쳐다보았다. 동천몽의 표정을 읽은 듯 의원이 가벼운 미소를 지었다.

"조금만 기다려보면 알게 될 거요."

의원은 야릇한 미소를 지었다.

잠시 후 의원은 다른 환자를 보기 위해 밖으로 나갔고 혼자 남은 동천몽은 무슨 검사를 어떻게 하려는 건지 무척 궁금했다. 온갖 생각을 다해봤지만 마땅히 떠오르는 건 없었다.

이 다경쯤 지났을 때 다른 환자를 치료하기 위해 나갔던 의원이 들어섰고 곧바로 밖으로부터 용이라는 제자의 음성이 들려왔다.

"삼월이를 데려왔사옵니다."

"오, 어서 안으로 데리고 들어오너라."

드르륵!

문이 열리는 소리에 동천몽이 고개를 들다 말고 흠칫했다.

용이라는 제자가 한 명의 아리따운 여인을 데리고 들어섰다. 여인은 무척 화장을 짙게 하고 있었는데 동천몽을 힐끔 쳐다보더니 혀를 찼다.

"쯧쯧! 새파란 오빠가 어쩌다."

의원이 여인을 향해 말했다.

"뭣 하느냐? 어서 벗거라."

여인은 두말도 않고 옷을 벗기 시작했다.

동천몽이 깜짝 놀라며 물었다.

"지금 무엇을 하는 거요?"

"검사를 한다고 하지 않았소? 아무 소리 말고 가만있으시오."

화악!

동천몽의 눈이 커졌다.

여인은 마지막 남은 속옷까지 홀라당 벗었다. 미끈한 여인의 몸매는 가히 조각품이라 할 만했다.

"삼월이를 똑바로 쳐다보시오. 시선은 아무데나 두어도 상관없소."

동천몽이 너무 민망해 시선을 똑바로 들지 못하자 의원이 버럭 소릴 질렀다.

"이보시오. 지금 장난하는 줄 아시오? 빨리 검사에 응하지 못하겠소?"

동천몽은 그제야 의원이 말한 검사 방법이 무엇인지 깨달았다. 여인의 옷을 벗겨 실컷 감상하게 한 다음 자신의 반응을 살피려는 것이었다.

"삼월이를 한 번 부르는데 돈이 얼만 줄 아시오? 시간없으니 어서 고개를 들고 똑바로 보시오."

의원이 호통을 쳤고 삼월은 이미 이런 일에 익숙한 듯 요염한 자세로 섰다. 전혀 부끄러움을 모르는 듯 양다리를 적당히 벌리고 가슴을 한껏 돋보이게 하려는 듯 내밀었다.

동천몽이 삼월이를 정면으로 쳐다보았다.

피부가 까칠하고 눈가에 주름이 있는 것이 서른 초반 정도로 보였다. 하지만 몸매 하나는 너울거리는 물결을 보는 듯 유연하고 부드러웠다. 가슴 또한 도발적으로 치켜 올라갔고 허리 또한 한 줌도 되지 않을 듯 가늘었다.

그리고 밑으로 이어지는 여체의 아름다움은 사내를 유혹시키기에 부족하지 않았다.

"어떻소. 지금도 반응이 없소?"

의원이 한쪽에 서서 물었다. 동천몽은 아랫도리를 들췄다. 미치고 환장할 노릇이었다. 도대체 이해할 수도 없고 뭐라고 설명도 되지 않는 어처구니없는 현상이었다.

"네."

의원이 삼월을 향해 말했다.

"이 단계로 들어가거라. 덧붙여 말하지만 아무리 중증 환자라 해도 이 단계에서 모두 반응을 나타냈다는 것을 미리 말씀드리오."

삼월이 한쪽에 있는 의자를 끌어당겼다.

의자에 앉아 오른쪽 다리를 구부려 올리고 좌측 다리는 바깥으로 약간 벌렸다. 그러자 검은 숲 속에 잠겨 있는 여인의 샘이 보일 듯 말 듯 아슬아슬했다. 또한 자신의 양쪽 가슴을 손으로 받쳐 올리며 도발적인 자세를 취했다.

동천몽이 삼월의 자태를 휘둥그런 눈으로 보았다. 실로 아

찔하기 이를 데 없는 자세이며 아무리 단호한 의지를 갖고 있
는 사내일지라도 욕망을 분출시키도록 만들기에 부족함이 없
었다.

"지금은 어떻소?"

의원이 눈을 빛내며 물었다.

동천몽은 아랫도리를 확인하지 않았다. 변화가 있으면 느
낌으로 이미 알아차려지는 것이다.

"설마, 이 단계에서도?"

동천몽이 굳은 표정으로 신음했다.

"으음!"

"허어! 이런 괴이할 데가!"

삼월이도 놀란 표정을 지었다.

"정말 반응이 없어요? 혹시 내 몸을 더 보고 싶어 변화가
있는데도 없다고 하는 거 아니에요?"

"궁금하면 직접 보시오. 와서."

동천몽이 퉁명스럽게 말하자 삼월이 눈을 크게 떴다

"세상에, 목석도 이 단계에서는 반응을 보이는데."

의원이 삼월을 보며 비장한 표정으로 말했다.

"하는 수 없구나. 마지막 삼 단계를 펼치거라."

삼월이 의자에서 몸을 일으켰다.

그리고 가슴을 쫙 편 채 다가왔는데 양쪽 가슴이 탄력있게
흔들거렸다. 동천몽의 면전에 이른 삼월이 그를 내려다보았

다. 그러더니 두 손을 뻗어 동천몽의 뺨을 어루만지며 조금씩 아래로 내려갔다.

스으으!

삼월의 손이 뺨에서 목을 타고 내려와 앞가슴을 더듬었다. 동천몽의 눈앞에서 삼월의 탐스런 가슴이 현란하게 덜렁거린다. 삼월의 길다란 손가락이 가슴을 더듬고 아랫배를 지나 급기야 아랫도리 쪽으로 손을 뻗어갔다.

"욱!"

삼월이 어딜 만졌는지 동천몽이 움찔하며 신음을 흘렸다. 그리고 더 이상 어떤 반응도 보이지 않았다.

슥! 스슷!

삼월의 양손이 바빠졌다. 그러면서 동천몽의 얼굴을 살폈는데 여전히 무표정이다.

삼월이 인상을 쓰며 좀 더 세게 거머쥐었다.

"아프오."

동천몽이 짧게 말했다.

삼월이 허리를 펴더니 고개를 절레절레 흔들었다.

"이런 남자 처음이에요. 아무런 효과가 없어요. 여전히 꼼짝도 하지 않아요."

그러면서 돌아가 옷을 걸치기 시작했다.

옷을 걸친 삼월이 의원을 향해 손을 뻗었다.

"검사비 주셔야죠."

의원은 두말도 않고 품에서 은자 한 냥을 꺼내주었다.

"그럼 수고하세요."

삼월이 꾸벅 인사를 하고 나가려다 말고 넋을 놓고 앉아 있는 동천몽을 돌아보았다.

"오빠, 혹시 그거 아냐? 고자?"

동천몽이 버럭 소릴 질렀다.

"닥치거라! 재수없게!"

"꼴에 성질은. 흥!"

탁!

문을 세차게 닫고 삼월이 나갔다.

삼월이 나가고 방 안에 잠시 침묵이 흘렀다. 의원이 뭔가 생각을 하는 듯 턱을 괴고 이마를 찌푸렸다.

동천몽의 얼굴은 흙빛이었고 시선에는 초점이 없었다. 믿을 수가 없었다. 어떻게 여자의 나신을 보는 것도 부족해 직접 만지작거리기까지 했는데도 일체의 반응이 없다는 것이 한바탕 꿈을 꾸고 있는 것 같았다.

가끔 마차에 치여 불구가 되는 사람을 보았다. 그렇지만 자신은 마차에 치인 적도 없고 그곳을 다친 적은 더욱 없었다. 아무리 지난날을 되돌아봐도 문제되는 사건이나 행동은 일체 없었다.

"다시 한 번 잘 생각해 보시오. 혹시 허리를 다쳤다거나 기루 기녀들과 관계하면서 시원찮다고 조롱당한 일이 있소?"

"왜 다른 사람에게 시원찮다고 조롱당하면 무반응을 보이오?"

"이따금 밤일 하나도 제대로 못한다는 마누라의 타박에 기능을 잃은 사람도 더러는 있소이다."

"난 혼인을 하지 않은 몸이오."

"하면, 여자 친구로부터 그런 모욕을 당한 적 있으시오?"

"없소."

"모욕을 당한 적이 없다는 거요, 아니면 여자 친구가 없다는 거요?"

"둘 다요."

의원이 심각한 표정으로 고개를 끄덕였다.

또다시 이마를 찡그렸고 동천몽이 물었다.

"이게 치료법의 다요?"

"아니오. 다른 몇 가지 방법이 있긴 하지만 가장 강력한 것이었소."

"다른 건 해보나 마나라는 얘기구려?"

"거참."

의원이 길게 한숨을 내쉬더니 정색했다.

"지금부터 내가 하는 말을 잘 들으시오. 솔직히 공자의 기능 상실에 대한 원인은 불분명하오. 그러나 오랜 의원 생활의 경험으로 볼 때 유일한 방법은 한 가지뿐이오."

동천몽이 눈을 빛냈다.

“그래, 뭐요?”

“화중동거(花中同居)요.”

동천몽의 눈이 커졌다.

“그 말은 여자들 속에서 생활하며 끊임없이 거시기에 자극을 주라는 말 아니오?”

“그 방법 말고는 현세에 치료법은 없소. 자화자찬 같지만 이 늙은이의 주특기는 남자의 아랫도리를 고치는 것이오. 그래서 그곳에 문제가 있는 환자들이 자주 찾아오지. 일부는 고쳐 준 것에 너무 고맙다며 지금까지 연락도 해오고 있고.”

동천몽은 침묵했다.

자신은 대법왕이었다. 활불이자 뭇 백성의 어버이인 자신이 여인들 속에 파묻혀 산다는 것은 현실적으로 도저히 있을 수 없는 일이며 불가능하다.

의원은 계속 말했다.

“어쨌든 아직 젊기 때문에 가능성이 있다고 보오. 용기를 잃지 마시오. 그리고 오늘 치료비는 은자 닷 냥이오.”

동천몽은 품을 뒤져 은자 닷 냥을 꺼내주었다.

그리고 조용히 일어나 방을 나왔다. 어깨가 축 처져 걸어나가는 동천몽을 향해 의원이 한마디 덧붙였다.

“힘을 내시오. 고칠 수 있다는 자신감이 중요하오.”

탁!

문이 닫혔다.

"쯧쯧! 새파랗게 젊은 놈이."

문이 닫히자 기다렸다는 듯 의원은 혀를 찼다.

동천몽은 하염없이 걸었다. 어디 목적지가 있는 것도 아니었고 그냥 걷고 싶었다. 주위는 이미 어두워지기 시작하고 있었고 점심부터 굶었는데도 배는 전혀 고프지 않았다.

"야, 이 자식아, 죽고 싶어 환장했어? 안 비켜!"

등 뒤에서 마차를 끌던 마부가 버럭 소릴 질렀다. 하지만 동천몽은 전혀 듣지 못한 듯 걸었고 마차가 조심스럽게 비켜 지나가며 마부는 다시 욕설을 퍼부었다.

"길 한가운데를 막고 가면 어떡해? 미친놈 아냐?"

매서운 눈으로 마부가 노려보았지만 동천몽은 아무런 반응을 보이지 않고 걸었다.

어둠이 짙어오면서 관도는 완전히 정적에 파묻혔다. 이따금 지나가던 마차도 더 이상 찾아볼 수 없었다.

털썩!

다리가 아팠으므로 동천몽은 길가 바위에 걸터앉아 길게 한숨을 내쉬었다. 그리고 아랫도리를 열어젖히고 살펴보았다. 여전히 힘없이 처져 있을 뿐이다.

고개를 들어 하늘을 올려다보았다. 하늘은 은가루를 뿌려놓은 듯 별들이 반짝인다. 먹먹한 시선으로 밤하늘의 별들을 올려다보는 동천몽의 입에서는 한숨이 끊이지 않았다.

문득 눈앞으로 부친의 얼굴이 떠올랐다.

언젠가 부친은 취중에 말했다. 시체가 아닌 한 살아 있는 동안만큼은 어떻게 해서라도 구실을 해야 사내는 그 가치를 인정받는다고.

오죽했으면 새벽에 기지개를 켜지 못한 사내에게는 금전 거래도 하지 말라고 했겠는가.

동천몽은 한숨과 함께 다시 일어나 걷기 시작했다. 다시 훑어보고 되새겨 봐도 사고를 당하거나 문제가 생길 만한 일을 겪지 않았다. 가장 가능성이 있다면 무상탄독의 폭발인데 아랫도리만큼은 확실하게 이상이 없었다.

백쾌섬과 삼천목이란 자의 검에도 그곳만큼은 맞지 않았고 만강수 등에 업혀 천포지각을 향할 때는 더욱 아무런 일도 생기지 않았다.

"흐흐흐! 도대체 이거 며칠 만에 걸린 고기냐?"

"반갑다, 친구야."

음산한 목소리에 동천몽이 고개를 들었다.

어느새 조그만 고갯길을 넘어가고 있었는데 다섯 명의 사내가 앞을 가로막고 있었다.

第九章
불사심법의 함정

힘없는 사람들을 노리는 산적들이다.

"우린 절대 널 해치고 싶지 않다. 그러므로 몸에 지닌 좋은 물건들 있으면 얼른 바치고 계속 가줄래? 인마, 뭐 해? 받을 준비하지 않고."

두목으로 보이는 구레나룻의 사내가 옆에 있는 작달막한 체구의 부하를 향해 눈짓을 했다.

"알겠습니다, 형님."

작달막한 체구의 사내가 동천몽의 면전으로 다가와 양손을 펴서 내밀었다.

"얼른 이곳에 올려놔. 빨리."

동천몽은 아무 말 않고 주머니를 뒤졌다. 그리고 지니고 있는 은자를 꺼내 작달막한 사내의 손 위에 올려놓았다.

촤라라!

더 이상 내놓을 기미를 보이지 않자 두목이 말했다.

"너처럼 현명한 인간은 처음 봤구나. 지금까지 수많은 인간을 털었지만 너처럼 대화가 통하는 상대는 처음이다. 더 없느냐? 뒤져서 나오면 죽는다."

동천몽은 초점없는 시선으로 두목을 쳐다보았다.

동천몽을 바라보던 두목이 나직이 고개를 끄덕였다.

"눈빛이 거짓말이 아니라는 것을 말해주는구나. 좋다. 통과."

동천몽이 두목의 곁을 지나갈 때 두목이 큰 소리로 말했다.

"인마, 어깨 펴! 장부가 말이야. 돈 좀 빼앗겼다고 그렇게 축 처져 가느냐? 인생에서 돈이 전부가 아니잖아."

타탁!

그러면서 동천몽의 어깨를 두어 번 쳤다.

그런데 그 바람에 품속에 넣어두었던 백상불이 바닥으로 떨어지고 말았다.

투툭!

"어, 이건 또 뭐야?"

두목 뒤쪽으로 서 있던 비쩍 마른 사내가 허리를 구부려 백상불을 주워 들었다. 비록 어둠 속이지만 백상불은 흰 광채를 뽑고 있어 한눈에 귀한 물건임을 알아볼 수 있었는데 두목의 인상이 와락 찌푸려졌다.

"이 자식, 너만큼은 믿었는데, 일로 줘봐."

비쩍 마른 사내가 두목에게 백상불을 건네주며 말했다.

"상당히 가치가 있어 보입니다."

멈칫!

백상불을 받아 살피던 두목의 눈이 커졌다. 앞뒤로 다시 한 번 살피던 두목이 그 자리에서 무릎을 꿇었다.

퍼어억!

"오오! 대법왕이시여!"

두목이 무릎을 꿇고 공포에 젖은 표정을 짓자 부하들이 놀란 표정을 지었다.

두목이 부하들을 향해 버럭 소릴 질렀다.

"뭘 봐, 새끼들아! 빨리 무릎 꿇어!"

두목의 명령에 사내들이 일제히 무릎을 꿇었다.

"대법왕이시여, 소인들이 죽을죄를 졌습니다. 부디 자비를 베푸시어 목숨만 보존해 주소서. 우리가 금품을 강취한 이분께서는 대법왕이시다. 이건 바로 대법왕의 위대한 옥체를 보증하는 백상불이니라."

두목이 백상불을 두 손으로 동천몽에게 올렸다.

부르르!

백상불을 올리는 두목의 손이 떨리고 있었다.

동천몽의 눈에서 예리한 광채가 뿜어져 나왔다. 이제야 본
래의 정신으로 돌아온 것이다.

"너희는 누구냐? 왜 너희들이 본왕의 백상불을 갖고 있느
냐?"

동천몽이 백상불을 받으며 말했다.

두목이 작달막한 체구의 사내를 향해 인상을 썼다.

"빨리 그것도 돌려줘."

작달막한 체구의 사내가 동천몽에게서 빼앗았던 은자를
두 손으로 바쳤다.

"받으소서."

동천몽은 대략의 상황을 짐작했다, 자신이 하체의 기능마
비에 대해 고민하고 있는 사이에 모든 것이 이루어졌음을.

은자를 받아 드는 동천몽을 보며 두목이 머리를 조아렸다.

"어둡다 보니 사람을 재는 눈이 더욱 무디어져 대법왕님을
알아보지 못했사옵니다. 용서해 주십시오."

"일어들 나거라."

두려움 가득한 얼굴로 일행이 일어섰는데 모두 고개를 들
지 못했다.

"이름이 뭐냐?"

두목이 대답했다.

"부시(夫屍)라고 하옵니다."

"어디서 많이 들어본 이름이구나. 보아하니 이 근처 무대

로 활동하는 무리들 같은데 오늘 밤 어떻게 하룻밤 신세 좀 질 수 없겠느냐?"

"무… 물론이옵니다. 대법왕님께서 저희 산채를 이용해 주시면 한없는 영광이지요. 하지만 워낙 누추하여."

"괜찮다. 이슬만 피할 수 있으면 되느니라."

"하오시면 소인을 따라오십시오. 뭣들 하느냐? 어서 대법왕님을 보호하라."

부하들이 부시의 명령에 동천몽 주위를 멀찍이 에워쌌다.

동천몽은 부시를 따라 숲으로 반 시진 정도 들어가자 넓은 공터에 조그만 초막이 세 채 있었다.

"보다시피 집이 저렇사옵니다. 그나마 소인이 거주하는 가장 오른쪽 초막이 괜찮사옵니다."

부시가 오른쪽 초막으로 데려갔다. 입구는 문 대신 억새로 엮은 발이 드리워져 있었다.

"드시지요."

부시가 발을 걷어올리며 말했다.

안으로 들어서자 바닥 역시 억새가 깔려 있고 간단한 취사도구가 있었다.

"부… 부끄럽사옵니다.

"좋다. 무척 아늑하구나."

부시가 입구에 서 있는 부하들을 향해 인상을 썼다.

"뭐 하고 있느냐? 어서 대법왕님의 저녁을 준비하거라."

"아니다. 생각없느니라. 난 더 이상 신경 쓰지 말고 편히들 쉬거라."

돌아서는 부하들을 향해 부시가 버럭 소릴 질렀다.

"이런 버르장머리없는 놈들을 봤나. 이 새끼들아, 쉬란다 고 돌아가면 어떡해? 대법왕님의 신변은 누가 지킬 거야?"

부하들이 다시 등을 돌리자 동천몽이 웃으며 말했다.

"신경 쓰지 말라고 했잖느냐. 돌아가 쉬거라."

하지만 부하들이 부시의 눈치를 보느라 꼼짝도 하지 않았 다.

부시가 다시 인상을 썼다.

"이 새끼들아, 귀가 먹었어? 대법왕님께서 돌아가 푹 쉬어 라고 하잖아!"

부하들이 각자 흩어졌다.

동천몽이 나뭇가지로 얼키설키 막은 초막 벽에 등을 기댔 다.

"편히 앉거라."

동천몽이 무릎을 꿇고 있는 부시를 향해 말했다.

부시가 머리를 조아리며 말했다

"아… 아니옵니다. 소인은 이상하게 무릎을 꿇고 있으면 마음이 평안하옵니다. 저어 그런데……."

부시가 말끝을 흐리자 동천몽이 물었다.

"뭐냐?"

"무… 무슨 근심 있으시옵니까? 대법왕님의 존안이 무척 어두워 보입니다?"

동천몽이 가볍게 웃었다.

"그러느냐?"

"비록 소인이 이런 곳에서 산적질을 하고 있지만 올해 나이가 예순하나입니다. 인생 살 만큼 살다 보니 상대 얼굴만 보고서도 기분을 짐작해 냅니다. 괜찮으시다면 소인에게 말씀해 주실 수 있겠나이까?"

동천몽이 물끄러미 부시를 쳐다보았다.

그러다 문득 길게 한숨을 쉬었다.

"혼인했느냐?"

"해… 했습니다만 얼마 전에 죽었습니다, 병으로."

"자식은 있느냐?"

"아들이 한 명 있는데 이곳에 놔뒀다가는 아비처럼 산적 신세를 면치 못할 것 같아서 무당파로 보냈사옵니다. 소인은 비록 이렇게 살지만 자식만큼은 강호의 주류로 살기를 원하거든요."

"좋은 생각이다. 이제 개천에서 용 나던 시대는 지났느니라. 가르친 만큼 성장한다. 북경의 부호들이 왜 자식들을 그토록 목숨 걸고 구파일방으로 보내려고 하는지 아느냐? 출세의 수단으로 교육만큼 확실한 게 없기 때문이니라."

"말이 나왔으니까 한 가지만 여쭤도 되겠나이까?"

“물어라.”

“정말로 북경의 고관대작들은 한 달에 은자 수백 냥을 써 가며 우수한 사부들을 데려다 무예를 가르치는지요.”

“사실이니라. 그래서 돈이 명문(名門)을 낳느니라. 그들이 바보 멍청이어서 그렇게 많은 돈을 자식들 뒤 구멍에 쑤셔 박겠느냐? 소림과 무당을 비롯한 구파일방의 제자들 중 거의 칠할이 돈 많은 집 자제들이라고 한다. 어려서부터 미친 듯이 돈을 처발라 벌모세수를 시키고 기초를 확실히 닦으니 어찌 없는 집 아이들이 그들을 따라가겠느냐?”

부시가 한숨을 쉬었다.

“후우! 앞으로 강호도 돈 많은 집 자식들이 주름잡겠군요?”

“앞으로가 아니라 벌써 나타나고 있느니라. 더구나 이번 무림맹주가 새로 뽑히면서 문제는 더욱 심각해졌느니라.”

“심각하다 하오시면?”

“신임 맹주의 강호 정책은 철저히 가진 자의 편에 서 있느니라. 구파일방에 가장 많은 합격자를 배출하는 북경의 유명한 기초무관(基礎武館)과 같은 새로운 무관을 이백여 개를 세우겠다고 하는구나.”

부시의 눈이 커졌다.

“그런 곳은 무척 관비도 비쌀 텐데 없는 사람들은 그림의 떡 아닙니까?”

“그러니까 갈수록 강호도 부익부 빈익빈 현상이 심화되는 것 아니겠느냐? 비록 본 궁은 중원의 일에 개입할 처지가 못 되지만 강 건너 불구경할 수만은 없느니라. 자칫 우리에게까지 그 여파가 밀려오지 않는다는 보장도 없……?”

부시의 안색이 우울해졌다.

동천몽이 그런 부시를 보며 말했다.

“그런데 아들이 똑똑한 모양이구나. 그 어렵다는 무당파에 들어가다니?”

아들 얘기가 나오자 부시의 표정이 환해졌다.

“헤헤! 기특해 죽겠사옵니다. 내 속에서 어찌 그런 영민한 아이가 나왔는지 모르겠습니다. 그냥 응시만 한번 시켜봤는데 쏙 들어가지 뭡니까?”

동천몽 또한 미소를 지었다.

“그건 그렇고, 아까 본왕더러 고민있느냐고 물었더냐? 있느니라.”

그리고 동천몽은 자신이 처한 처지를 가감없이 얘기해 줬다. 듣고 있던 부시의 눈이 커졌다.

“그… 그럴 수가……!”

무척 충격을 받은 얼굴로 동천몽을 바라보던 부시가 마른 침을 꿀꺽 삼켰다.

“그… 그건 사내에게 가장 중요한 것인데.”

염려스런 표정을 짓던 부시가 갑자기 눈을 빛냈다.

"가만."

"왜 그러느냐?"

"정확한 건 아니지만 이십여 년쯤 한 가지 이상한 얘기를 들었사옵니다. 사실 소인의 친구 중 한 명이 왕흥사란 절의 주지로 있지요. 어느 날 그에게 놀러 갔다 포달랍궁 얘기가 나왔는데 그때 그 친구가 말하길 대법왕님들이 배우는 심법에 한 가지 함정이 있다는 것입니다."

동천몽의 눈이 빛났다.

"함정?"

"워낙 오래되어 기억이 가물가물 하지만 그가 말하길 불사심법을 극성으로 연마하면 남자 기능이 상실된다고 했습니다."

벌떡!

등을 기대고 있던 동천몽이 자세를 고쳐 잡았다.

"윽!"

무시무시한 동천몽의 눈빛에 부시가 비명을 질렀다.

"정말이냐? 분명한 사실이렸다?"

부시가 더듬거렸다.

"소… 소인이 왜 거짓을 고하겠나이까? 저 두 귀로 분명 그렇게 들었사옵니다."

동천몽이 입을 쩌억 벌렸다.

청천벽력과 같은 얘기였다.

천포지에 몸을 담그면서 자신의 불사심법이 십이성 극성에 이르렀음을 깨달았다. 전신의 힘이 예전과 다르게 폭발할 듯했고 온몸이 깃털처럼 가벼웠다.

부시의 말이 사실이라면 마침내 그 원인을 찾아낸 것이었다.

그런데 돌연 동천몽의 인상이 험악하게 변했다.

'이런 개자식들이!'

이를 부드득 갈더니 동천몽의 신형이 초막을 뚫고 사라져 버렸다.

"대… 대법왕님!"

부시가 깜짝 놀라며 밖으로 쫓아나갔지만 이미 동천몽의 모습은 보이지 않았다.

*   *   *

집을 떠난 지 무려 보름 만에 오강에 이르렀다. 마차를 이용했으면 빠르고 편했을 것이지만 가문에 닥쳐오는 먹구름과 그로 인해 어떤 결과가 닥쳐올지 나름대로 머릿속을 정리하기 위해 일부로 도보를 택했다.

피곤하긴 했지만 오강까지 오면서 아랫사람들과 많은 얘기를 나눴고 일부 강호의 지인들까지 만나 그들의 의견을 들었다. 분명한 것은 그들 모두 천상각의 미래를 극히 어둡게 보고 있다는 것이었다. 무림맹에 도전한다는 것은 자살 행위이며, 지금이라도 동천비가 무림맹을 찾아가 백기 투항을 하면 관계는 어느 정도 복원될 것이라고 했다.

하지만 누구보다도 동천비를 곁에서 보아온 자신이었다. 투항할 일이라면 애초에 시작도 하지 않은 성격이 형 동천비였다. 동천비는 지금 건곤일척의 승부를 걸고 있었다.

"공자님, 배가 왔습니다."

동천완은 생각에서 깨어났다.

강가에 배가 닿았고 천천히 일행은 배에 올랐다. 배에는 자신들 말고도 많은 사람들이 승선했다. 무림인들도 있었고 장사꾼들도 넘쳐 났다. 배를 이용해 사천을 횡단한 다음 곧바로 육로로 서장에 들어갈 계획이었다.

"서라!"

배가 막 떠나려는데 갑자기 커다란 외침이 들려왔다.

모든 뱃사람들이 소리가 들려온 곳으로 고개를 돌렸는데 강가를 향해 엄청난 사람들이 달려오고 있었다. 모두가 무림인으로 무시무시한 속도로 달려와 떠나는 배를 정지시켰다.

슈아아아!

그들과 배는 십여 장의 거리를 두고 있었는데 모두 단 한 번 도약으로 날아 내렸다.

어려서부터 호위무사들의 무공을 보고 자란 동천완의 눈이 커졌다. 십여 장의 거리를 단숨에 날아갈 정도의 신법이면 일류고수의 경지였다.

　배 위로 날아든 무림인들은 대략 삼백여 명 가까이 되었다. 마운자가 선장에게 금덩이 한 개를 건넸다. 삼백 명의 승선비인 듯했다. 불안해하던 표정을 짓던 선장의 얼굴에 금세 웃음이 피어났고 배는 미끄러져 나아갔다.

　무림인들은 주위 사람들이 불안해하자 한쪽에 조용히 오와 열을 갖춰 섰다. 그리고 마운자가 배 위의 사람들에게 양해를 구했다.

　“두려워할 것 없소이다. 우린 무림맹 사람들이니 안심들 하고 편한 여행들 되길 바라오.”

　무림맹 사람들이라고 밝히자 그제야 사람들 얼굴에 생기가 돌았다.

　마운자는 오와 열을 맞춘 수하들 뒤쪽으로 걸어가 배가 지나가면서 일으키는 하얀 물보라를 바라보았다. 오늘 공격의 모든 작전권이 자신에게 주어져 있었다.

　전쟁에서 수장의 능력이야말로 절대적이다. 총관이 자신을 믿고 맡긴 만큼 반드시 그에 상응하는 결과를 얻어야 한다.

　“언제 봐도 오강의 경치는 아름답습니다.”

　옆으로 한 사내가 다가왔다. 가슴에 붉은 용 한 마리가 생생하게 수놓아져 있었는데 용대의 대주 청송자다. 곤륜의 열두 장로 중 한 명이자 태허도룡검법의 일인자로 전해진다.

두 사람은 나이도 엇비슷해 무림맹 안에서도 자주 어울렸다.

"헛헛! 불쌍한 놈."

청송자가 혀를 찼다.

마운자가 물었다.

"누굴 얘기하는 것이오?"

"누군 누구겠소? 동천비라는 친구지요. 장사꾼이라면 누구보다도 계산이 빠를 텐데 그렇게 어리석다니, 총관님은 물론이고 맹주님 또한 무척 분노해 계시던데?"

"청송자께서는 결과를 어찌 보시오? 과연 천상각과 무림맹이 예전의 관계를 회복할 것 같소이까?"

청송자가 콧방귀를 끼었다.

"모든 것은 때가 있는 법이오. 그 때를 놓치면 돌이킬 수가 없지요. 천상각은 때를 놓쳤소, 눈감아질 수가 있는 실수가 아니라. 동천비는 지금 무림맹에 칼을 겨누려 하고 있소."

"동오룡 각주가 얼마 전 총관님을 뵙고 갔다고 들었소만?"

"맹주님도 그렇고 총관님도 그렇고, 이미 그분들 마음속에는 어떤 식으로든 이번 기회에 천상각을 손보려 하는 것 같소. 천상각이 너무 커졌다는 것이지요. 자세히는 알 수 없지만 이번 기회에 천상각이 거느린 업종 몇 개를 무너뜨려 버릴 생각인 듯하더이다."

"무량수불!"

마운자가 나직이 도호를 외웠다.

청송자가 계속 말했다.

"금력이 너무 세어져도 문제가 있다는 것을 이번 기회에 깨달은 듯하오. 그래서 아예 천상각의 규모를 줄여 버릴 심산인 것 같았소. 하지만 이 정도는 최소일 뿐, 어쩌면?"

"어쩌면?"

"글쎄요. 좀 더 지켜봐야지요."

더 이상 청송자는 말을 하지 않고 입을 다물어 버렸다.

한편 그들과 얼마 떨어지지 않는 곳에 있던 동천완의 낯빛은 굳어졌다.

두 사람의 대화를 통해서 부친이 무림맹을 찾아갔다는 사실도 새롭게 알아냈다. 부친이 직접 무림맹을 방문했다는 것은 사태 추이가 예상보다 심각하게 돌아가고 있다는 것을 감지했기 때문일 것이다.

그리고 자신의 예상보다 무림맹이 훨씬 강경하다는 것을 알 수 있었다.

주위에 있던 수하들의 안색도 굳어졌다.

그들과 귀가 있었기 때문에 두 사람의 대화를 들었던 것이다.

'사태는 더 이상 돌이킬 수가 없구나!'

동천완은 입술을 지그시 물었다.

어쩌면 무림맹 고위 간부들 머릿속에는 이 기회에 천상각을 산산이 쪼개어 자신들 주머니 속으로 담아 넣으려 들지 몰랐다.

강폭이 좁아졌다. 폭이 좁아지면서 물길이 빨라졌고 커다란 범선인데도 흔들거렸다.

그때 조용하던 무림맹 무사들이 움직이기 시작했다.

마운자가 앞장서서 강 좌측 뭍을 향해 몸을 날리자 부하들이 일제히 솟구쳐 하선했다.

동천완 또한 강과 뭍이 그다지 많이 떨어져 있지 않았으므로 무예를 할 줄 아는 두 명의 시위의 도움을 받아 배를 내렸다. 사건의 진행과 결과가 궁금했다. 그래서 무림맹 인물들의 뒤를 따라가 볼 심산인 것이다.

무림맹 인물들은 강줄기를 벗어나 산속으로 접어들었다. 그리고 얼마 지나지 않아 한 채의 장원이 나타났다.

무림맹 인물들은 산속에 몸을 숨기고 장원을 살폈다.

슥!

마운자의 왼손이 들려졌다.

그러자 이미 약속이 된 듯 세 패로 나눠지더니 용대와 호대가 순식간에 눈앞에서 사라져 버렸다.

장원은 조용했다.

힐끔!

용대와 호대가 사라지고 힐끔 하늘을 살피던 마운자가 나직이 말했다.

“가자!”

마운자의 신형이 미끄러지듯 날아간다. 무당이 자랑하는 이궁역위(移宮逆位)였다. 그가 이끄는 백 명의 수하 중 무당의 인물이 절반이 넘는다.

백 명이 날아가는데도 옷자락 펄럭이는 소리 하나 들리지 않았다. 장원 곳곳에 망루가 있었고 그곳에는 두 명씩 보초를 서고 있었다. 그러나 마운자의 검은 어느새 자신들이 침입할 곳 망루의 경계 무사들을 베고 있었다.

백 명의 무사는 어렵지 않게 장원 안으로 들어갔고 눈에 보이는 사람은 무조건 베기 시작했다.

“저, 적이다!”

“컥!”

비명과 외침이 잇달아 터져 나왔다.

아무리 강한 집단일지라도 예상 못한 적의 기습에는 취약점이 있을 수밖에 없다. 일단 전투태세가 갖추어져 있지 않기 때문에 당할 수밖에 없는데 기습해 온 적의 무예가 출중하다면 사태는 더욱 악화될 수밖에 없다.

혈서의 낭인들도 숱한 위험을 넘나든 백전의 무사들이었다. 하지만 무림맹에서 작정하고 보낸 일급 전투 부대 앞에서는 힘을 쓰지 못했다.

부서주 오방마와 한가하게 바둑을 두고 있던 서주 원사왕은 들려오는 비명에 고개를 쳐들었다.

"이게 무슨 소리야?"

"속하가 나가보겠습니다."

오방마가 자리에서 일어나 문을 여는 순간 눈앞으로 한가닥 검광이 밀려들어 왔다. 예상치 못한 공격이었고 너무 빨랐다. 오직 자신을 파고드는 검이 무당의 태청검법이라는 것만 읽었다.

푸욱!

상대의 검은 두 번 다시 기회를 주지 않았다. 정확히 오방마의 목젖을 뚫어버린 것이다.

촤악!

목젖에 박힌 검을 뽑자 엄청난 핏줄기가 앞에 서 있던 마운자 얼굴과 가슴으로 튀었다. 마운자는 오방마의 피를 전혀 피하지 않고 고스란히 맞고 있었다.

휘청!

오방마의 왼손이 목젖에서 솟아 나오는 피를 막았다. 손으로 막는다고 막아질 것도 아니었지만 살아 있는 자의 본능이었다.

"마… 마운자!"

오방마가 단 세 마디를 뱉고 이승을 떠났다.

마운자가 오방마의 시신을 넘어 방 안으로 들어섰다. 원사왕의 표정은 이미 굳어 있었다. 밖을 나가보지 않았지만 사태가 어떻게 돌아가고 있는지 짐작되었다.

귓가로 부하들이 죽으면서 터뜨리는 비명이 쉴 사이 없이
파고든다.

"컥!"

"악! 커거걱!"

"무량수불!"

마운자가 도로를 중얼거렸는데 살기가 묻어 나올 듯했다.

"빈도는 무당의 마운자라고 하오. 무림맹의 천대를 이끌고
있는 수장이기도 하오. 혈서의 아미타사 원사왕 서주이시
오?"

원사왕의 표정이 평정을 되찾았다.

당황해 봤자 이로울 것이 없다는 것을 깨우친 것이다.

"알고 왔을 텐데도 새삼 꼬치꼬치 묻는 건 무슨 심보인
가?"

입가에 짧은 미소까지 머금는 여유를 보인다.

마운자 역시도 가벼운 미소를 지었다. 어지간하면 당황하
여 정신을 차리지 못할 텐데 금세 평상심을 회복한 것이 확실
히 일세를 풍미한 낭인들의 수장다웠다.

"검을 쥐시오."

바둑을 두고 있었기 때문에 원사왕은 아무것도 휴대하지
않고 있었다.

원사왕이 빈 손을 힐끔 내려다보더니 미소 지었다.

"고맙소."

진정성이 담긴 말이었다.

이 상황에서 검을 들도록 권유할 수 있는 이는 아마 천하를 뒤져도 몇 명 되지 않을 것이었다. 소문처럼 확실히 무당의 무사는 달랐다.

툭!

벽에 걸린 검이 원사왕의 손에 끌려왔다.

놀라운 허공섭물이었다.

투툭!

검집이 바닥으로 떨어졌고 검을 쥔 원사왕의 손에 힘이 들어갔다.

우당탕!

밖으로부터 거친 소리가 들리더니 곤륜의 청송자가 들어섰는데 들고 있는 검에서 핏물이 떨어져 내렸다.

반짝 빛을 발하던 청송자의 두 눈이 조용히 가라앉더니 한 곳으로 물러났다. 단번에 상황을 파악하고 물러나 준 것이다. 합공하면 아주 간단히 죽일 수 있었다. 전쟁에서 합공은 필요한 것이지만 가뜩이나 막다른 골목에 몰린 적장에게 둘이 손을 쓴다는 것은 너무 가혹해 보인다. 더구나 자신들은 명예와 자존심으로 일생을 살아가는 명문의 무사들 아닌가.

원사왕의 입에서 혼자만의 신음이 흘러나왔다. 검을 들도록 여유를 준 마운자의 행동에서 적이 놀랐고 청송자의 후퇴에서는 확실히 한 수 꺾이는 기분이 들었다.

좌앗!

원사왕의 검이 수평으로 그어졌다.

아주 단순한 움직임이었다. 마치 농부가 낫으로 풀을 베듯 가벼운 동작이었지만 마운자의 눈이 커졌다. 밀려오는 검거가 산악 같았기 때문이었다.

'이자 이미 어느 경지를 넘어섰구나!'

쓰윽!

소낙비는 소낙비로 맞서야 하듯 마운자 역시 검을 수평으로 그어갔다. 태청검법 제오식 태청이형이다.

쿠우욱!

두 사람이 쏟아낸 검기가 충돌하며 둔탁한 굉음이 터졌다.

와그르르!

충돌에서 생긴 폭풍과 기파가 방 안을 완전히 난장판으로 만들어 버렸다. 기물들이 파손되고 서재가 쓰러졌고 바둑판이 산산조각이 되어버릴 만큼 간단했지만 파괴적인 두 사람의 일초였다.

청송자는 뒤로 한 걸음 더 물러났다.

이번 기회에 마운자의 검을 제대로 한번 봐야겠다고 마음먹었다. 소문만 들었을 뿐 마운자의 검을 제대로 볼 기회가 없었고 비록 강호에서의 명성은 자신을 누르지만 그에게 진다는 생각은 단 한 번도 해보지 않았다.

슥!

스으으!

일초의 겨룸에서 상대의 검이 예상보다 훨씬 강하다는 것을 느꼈는지 두 사람의 얼굴이 숙연해졌다. 두 마리 대호가 틈을 노리듯 자세를 낮추고 좌우로 걸음을 옮겼다.

좁은 방 안이었다. 여건은 어느 쪽에게도 유리하지 않은 둘 모두에게 공평했다. 권이나 장일지라도 방 안에서는 제 실력을 뽐내기 어려운데 검이기 때문에 더욱 서로의 실력을 펼치는 데는 상당한 장애가 따른다.

또한 오래 끌 수도 없는 것이 협소한 공간에서의 싸움이다. 자신이 갖고 있는 모든 것을 일거에 쏟아내 속전속결하는 것이 서로에게 득이 된다.

슈욱!

두 사람이 동시에 검을 뻗었다.

쾅!

쩌어억!

강한 기파에 오른쪽 벽이 무너져 밖이 드러났다.

멈칫!

짧은 순간 무너진 벽을 통해 개미 떼처럼 쓰러진 부하들의 주검을 발견한 원사왕의 눈빛이 흔들렸다. 백전의 경험과 지옥을 넘나든 삶으로 어지간한 일에는 눈 하나 깜빡이지 않는 원사왕이었지만 스치듯 보인 처참한 상황 앞에서는 그 또한 어쩔 수 없었다. 더구나 우두머리로서 부하들의 죽음을 보는 감정은 남다를 수밖에 없었다.

　그 찰나의 감정 변화는 일거에 싸움판의 균형을 깨버렸다.

　마운자의 검이 떨어져 내렸다.

　콰콰콰!

　미세한 틈도 팽팽한 승부에서는 승기가 되고 위기를 부른다. 내려치는 사람과 막는 사람의 차이는 크다. 내려치는 사람은 온 힘을 다 쏟아내는 위치적 장점을 갖고 있지만 막는 사람은 밑에서 위로 올려야 하는 신체적 특성, 즉 반동 따위를 줄 수 없는 그야말로 단순 동작이어야 하기 때문에 힘에서 밀릴 수밖에 없었다. 더구나 서로가 팽팽한 힘일 때는 현격한 차이를 보인다.

　콰악!

　"욱!"

　팔꿈치가 강제로 굽혀지자 통증이 밀려왔고 원사왕이 신음을 흘렸다.

　촤촤촤!

　마운자의 검은 더욱 맹렬했다. 숨 돌릴 여유도 주지 않는 맹공이었고 수세에 몰린 원사왕은 자꾸 뒷걸음을 쳤다.

　뒤는 벽이었다. 등에 벽에 닿으면 끝장이다. 최소한 공격과 방어를 하는 데 필요한 공간은 확보해 두어야 하기 때문이다. 그렇지 않고 등이 닿아버리면 물러나거나 움직임이 제한되어 더욱 위기를 자초한다.

쿠우우!

원사왕의 검이 돌변했다.

혼신의 힘을 쏟았음이 느껴지는 강한 검기가 마운자의 검기를 일거에 자르고 파고들었다. 오늘날 혈서라는 중원오랑 중 한 곳의 수뇌로 올라서는 데 가장 큰 기여를 한 자신의 절초 귀원파랑이었다.

흠칫!

마운자의 안색이 굳어졌다. 힘들게 잡은 승기를 놓치면 싸움은 다시 안개 속으로 빠져들고 오히려 자신이 밀릴 수도 있었다. 마운자는 승부를 걸어야 할 때가 왔음을 깨달았다.

쿠욱!

마운자의 검이 벼락처럼 펴진다. 도도한 검세가 뻗어나가고 청송자의 눈이 커졌다.

'거… 검강!'

말로만 듣던 검강이었다. 아직 완성되어 보이지는 않았지만 틀림이 없었다. 검강은 입문이 어려울 뿐 일단 초입이라도 들어서면 완성은 빠르게 이뤄진다.

자신은 아직 검강을 깨우쳐 가고 있는 중이었다. 결국 마운자가 자신보다 반 수 정도 높다고 인정해야 했다.

뻐— 어억!

거친 충돌이 있자 겨우 버티고 있던 기둥과 나머지 벽들이 완전히 무너졌다. 청송자는 잽싸게 몸을 날려 피했고 두 사람

주위로 떨어지던 전각의 잔해들이 사방으로 튕겨 날아갔다.

먼지 속에 두 사람의 모습이 드러났다. 둘 모두 꼿꼿하게 서로를 보고 서 있었지만 원사왕의 입가로 피가 흘러내리고 있었다. 하지만 생김새가 그래서인지 입가에 미소가 걸린 듯 보인다.

"과… 과연 무당의 검은 명불허전… 이… 오."

그 한마디를 남기고 휘청거리더니 조용히 엎어졌다.

퍽!

마운자의 어깨가 움찔했다. 긴장이 풀리면서 뜨거운 피가 목구멍을 향해 치솟았다. 그러나 청송자가 보고 있다는 것을 의식하고 억지로 참다 보니 어깨가 흔들린 것이다.

그때 천대의 대원중 한 무사가 급히 다가왔다. 무당의 무자 항렬의 제자 진무였다.

"사숙님, 총관님으로부터 날아온 전서구입니다."

그러면서 조그만 쪽지를 내밀었다.

마운자는 쪽지를 받았지만 곧바로 펼쳐 들지 못했다. 내상이 얕지 않았고 토해야 할 피를 억지로 삼키자 속이 메스꺼워진 것이다. 무당과 곤륜도 경쟁 관계이지만 자신과 청송자도 은연중 서로를 의식하고 있었으므로 이를 악물고 삼켰다.

슥!

조심스럽게 전서구를 펼쳐 읽던 마운자의 안색이 가볍게

변하자 청송자가 다가와 물었다.

"무슨 내용이오?"

마운자가 보라는 듯 내밀었고 청송자가 전서구를 보더니 그 역시 표정이 가볍게 굳어졌다.

"비록 승리는 우리 쪽으로 완전히 기울었지만 피해가 적지 않을 텐데 또다시 다른 곳으로 이동하라는 것은……."

상관량이 보낸 전서구는 간단했다.

무림맹이 혈안이 되어 찾고 있는 동천비의 추종 세력인 중원오랑 중 또 하나인 무영각의 본거지를 찾았으니 그곳도 궤멸시키라는 명령이었다.

상관량의 계산이 눈앞에 훤히 보였다. 일거에 동천비에게 치명타를 입힐 생각인 것이다.

자신이 겪어본 상관량은 용의주도했다. 그에게 한 번 밉보이면 누구든 무림맹에서 버티기 어려웠다. 자주 적을 만들지 않지만 한 번 그가 적이라고 여기면 수단과 방법을 가리지 않고 밟는다. 흔히 사람들이 동오룡에게 피도 눈물도 없다고 하는데 자신이 겪어본 바에 의하면 상관량이야말로 무정했다.

"단 한 명의 생존자도 남기지 않고 척살했사옵니다."

피에 젖은 한 무사가 다가와 보고했다.

"당장 집합시켜라."

"추웅!"

무사가 날아갔고 반 각 후 세 개의 전투 부대가 모였다. 모두가 피에 젖어 있었고 부상자도 적지 않았으며, 사망자도 이십여 명에 달했다.

그러나 생각보다 피해가 경미하였기 때문에 마운자는 안도했다.

눈앞의 전력으로도 무영각을 공격할 힘은 되었다. 확실히 상관량은 이쪽과 적의 전력을 훤히 보고 있었다. 그렇기 때문에 무영각까지 일거에 치라는 전서구를 보냈을 것이었다.

문득 동천비가 불쌍했다. 적을 만들어도 봐가면서 만들어야 하는데 무림맹 안에서도 가장 무서운 인물로 통하는 상관량의 자존심을 건드리다니.

"날 따르라."

마운자가 앞장서자 이백칠십여 명의 무사가 몸을 날려 순식간에 사라졌다.

바람에 피 냄새가 진득하게 묻어 있었다. 동천완은 마운자 일행이 떠나고 한참이 되었는데도 자리를 떠나지 않았다. 혈서의 힘이 어느 정도인지는 자신도 들어서 알고 있었다. 그들의 무서운 점은 살아온 길이 너무 거칠고 생사를 밥 먹듯 넘나들었다는 것이었다. 무사에게 위험한 고비가 많았다는 것은 그만큼 단련이 되었고 강해졌다는 뜻이었다. 그런 혈서가 불과 한 시진도 채 되지 못해 이 땅에서 사라져 버렸다.

'무섭다!'

정말로 공포스러웠다. 무림맹이 왜 지난 수백 년간 천하의 중심이 되었는지 이해가 되었다.

절망의 그림자가 밀려왔다. 무림맹의 의지는 확실해졌다. 동천비를 죽이고 천상각을 해체하려는 것이 분명했다.

"그… 그만 가시죠."

동천완이 움직이려 들지 않자 수하들이 조심스럽게 말문을 열었다.

하지만 동천완의 시선은 피 냄새 진득한 장원을 응시하고 있었다. 머지않아 천상각 또한 저 신세를 면치 못할 것이라는 생각을 하자 현기증까지 느껴진다.

"그래, 그만 가자꾸나."

동천완이 발길을 돌렸다.

동천완이 무거운 표정을 짓자 수하들 또한 누구도 입을 열지 않았다. 그들의 얼굴도 천상각의 미래가 보이는 듯 잔뜩 먹구름이 끼어 있었다.

'방법은……!'

동천완이 속으로 중얼거렸다.

'그 아이, 천몽이뿐이다. 제발!'

길은 오직 한곳뿐이었다.

동천몽은 부지런히 발걸음을 옮겼다.

*   *   *

　녹풍원으로 햇빛이 길게 드리워진다. 예전과 다르게 요즘은 하루하루가 숨이 막혔다. 하루가 무사히 지난다는 것이 이토록 다행스럽고 반가운 일인지 예전에는 몰랐다. 날마다 보는 석양이지만 오늘따라 유난히 붉다.

　동오룡은 수십 년간 보아온 석양인데 왜 오늘따라 저리도 붉은가 하고 잠시 생각에 잠겼다. 석양이 붉으면 내일 비가 내린다. 그것은 어김이 없었다.

　동오룡은 비라도 한차례 시원하게 쏟아졌으면 좋겠다고 생각했다.

　"월상이 있느냐?"

　문이 열리고 한 명의 무사가 들어와 허리를 구부렸다. 오만상을 대신해 자신의 수행 호위무사로 뽑힌 사내였다.

　"무림맹으로부터 무슨 연락 없느냐?"

　"없습니다."

　혹시나 하고 상기되었던 동오룡의 안색이 가라앉았다.

　"알았느니라. 그만 가보거라."

　월상이 사라지고 동오룡이 어깨를 펴고 숨을 크게 들이마셨다.

　상관량에게 건네준 돈은 천상각 재산의 일 할이었다. 그 정도면 제아무리 무림맹이라고 해도 감정을 누그러뜨리기에 부족하지 않다고 자부했다.

무림맹주를 비롯해 고위 간부들이 나눠 갖는다고 해도 일인당 최소한 황금 십만 관씩은 떨어질 것이다. 아직까지 돈 앞에 움직이지 않은 인간을 보지 못했다.

화무십일홍(花無十日紅)이라 했고 달도 차면 기운다고 했다. 언젠가는 무림맹도 그 위세등등한 힘이 소멸될지 모른다. 하지만 금력은 영원하다. 때가 되면 금력의 무서움을 무림맹에게 똑똑히 보여주고 말겠다고 다짐했다.

"각주님!"

밖으로부터 조금 전 들어왔던 월상의 다급한 목소리가 들려왔다.

동오룡의 눈이 빛을 뿌렸다. 필시 무림맹으로부터 화친의 제의가 왔을 것이다.

"들라!"

월상이 들어섰는데 표정이 잔뜩 굳어 있었다.

동오룡은 그런 월상의 표정을 읽기보다는 자신의 감정에 충실했다.

"그래, 무림맹에서 뭐라고 하더냐?"

"그게 아니옵고."

팟!

동오룡은 그제야 자신이 지나치게 흥분했다는 것을 깨달

았다. 그리고 성급해하고 있음을 느꼈다.

"혈서가 궤멸되었다고 합니다."

동오룡의 눈이 커졌다.

월상의 보고는 계속되었다.

"무영각까지 조금 전 무림맹의 급습으로 완전히 불에 탔다고 하옵니다."

동오룡의 얼굴에는 아무런 표정이 없었다.

혈서가 무엇이고 무영각이 어떤 곳인지 알고 있었다. 동천비의 행동을 커다란 실수라고 규정했지만 이왕지사 이렇게 된 마당에 성공하기를 바랐다.

"혈서와 무영각이 사라졌다고 했느냐?"

"예!"

"나가봐라!"

월상이 물러났고 동오룡이 쓰러질 듯 휘청거렸다.

탁!

다행히 왼손으로 벽을 짚어 쓰러지지는 않았지만 아랫도리에 힘이 하나도 없었다. 도저히 서 있을 수가 없었으므로 의자에 앉았다. 하지만 방 안이 도는 것 같았다. 두 눈을 감고 길게 호흡을 하며 마음을 안정시키려 노력했다.

시간이 흐르면서 마음이 조금씩 가라앉고 현기증도 멈췄다. 눈을 뜬 동오룡의 두 눈에 초점이 없었다. 마지막 기대까지 완전히 무너졌다.

동천비에게 많은 승산을 기대하지는 않았지만 이렇게 무림맹에서 빠르게 움직일 줄은 몰랐다. 더구나 그런 거액을 넘겨줬기 때문에 어느 정도 안심을 했었는데.

벌떡!

동오룡이 자리에서 일어났다.

이대로 주저앉을 수는 없었다. 그리고 머릿속으로 한 가지 생각이 들었다.

'액수가 적다!'

자신들도 그 돈이면 천상각의 재산 일 할이라는 것을 알 것이다. 그러고 보니 자식의 목숨을 구하고 가문을 보존시키는 데 일 할이란 액수는 너무 적다는 생각이 들었다.

승부는 과감하게 해야 한다. 동오룡은 다시 외출을 준비했고 이번에는 제대로 승부수를 던지겠다고 마음먹었다.

*　　　*　　　*

혈서와 무영각의 궤멸 소식에도 동천비는 아무런 말도 하지 않았다. 평소대로 자신의 일에 충실했다. 그가 현재 묵고 있는 곳은 사명산장이었다. 사명산장은 절강성 영파에서는 가장 큰 규모의 상가인데 몇 번 어려움에 처했을 때 손을 뻗어주어 장주 금중대와는 각별했다.

사명산장에 자신의 본거지를 세우겠다고 얘기하자 금중대

는 기꺼이 수용했을 뿐만 아니라 자신도 미력하나마 무림맹
타도에 힘을 보태겠다고 했다.

"공자님!"

보다 못해 여추량이 입을 열었다.

"속히 어떤 조치를 취하셔야……."

동천비는 책상 앞에 앉아 책을 보고 있었다. 여추량의 재촉
에도 그의 시선은 책에서 떨어지지 않았다.

여추량은 몇 번이나 큰 소리를 낼 뻔했지만 겨우 눌러 참고
있었다. 시시각각 위험이 다가오고 있었다. 무림맹에서는 지
금 동천비를 찾기 위해 혈안이 되어 있다. 사면초가라 해도
넘치는 말이 아니었는데도 동천비는 유유자적했다.

마음 같아서는 지금 책 읽을 때이냐고 따지고 싶었지만 그
럴 수는 없는 노릇이다.

팔랑!

동천비가 책장을 넘겼다. 그가 읽고 있는 책은 기서도 아니
고 삼경 따위는 더욱 아닌 어이없게도 춘화도였다. 미소까지
지어가며 책을 보는 동천비를 보며 여추량은 끝내 한숨을 쉬
며 돌아섰다.

"제갈 채주와 혈막의 막주와 청룡련의 련주를 부르시오."

제갈채주는 낭도채의 수장 제갈팽이고 혈막과 청룡련 중
원 오랑 중 나머지 두 곳이었다.

여추량이 돌아서며 눈을 크게 떴다.

동천비가 책을 덮고 일어섰다.
"오늘 밤 무림맹을 칩시다."
"네… 네엣?"
여추량의 눈이 부릅떠졌다.

『대법왕』 제4권에 계속…

潛行武士
잠행무사

김문형 新무협 장편 소설

"흑랑성에 들어간 사람 중에
다시 강호에 나온 이는 없다."

서장 구륜사와의 결전을 승리로 이끌며
중원무림에 홀연히 나타난 문파 흑랑성(黑狼城).
그러나 흉흉한 소문이 사실로 드러나
무림맹으로부터 사파로 지목받고 멸문당한다.

그로부터 일 년 뒤.
강호의 은원을 정리하고 금분세수를 하려는
청위표국의 국주 송현은 마지막으로 무림맹의 의뢰를 받아들인다.
그것은 바로 금지 구역 흑랑성에 잠행하는 일.

송현은 무림에서 외면받는 무사 네 명을 선출하여
소림승 진광과 함께 흑랑성에 들어간다.
흑랑성의 비밀이 하나씩 드러나면서 밝혀지는 진실은
그들을 목숨을 건 사투로 끌어들여 가는데……

**액션스릴러로 만나는 무협
잠행무사!**

유행이 아닌 자유추구 -
WWW.chungeoram.com
Book Publishing CHUNGEORAM

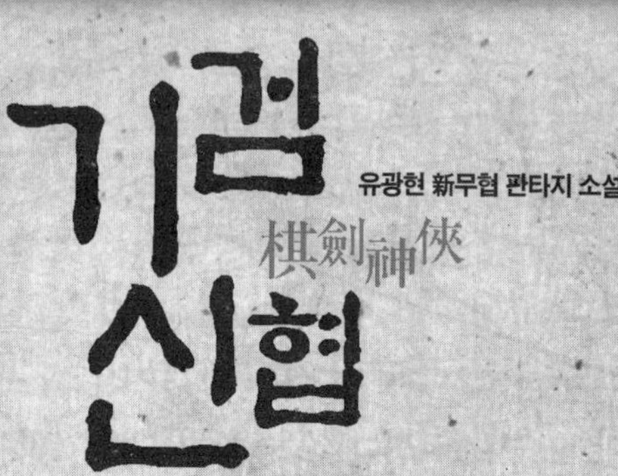

기검(氣劍)도 아니고 기검(奇劍)도 아닌,
기검(棋劍) 이야기.

신의 한 수!!
천상의 바둑에서 탄생한 도선비기.
그리고 그 속에 숨겨진 궁극의 심법.

강탈당한 신서(神書) 도선비기(道詵秘記)를 회수하고
조선 무예의 근간을 지켜라!

눈부신 활약과 함께 펼쳐지는 무학의 함찬 날갯짓.
이제 더 이상 그는 하찮은 천출이 아니다!!

유행이 아닌 자유추구 -
WWW.chungeoram.com
Book Publishing CHUNGEORAM

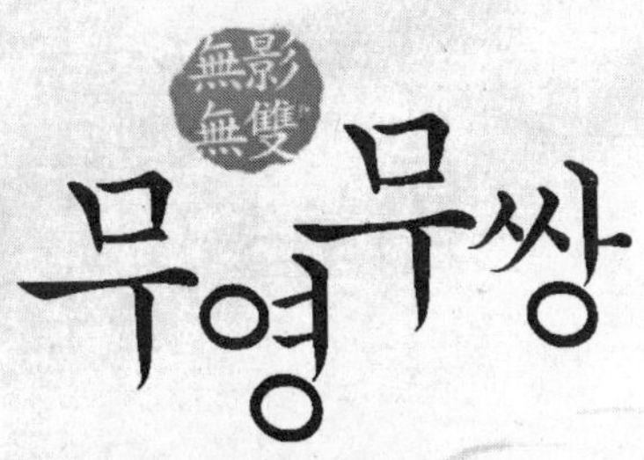

무영무쌍

김수겸 新무협 판타지 소설

그림자도 찾기 힘들고[無影],
가히 대적할 자도 없다[無雙]!
강호의 절대고수 무영무쌍!

청설위국의 위사 진세인,
그를 찾아오는 수많은 사람들.
그를 원하는 수많은 세력들.

거대한 음모의 소용돌이 속에서
그는 그를 버렸던 용부를 지켰고,
그에게 검을 겨눴던 무림맹과 십만마교를
구해냈다.

모든 것을 가졌던 황제가
끝까지 갖지 못했던 단 한 사람!
위사 진세인과
동료들의 강호행이 시작된다!

유행이 아닌 자유추구 —
WWW.chungeoram.com

Book Publishing CHUNGEORAM

龍虎相搏

용호상박

청풍 新무협 판타지 소설

하늘이 점지(?)한 극강의 앙숙,

"포악하고 단순무식한 호랑이군단"
강남의 패자 남흑천(南黑天).
"반듯하고 고리타분한 용의 후예들"
강북의 패자 북백림(北白林).

만나기만 하면 으르렁대는 그들로 인해 되려 강호는 평화롭다.
한데 그 평화의 틈바구니를 비집고서
두 앙숙의 코앞에 슬금슬금 닥쳐온 운명이 있었으니.

뇌성벽력이 요동을 치던 바로 그날 밤,
무림사 초유의 황당무계한 대사건이 터지고 말았다.

강호무림의 장래를 좌지우지할 운명의 장난!
그것은 '두 장의 부적과 한마디의 주문' 으로부터 시작되었다.

개봉박두, 용호상박(龍虎相搏)!

유행이 아닌 자유추구 —
WWW.chungeoram.com
Book Publishing CHUNGEORAM

Golden Key

박이수 소설

황금열쇠

「달의 아이」, 「붉은 소금성」의 작가 박이수.
그가 또 하나의 기대작 「황금열쇠」로 나타났다.

우연한 만남이란 단어는 그들에겐 존재하지 않았다.
얽혀 있는 사람들… 그리고 피할 수 없는 운명의 굴레!

뒤틀려 버린 운명의 주인공 세이엔 가이스가 리베 폰 라시에…
한순간 인생이 뒤바뀐 불운의 주인공 듀이 델코!
그리고…유일하게 그녀를 기억하는 단 한 사람 이샤무딘!

이제 운명의 주사위는 던져졌다.
엇갈린 운명 속에 모든 사건은 하나로 연결된다!
황금열쇠를 차지하기 위한 그들의 위험한 모험이 지금 시작된다.

유행이 아닌 자유추구 –
WWW.chungeoram.com

Book Publishing CHUNGEORAM

『무정지로』,『십삼월무』,『화산진도』의
작가 참마도, 그가 돌아왔다!!

새롭게 시작되는 그의 네 번째 강호 이야기!!

"힘이 있는 자가 없는 자를 돕는 것입니다.
또한 힘이 없다면 돕기 위해 노력이라도 하는 것입니다.
그것이 진정한 협 아니겠습니까?"
"호오……."
송완은 다시 봤다는 듯 곽우를 바라보았고 담고위는
무슨 케케묵은 보물단지 보는 듯한 얼굴을 만들었다.
송완은 살짝 킥킥거리며 웃다가 이내 곽우에게 말했다.
"틀렸다. 협이란 무공이 높은 자의 중얼거림일 뿐이야.
무공이 낮은 자는 그저 그 협을 바라만 보고 있어야 하는 것이지.
그래서 세상은 협사가 널렸고 그 협사의 주변엔 구더기들이 들끓고 있는 거야."

강호라는 세상 속에서 지금 한 사람이 그 눈을 뜨려 한다.
한 자루의 부러진 검과 함께 곽우라는 이름을 가지고……

유행이 아닌 자유추구 -
WWW.chungeoram.com
Book Publishing CHUNGEORAM

운룡쟁전

조돈형 新무협 판타지 소설

雲龍爭天

팔룡전설을 아는가?

북녘 하늘을 밝히는 별의 정기를 받고 태어난 여덟 명의 기재가
한 시대에 나타나리니, 그들의 눈은 삼라만상(森羅萬象)을 살피고
지혜는 하늘에 닿고 웅심은 천하를 덮을 것이다.
그들이 화합을 한다면 더없이 평온한 세상을 이룰 것이나,
만약 그렇지 않다면 피의 광풍이 온 천하를 휩쓸 것이다.

혼란의 시대!! 모략과 음모가 극에 다다른 혼돈의 강호무림!!

이때 하늘이 안배해 놓은 이가 있었으니, 그의 이름 도극성이라……!!
도극성!! 그가 무림에 다시 모습을 드러내는 날,
팔룡전설은 그로 인해 깨질 것이고 새로운 전설이 탄생할 것이다!!

Book Publishing CHUNGEORAM

임희정 소설

조리하을레

그러던 어느 날, 그에게 그 '능력' 이 찾아왔다.
조금은, 아름답지 않은 모습으로.

신의 뜻, 그것 외엔 없었다.
신의 영역, 시대의 금기를 깨는 그들의 불꽃같은 삶!

막연히 의사가 되기 위한 삶을 살아왔던 세요 폰 어뷔니트.
인간을 살리기 위해 의사가 되어야만 했던 웨인 파예트.

잔혹한 과거, 어긋난 현재.
그리고 우연히 찾아온 신비로운 능력!
보통 사람들과 다른 존재가 아니라는 것에 대한 증명.

유행이 아닌 자유추구 -
WWW.chungeoram.com

Book Publishing CHUNGEORAM